集英社オレンジ文庫

神招きの庭 5

綾なす道は天を指す

奥乃桜子

JN053819

本書は書き下ろしです。

【目次】

【人物紹介】

綾芽《あやめ》

神命を退ける「物申《ものもうし》」の
力を持つ少女で、二藍の妃。
二藍を人に戻す方法を
探している。

二藍《ふたあい》

兜坂国《とさかのくに》の王弟。
神と人の性質を持ち、
心術を使う「神ゆらぎ」で、
先の陰謀から国を救った功により、
春宮《はるのみや》に任じられる。

鮎名《あゆな》

一花《ひとはな》の妃宮《きさきみや》。
大君の妃で、現在の斎庭《ゆにわ》の主。

大君《おおきみ》
兜坂国の今上《きんじょう》で、二藍の兄。
二藍の身を案じている。
十櫛《とくし》
小国・八杷島《やはじま》の王子。
客分として兜坂国の宮廷に
預けられている。
羅覇《らは》
八杷島の祭官。
以前は「由羅《ゆら》」と名乗り、
綾芽の同僚として斎庭に潜入していた。

イラスト／宵マチ

【用語集】

斎庭《ゆにわ》

兜坂国の後宮。神を招きもてなす祭祀の場である。大君の実質的な妃以外に、神招きの祭主となる妻妾たちも暮らしており、名目上の妻妾たちを「花将《かしょう》」と呼ぶ。

外庭《とつにわ》

官僚たちが政《まつりごと》を行う政治の場。斎庭と両翼の存在である。

兜坂国の神々

多くは五穀豊穣や災害などの自然現象を司る。基本的に人と意志疎通はできず、祭祀によってのみ働きかけることができる。その姿は人に似たものから、動物や昆虫などさまざまな形をとる。

玉盤神《ぎょくばんしん》

西の大国、玉央《ぎょくおう》をはじめとする国々を支配する神。厳格な「理《ことわり》」の神で、逆らえば即座に滅国を命じられる。

神ゆらぎ

王族の中にまれに生まれる、人と神の性質を併せ持つ者。心術などの特殊な力が使えるが、その神気により人と交わることはできず、神気が満ちすぎれば完全に神と化してしまう。

物申《ものもうし》の力

人が決して逆らえない神命に、唯一逆らうことのできる力。綾芽だけがこの能力を有している。

神金丹《しんこんたん》

神ゆらぎが神気を補うための劇薬。八杷島によって兜坂国に持ち込まれた。

神招きの庭
かみまねきのにわ
5
綾なす道は天を指す

第一章　亡き春宮《はるのみや》の心をはかる

霞《かすみ》がかった白い闇が、血の色に染まっている。

そのおぞましい光のうちで、二藍《ふたあい》は左の袖《そで》をまくりあげ、巨大な海蛇に腕をさらけだしている。海蛇をいっとき鎮《しず》めるために、自分の腕を喰わす気なのだ。

だめだ、二藍、それはだめなんだ。綾芽《あやめ》は焦《あせ》りに衝《つ》き動かされて手を伸ばそうとした。なのに身体が動かない。なにもできない。救えない。

海蛇の口が大きく裂けた。上下の顎《あご》の端から端までびっしりと生えた槍《やり》のごとき歯が、二藍の腕へ狙いを定め、勢いよく閉じられようと――

夜闇に悲鳴が響き渡り、その自分自身の声に驚いて、綾芽は飛び起きた。上掛けを跳ねあげ身を起こす。大きく胸を上下させて、追い立てられるようにあたりを見渡す。

冷たい冬の夜は静まりかえっていた。ただ綾芽だけが古い御殿《ごてん》の中央、骨組みだけの御《み》帳台《ちょうだい》の上で息を切らしている。御殿の壁は赤黒く闇に沈み、人の気配はない。誰もいない。

夢だったのだ。

「……またか」

冷えた汗を拭《ぬぐ》った。あれから十日あまり。毎晩、こんな悪夢ばかりが襲ってくる。なにもできなかったあの日のことを、繰り返しては自分の悲鳴で目を覚ます。まだ胸が、ばくばくと音を立てている。

息を吐いて、もう一度目をつむろうとしたときだった。

「梓《あずさ》よ、なにごとだ」

悲鳴を聞きつけたのか、外から厳しく問う声が落ちる。流言《るげん》を広めた罪で囚《とら》われの身である綾芽を見張る、舎人《とねり》の声だった。綾芽の閉じこめられているこの御殿には、高所に小さな格子窓《こうしまど》があいている。その向こうから聞こえてくる。

舎人は「梓、梓」と、二藍に仕《つか》える女嬬《にょじゅ》としての綾芽の名を幾度も呼んだ。

「いるなら答えよ。逃げだそうとしているわけではあるまいな」

「……まさか。悪夢を見ただけです」

額《ひたい》を押さえ、綾芽はようやく答えた。

（逃げだせるわけもない）

逃げられるものならとっくに逃げているのだ。だができない。綾芽の両の手足には縄がきつく結ばれ、そのさきは四方の格子窓から外へ続いて、それぞれ岩に固くくくりつけられている。今の綾芽はこの御殿からどうやっても抜けだせない。籠《かご》の鳥だ。

それでも念のためと言って、女舎人は衛士《えじ》を引きつれ検分に踏みいってきた。四方に伸びる縄を引っ張りながら、綾芽に尋《たず》ねかける。

「梓よ、今宵《こよい》はいかな悪夢を見たのだ。また二藍さまがお命を散らされた夢か？　まったく、いつまで囚われている。それはまことに起こったことではなかろうに」

呆《あき》れた声で首を振る。

舎人や衛士は、みな綾芽が夢を見たと信じている。大地震をひき起こす海蛇神と対峙《たいじ》した際、綾芽は二藍が左腕を喰われ、傷だらけで倒れるというおぞましい夢まぼろしを見た。そしてその悪夢を真実と思いこみ、斎庭《ゆにわ》中に虚言を振りまいた。だからこそ囚われていると思っている。

だが綾芽は視線をあげて、はっきりと言いかえした。

「嘘ではありません。あの御方はわたしの目の前で、ご自身のお命を犠牲に国を救われたのです」

虚言なものか。悪夢なものか。誰がなんと言おうと綾芽は間違いなく見たのだ。

あのとき、椿《つばき》に囲まれた御殿に大海蛇の姿をした神が現れたとき。二藍は左腕をぱっくりと咬《か》み千切られ、なぶられて深い傷をいくつもつくりながらも神を鎮めた。

そして綾芽は、血にまみれて痛みに朦朧《もうろう》としているそんな二藍をおいて、泣く泣く山をおりたのだ。迫る地震の危機をみなに知らせるために、見捨てねばならなかった。もう助からない、これがとわの別れになる――そうわかっていても行かねばならなかった。

それが嘘？　夢？　まさか。

無論舎人は、綾芽の言葉を信じようとはしなかった。「梓よ、冷静に考えてみよ」と懇々《こんこん》と諭《さと》しにかかる。

「お前が見たものがまことである証《あかし》などひとつもない。だが二藍さまがご存命という証はいくつもある。なにより我らは二藍さま直々《じきじき》の命《めい》で、お前を捕らえに参ったのだ」

綾芽は唇を嚙みしめた。確かに綾芽が真実を言っているという証はない。最たる証――二藍の亡骸《なきがら》は、見つからなかったのだ。翌日、大雪をかきわけ必死の思いで別れた場所まで戻った綾芽だったが、そこに二藍の姿はなかった。もう一歩も動けないはずだったのに、忽然《こつぜん》と消えていた。

それればかりか、信じられないことに二藍は生きているのだという。左の腕も失わず、海蛇に受けた傷などひとつもない、十全の姿で斎庭に戻っているのだという。

そしてその二藍はこう命じた。わたしが傷つき死んだなどと妄言《もうげん》を流布《るふ》した女嬬を、捕らえて人目につかぬところへ閉じこめよ、と。

「つまりはお前が誤っているのは至極《しごく》明白であろう」

と舎人は訳知り顔をする。ここまで説けばわかるだろうと言うように。

しかし綾芽は、その呆れと哀《あわ》れみの入り交じった瞳を、挑むように見かえした。

「なぜ決めつけるのです。あなたがたが騙《だま》されているかもしれないのに」

「なに?」

「あなたがたに命をくだしたのは、本当に、まことの二藍さまなのですか」

誰も彼もが綾芽を諭す。お前は夢を見ていたのだ。海蛇神との祭礼はなにごともなく終わった。二藍さまはご健勝、大きな傷のひとつもない。

(そんなわけがあるか)

もちろん海蛇神が鎮められたのは真実だ。ほんの数日前、兜坂国《とさかのくに》は驚くべき被害のすくなさで大地震を切り抜けた。だがそれは、祭礼が滞《とどこお》りなく終わったからではない。二藍が死力を尽くしたおかげであり、綾芽が傷ついた二藍を見捨てて、地震の報を知らせに走ったからである。

——それに、もしだ。

万が一、真実綾芽が惑《まど》わされているとしたっておかしい。

涙も涸《か》れてふらつきながら、それでも二藍が待っていると、これ以上寂《さび》しい思いはさせられないと、その気持ちひとつで雪をかきわけ二藍を迎えに戻った。そんな綾芽になにひとつ知らせぬままに身柄を捕らえる。このどこともしれない御殿に追いやり、一度だって会いにこない。

それがまことの二藍だと、綾芽の愛する男だというのか？

首をかしげていた舎人は、ようやく綾芽の問いの真意に気づいて声を険しくした。

「梓、無礼であるぞ。斎庭《ゆにわ》にいらっしゃるのは、間違いなく二藍さまご本人だ」

「信じられません」

本物の二藍ならば、綾芽が夢に惑わされているならなおさら、なにをおいても会いにきてくれる。もう案じることはない、わたしはここにいると抱きしめてくれる。

（だから絶対に嘘だ。なにもかもが嘘偽《いつわ》りだ。二藍は本当に傷つき倒れたんだ）

だから二藍は――。

舎人はこれ以上話しても仕方ないと思ったのか、ため息ひとつを残して引きあげていった。重い扉がしまり、錠がかけられた音が響く。

綾芽は苦しく息を吐きだして、認めがたい事実を己《おのれ》に突きつけた。

――二藍は、死んだのだ。

あのひとは死んだ。

わたしの友は、恋《こ》い慕《した》う人は、もういない。

痛みさえ感じるほど熱い涙が頰を流れていく。綾芽は強く瞼《まぶた》を合わせて歯を食いしばり、嗚咽《おえつ》を嚙み殺した。

あんなむごい光景、綾芽だって夢であってほしかったのだ。つらい出来事などなかったことにしたい。幻だと信じたい。二藍は変わらず生きていて、痛い思いもしていなくて、また会える。

なにもなかったように、ふたりで生きていける。

そんな夢の欠片《かけら》にしがみついていたかった。絶えず願っていた。どうかどうか、これが悪夢でありますように、と。

(でも、いいかげんに前を向かなくちゃならないんだ)

一筋の月光が格子窓からさしこんで、朱色に塗られた壁を白く照らしている。その光を、綾芽は涙を拭って睨《にら》みすえた。これからどうすべきなのか考えた。

この獄に移されたのは数日前だ。そのときは目隠しされていたから、正確な場所はわからない。だがおそらく、都から南に一刻二刻くだったあたりだろう。

今の状況に首をかしげているのは綾芽だけではないはずだ。斎庭の主《あるじ》・鮎名《あゆな》をはじめ、二藍と綾芽をよく知る人々はみな、なにかがおかしいと考えている。だから『二藍』は綾芽をここに追いやった。あの日のことを詳しく証言されたら、ものを申されたら困るのだ。

なぜなら。

今の『二藍』は、二藍ではないから。偽者《にせもの》が二藍のふりをして斎庭に入りこんでいるにすぎないから。

兜坂を脅《おびや》かそうとしている隣国・八杷島《やはじま》の者が、二藍に成り代わっているのだと綾芽は睨んでいた。八杷島には伎人面《ぎじんめん》という、他人になりすますのにうってつけの秘宝の仮面がある。この仮面を被《かぶ》れば、まったくの別人でも二藍の顔になれる。そして誰も、それが偽者だとは見抜けない。

物申《ものもうし》――神にすらものを申せる力を持つ綾芽以外は、誰も。

だからこそ『二藍』は、綾芽を捕らえて遠ざけたのだ。綾芽と顔を合わせれば偽者と見破られてしまう。それを避けたかった。

八杷島は、二藍の亡骸を隠したのだろう。そして伎人面で二藍そっくりに変じた誰かを、二藍と偽り斎庭に送りこんだ。

なんのためか？　決まっている。

二藍がその身をもって守り抜いたこの国を、滅茶苦茶にするためだ。

「……させるものか」

綾芽はふらりと立ちあがった。どんな手を使ってもとめる。『二藍』の面前になんとしてでも立ちはだかり、化けの皮を剝《は》がしてやる。

あのひとの名を騙《かた》り、利用し、汚《けが》した者を、わたしは絶対に許さない。

＊

『うしろ暗い覚えは露《つゆ》もございません。

もしご不安なのでしたら、のちほど参上いたしましょう　二藍』

急ぎ文《ふみ》をひらいた鮎名の目に、伸びやかで美しい、見慣れた手跡が飛びこんできた。

神を招きもてなす場、斎庭《ゆにわ》。その主・妃宮《きさきみや》にして、大君《おおきみ》の一の妃たる鮎名は、斎庭中からあがってきた報告を受けていたところだった。そこに待ちわびていた文が届いたので、もろもろを中断して目を通したのだが——なにも手がかりは見あたらない。

（やはり、会わねば埒《らち》が明かぬのか）

鮎名は不安を押し殺した。直接顔を合わせれば、この胸騒ぎは消えてくれるのか。

かぶりを振って、傍《かたわ》らで紙を広げている女官の長、尚侍《ないしのかみ》の常子《つねこ》に目を戻す。

今はまだ、為《な》すべきことがあるのだ。

「すまない、続けよう。なんの話だったか」

「地震の後始末に関わる話でございます」

常子も文の中身が気になっているだろうに、なにも問わずに答えてくれた。そうだった。稀《まれ》なる大地震《なゐ》が起こってから今まで、鮎名を含む斎庭の人々は休む間もなく地震の後始末を続けてきた。今もその話をしていたのだった。鮎名は文を文箱《ふばこ》に置き、努めて地震のことに頭を向けた。

「膳 司《かしわでのつかさ》から申し出があったのだったな」

「はい。備えの大蔵《おおくら》をひらいてよいかと伺《うかが》いを立てております。地震のあと重要な祭礼が続き、よい食材が尽きかけているそうです」

「無論構わぬ。物惜しみせず最上の神饌《しんせん》をお出しするよう命じよ」

鮎名が答えるや、控えていた女官のひとりが立ちあがり、膳司に伝えんと駆けていった。

常子は続ける。

「もうひとつ。外庭《とつにわ》からの報告で、西方の山が緩《ゆる》んでいると」

「先日の地震があまりに大きかったためだな。それはいけない」と鮎名は応じた。「すぐに、対処となる祭礼を執《と》り行え」

緩んだ山はたいへん危険だ。大雨が降れば、一気に崩れるかもしれない。土砂が川を伝って平野の広い範囲に流れこみ、地震の被害を免《まぬか》れた田畑まで埋めてしまう。

「どのような類《たぐ》いのものにいたしましょう」

「そうだな。緩んだ山の上に雨雪が降らぬよう、西の海におわす雨神や雪神に南へ退《しりぞ》いていただく祭礼はどうだ」

自然を司《つかさど》る神を招き、もてなし鎮め、人にとってよい結果をもたらすよう動かす。それが斎庭のもっとも大きな役目である。神を招いても緩んだ山を元に戻すことはできないが、緩んだ山を崩してしまうような雨雲を退けることは可能の範疇《はんちゅう》だ。

しかし、と常子は難しい顔をした。

「本年はまだ冬があけず、西の海の雨雪神は腰に岩をくくりつけております。つまりは祭礼で働きかけましても、こちらの意のままに動かすのは至難の業《わざ》かと」

雨神を祭礼によって遠ざけるのは難しいという。ならば、と鮎名はすぐに別の案を口にした。

「北風を吹かせる風神をお招きするのはどうだ。神饌に特別腕を振るい、精をつけていただけば強い風が吹く。雨神も北風に乗り、南へ去るだろう」

雨神そのものを動かせないのなら、風を使って動かしてしまえばいい。

「よい案でございますね。承知いたしました」

常子がうなずくと、またも女官が駆けてゆく。

「他にあるか」

「いえ、本日はこれですべてでございます」

そうか、と鮎名は数日ぶりに、大きく肩の力を抜いた。地震から十日ちかく。ようやく斎庭《ゆにわ》は落ち着きを取りもどしてきたようだ。政務を司る外庭《とつにわ》はまだまだ忙しかろうが、祭《さい》祀《し》を司る斎庭がなせることは減りつつある。

「強《し》いて申せば、国司や郡領から、地震《なゐ》の詳しい報告が続々とあがってきております。胸を痛める知らせも多くございますが、斎庭を称《たた》える声もあるようです。国司から民草《たみくさ》に至るまで、災異を逃れられた者たちは口を揃《そろ》えて、斎庭のおかげと申しておりますよ」

「……それは嬉しいことだな」

鮎名は苦く答えた。嬉しいが、手放しでは喜べない。

確かにこのたびの地震は、激しさの割に被害は小さかった。大きな動揺も生んでいない。まさに斎庭の功績だ。あらかじめ大地震が起こると気がついて、地脈の神をできる限り鎮めていた。その上で、皆々に危機の到来を知らしめて、冷静に必要な策を打てていた。だから本来ならば鮎名は今、喜びを噛みしめこの賞賛を耳にしていたはずだ。

だがそうはならなかった。心に渦巻くのは不安と疑念、そして苛立《いらだ》ちだ。

それもこれも、本来ならばいっとうの功績があったはずのふたり――春宮《はるのみや》二藍と、その妻綾芽に、不可解が降りかかっているからだった。

ふたりが海蛇神を鎮めた日、鮎名は、ぼろぼろになって泣きながら山をおりてきた綾芽と相対《あいたい》した。二藍が深く傷つき命を散らしたのだと知った。義弟《おとうと》とはもはや二度と会えないと悟り、身を切るような悲しみに襲われた。

だがその悲しみのうちには、慰《なぐさ》めもほんの一滴だけ混ざっていた。二藍は幸せだった。神ゆらぎとして生まれ、長く孤独の中にあったあの男は、心から信じられる者を得て、その者を救って死ねたのだ。

だが――翌日になって、物事はぞっとするほうへねじれはじめたのだった。

雪がやみ、二藍の亡骸を迎えるために綾芽たちが出かけてすぐ。

死んだはずの男が――二藍が、鮎名を訪ねてきたのだ。

「……死んだのじゃなかったのか」

その姿を目にしたとき、さすがの鮎名も声が出なかった。ようやく意味も通らないつぶやきを落とせば、二藍は薄く笑って両手を広げてみせた。

「まさか。このとおり、十全ですよ」

確かに両腕は揃っている。二藍が神へ捧《ささ》げたのだと、綾芽が血を吐くように泣いて告げた左腕も無事だ。作り物でもない。指を曲げ伸ばししてみせろと命じれば言われたとおりにできるし、触れても温かい。なによりその節ばった長い指は、大君の手によく似た、二藍自身のそれだった。

愕然《がくぜん》としている鮎名の前で、二藍は瞬《まばた》きもせずによどみなく語った。わたしが死んだというのも、怪我《けが》をして腕を失ったというのも偽りである。綾芽が見た夢まぼろしに、みなが踊らされたにすぎない。真実は目の前のわたしが無傷なのを見れば明らかだ。

そして二藍は、綾芽を捕らえたと言い放った。

混乱を生じさせた綾芽をこのまま放ってはおけない。ゆえに、すでに弾正台《だんじょうだい》をさしむけ拘束したのだと。

なぜそんなひどいことを、と頭に血がのぼりかけた鮎名を、二藍は押しとどめた。

――ご迷惑はかけませんので、妃宮においては気を揉《も》まれませんように。あなたはこの騒ぎに惑わされず、ただ目前に迫った災厄に専念していただきたい――。

信じがたかった。なにひとつ納得できなかったし、問いたいことも膨《ふく》れあがった。

だが二藍の言うとおり、そのとき優先すべきは大地震への備えで、問いつめる暇《ひま》はなかった。身のうちで破裂しそうになっている疑念を抑え、役目に邁進《まいしん》するしかなかった。

しかし、それも一段落がつきつつある今。

(今こそ、疑念を明かさねばならない)

「二藍が、ようやく会うと申してきた。ここ桃危宮《とうきぐう》ではなく、あれがかつて住んでいた東の館で会うこととしよう」

常子を近くに呼び寄せ、文を見せて低く伝える。常子は心得たようにうなずいた。

鮎名は常子とわずかな供を従え、東の館に向かった。

東西南北、それぞれ十町もある広大な斎庭において、この東の館は奩《くしげ》の岩山の麓《ふもと》に位置する、目立たない屋敷だ。こぢんまりとしていて、二藍が春宮として立てられるまで住んだあとは主もいない。だが荒れているかといえばそうでもなく、むしろ今もなお、さっぱりと手入れが行き届いていた。

「ずいぶんとこぎれいにしてあるものだ」

母屋《もや》に座して二藍の到着を待ちながら、鮎名はつぶやいた。

常子からは、「そうですね」とだけ返ってくる。

こぎれいな理由はふたりとも知っている。二藍は時おり激務の合間を縫って、唯一《ゆいいつ》の妻である綾芽とここで過ごしていたのだ。表向きにはただの女嬬の綾芽と、人目を気にせずに過ごせる場が必要だろう――そう大君や鮎名が勧《すす》めたのだった。勧めたときのことを今でも鮮明に思い出せる。二藍は口ではひたすら恐縮していたが、瞳には喜びと、めったに見せない照れが浮かんでいた。微笑ましくて、なんだかすこしだけ羨《うらや》ましく思ったものだ。

口づけすらできない身の二藍だが、ともに寝ることだけが夫婦のあり方ではない。綾芽は紛《まが》う方《かた》なく二藍の妻だった。唯一心を許した人だった。野暮《やぼ》だから問うたことなどないが、きっとここでふたりは膳を囲んだり、書物を読んだり、昼寝をしたりしたのだ。

――そんな娘を、あの男は遠くへやってしまった。

虚言を吐いた罪だといって、二藍は鮎名の裁可も得ずに綾芽を捕らえた。そうして地震の混乱に乗じて、都を離れた垂水宮《たるみのみや》へ閉じこめてしまった。

本物の二藍が、そんな非道をなすだろうか？　綾芽が夢に惑わされたというのは本当か？　あの血と泥にまみれた綾芽の哀れな泣き顔が、偽りだというのか。

（それとも――）

本物の二藍は死んでいて、偽者が鮎名を騙しにかかろうとしているのか？

そういえば、と悪い予感が重なっていく。

二藍は、敵国八杷島の祭官・羅覇《らは》とふたりきりで会っていたはずだ。その後羅覇を捕らえて、羅覇を守っていた偽りの顔――仗人面さえも取りあげたと言っていた。

つまり仗人面はもはや羅覇のもとにはない。誰かが代わりに被っているのかもしれない。

（やはり綾芽の言うとおり、二藍は大怪我を負って、雪山で命を散らしたのかもしれない）

その二藍に成り代わった何者かが伎人面を被って二藍を演じ、鮎名たちを騙しにかかっているのかもしれない。

疑いは際限なく膨らんでゆく。そのうちに、濃紫《こきむらさき》の袍《ほう》を着た男の姿が渡殿《わたどの》のさきに現れた。いよいよか。鮎名は常子にめくばせした。

「わたしがひとりで会う。万が一の場合は任せる」

「……くれぐれもお気をつけて」

常子は噛みしめるように答えると、頭《こうべ》を垂れてさがっていった。

鮎名は座り直し、息をひそめて二藍を待つ。二藍が――二藍を名乗る男が――万が一荒々しい手に出ても対処できるよう、この館には武装した女舎人を複数忍ばせてある。斎庭のため国のため、ここで鮎名は男の正体を見定めなければならないのだ。

二藍はゆるりと御簾《みす》を挟んで鮎名と相対した。挨拶《あいさつ》もよそに、口の端《は》を持ちあげ口火を切った。

「女舎人を忍ばせていらっしゃるとは。それほどわたしが疑わしいのですか？」

いきなり手のうちを見破られて声もない鮎名に、二藍はよどみなく畳みかける。

「とは申しても、今日だけが特別でもありませんか。大地震《おおなゐ》の始末に走り回っているわたしに、あなたはずっと間諜《かんちょう》を張りつかせていらっしゃいましたね」

　気づかれていたのか。身構えたものの、鮎名は動じていないがごとく答えた。

「見張るのは当然だろう。死んだと聞いた者が生きて現れた。この世の理《ことわり》に反することが起こったのだから、なにがあったのか探らねばならない」

　答えながら考える。目の前の男は、見た目は二藍そのものだ。余裕を漂わせた冷ややかな声。真意を隠す笑み。

　だがわずかに違和感も漂っている。微笑んでいるように見せているが、その目はすこしも笑っていない。どこか緊張して、焦燥《しょうそう》が滲《にじ》んでいる。なぜ？

　妃宮、と二藍は咎《とが》めるような声を出した。

「なにを疑い、見定めることがありますか。わたしは死んではおりませんよ。ご覧のごとく生きております。いつまであの娘の妄言を引きずっておられる」

「……わたしは綾芽が偽りを申していたとは思えぬのだ。百歩譲って海蛇神が悪夢を見せたとして、あの娘がいとも容易《たやす》く囚われるわけがない。そう思わぬか？」

「ならばここにいる男はなんなのです。亡霊か幻か」

「幻とは思わぬよ。偽者かもしれぬが」

　なるほど、と二藍は鋭く目を細めた。

「ではお尋《たず》ねになればよい。初めて出会ったとき、わたしがあなたになんと言い放ったか。あなたに初めて習った琵琶《びわ》の曲目。大君の幼少のみぎりの秘話。いくらでもお答えいたしますよ。そうしたら本物だと納得されるのでしょう」

「話を逸《そ》らすな。わたしは綾芽を信じると言っているだけだ」

「逸らしてなどおりませんが」

二藍の語気が強まる。鮎名は眉を険しくした。

（なんだ、これしきで憤《いきどお》るなどお前らしくもないな）

本当に二藍らしくない。いつもの余裕はどこへいった。なぜそんなに厳しい顔をしている。額に汗を滲ませている。綾芽の名が出たからか？　あの娘の話をしたくないのか？

「二藍、なぜわたしがお前を信じられぬのかわかっているだろうに。お前はさきほどから綾芽の名すら出さない。あの娘の話を避けている」

「名を出しても仕方ないからです」

「ほう、なぜだ？　夢に惑わされる哀れな綾芽を案じていないのか？　かわいそうな娘だ。お前を迎えにいったつもりが、獄にぶちこまれて顧《かえり》みられもしないとはな」

「無論案じておりますよ」

「なのにみなの前で捕らえて、ろくに言い分も聞かず、都から追いだしたのか」

「苦肉の策でした」

と二藍は額の汗を拭い、妙にひきつれた笑みを見せた。

「あの娘が、偽りの噂を流して混乱を生じさせたのは事実です。示しをつけねばなりますまい。ですが気を揉まれませんように。あの者のことは丁重に扱っておりますよ。よいものを食べさせて、よい褥《しとね》で眠らせている」

「本気で申しているのか？」

あまりの言いぐさを耳にして、鮎名の唇はわなないた。信じがたい気分だ。

「どこが丁重だ。なぜ、無事雪山からおりてすぐに会ってやらなかった。得がたき友にして愛《いと》しい女が悪夢に囚われているのなら、本来ならいの一番に駆けていって、解き放ってやるのが筋ではないのか？　なぜ真実も告げず、生きているのだと伝えてやることすらせず、苦しい心を引きずって雪をかきわけ、お前を迎えにいった綾芽を縄につけた」

「まずは地震《なゐ》の件をなんとかせねばなりませんでしたし――」

「ふざけるな！」

怒りのあまり、鮎名は脇息《きょうそく》に檜扇《ひおうぎ》を激しく叩きつけた。

「わたしのもとに参じた綾芽はな、泣いていたのだ。声が嗄《か》れるまで悲痛に泣き叫んでいた。あの娘は、お前を見捨てて山をおりねばならなかった自分を、お前を救えなかった自分を責めて責めつづけていた。すぐにでもお前のもとに戻りたかっただろうに、お前の最期《さいご》のやさしさを無下《むげ》にしないよう、雪がやむまで血の涙を流して耐え忍んでいた」

「……だからなんだと言うのです」

――『なんだと言うのか』だと？

それがわからないほど心なき男ではなかっただろうに。

まことの二藍ならば、山をおりるや綾芽を探し、駆け寄り、抱きしめ、涙も涸れた娘に『わたしはここにいる』と何度でも伝えたはずだろうに。

もう耐えられず、鮎名は単刀直入に尋ねた。

「お前にとって綾芽はなんなのだ」

この問いの答えに、この男のすべてが表れる。なにもかもが詰まっている。

「そのようなわたくしごとに、この場で答える必要はありますまい」

二藍は身じろぎ、笑い飛ばすように答えた。だがその両手の拳は、広袖のうちで強く握られている。震えている。なぜ震える。

鮎名はわずかなほつれをえぐるように問いつづけた。

「お前と綾芽の関わりが、わたくしごとに収まっていたときがあるか。妃宮の命である、答えよ春宮。かつてのお前は孤独だった。神ゆらぎと恐れられ、友となる者はいなかった。

綾芽だけだ。あの娘だけがお前を神ゆらぎでなく、人として見た。人としてお前と向かい合った。そういうふるまいを、わたしたちに教えてくれた。そんな恩人にして、あれだけお前を慕っていた、ともに生きようと誓っていた娘を、今のお前はなんだと思っている」

「答える必要はないと申しているでしょう」

二藍は声を荒らげ、あまりにらしくない表情で言いかえした。握りしめられた左手は、痛みをこらえているようにも見える。

「答えられないのか。ならばこうしよう」

鮎名は低くつぶやくと、いつでも女舎人たちに合図を送れるよう腕に力を入れた。

「お前がまことの二藍だと言うのなら、今すぐわたしの前に綾芽を連れてこい。そうしてあの娘を悪夢から引き戻してみせろ。お前が無事な姿さえ見せれば、左腕も失われてなどいないと示せば、綾芽も悪夢から覚めるはずだ。そうだろう？　まさか血塗《ちまみ》れて死んだ者が、無傷で生き返るわけは――」

「やめろ」

と二藍は短く遮《さえぎ》って、突如立ちあがった。

「それ以上はなにも仰《おつしや》るな」

潜《ひそ》んでいる女舎人が一斉に飛びだそうとしたのを、鮎名はすんでのところで押し留めた。

そして、固く身を強《こわ》ばらせている男を見あげて息を呑んだ。

額に汗を浮かべた男の顔は、まっさらだった。無と化していた。

「……二藍、どうした」

「もはやわたしには猶予《ゆうよ》が残されておらず、余裕もないのです」

二藍は、抑揚のない声でつぶやいた。

その感情のこもらない声音は、厳しき理《ことわり》の神・玉盤神《ぎょくばんしん》の言葉を伝える際の口調に似ていた。玉盤神の前で、神ゆらぎはいっさいの心身の自由を奪われる。もの言わぬ玉盤神の声を、その口から代わりに吐きださせられる。そういうときのようだった。

「ですから妃宮、あなたがこの国を滅ぼしたくないのであれば、わたしの前ではけっしてあの娘の話をなさるな」

「……国を滅ぼす？」

思いも寄らぬ話が飛びだして、鮎名は愕然《がくぜん》として問うた。「お前はなにを言っている。それに、なぜ――」

「お渡しするものがございます」

二藍はまたも鮎名の問いを遮った。懐《ふところ》から一枚の紙のようなものを取りだして、鮎名にさしだした。

「こちらをお収めください。羅覇《らは》から取りあげた、伎人面です」

――伎人面だと？

信じがたい響きに鮎名は動きをとめた。なにを言う、と問いただしたかった。

(伎人面は、今お前が被っているのではないのか。お前は伎人面で二藍の顔を作りあげ、二藍のふりをした真っ赤な偽者ではないのか)

「幾度も申しておりますが」

鮎名の動揺を読んだように、二藍は貼りつけた笑みで返す。

「わたしはわたし以外の何者でもありません。なにがあってもこの国に尽くすと、お誓い申しあげましょう」

と思えば息がとまるほど冷たい目で鮎名を一瞥《いちべつ》して、背を向けた。

――どうなっている。

鮎名は呆気にとられながらその背を見つめた。伎人面を被っていないなら、あれは間違いなく二藍本人だ。だがそうであるならば、綾芽を閉じこめておくのはなぜだ。

考えているうちにも、二藍は見慣れた所作《しょさ》で母屋を離れていく。一歩踏みだすたびに、その右腰あたりでなにかが揺れる。

短刀だ。袍を留めている石帯《せきたい》に、小ぶりな短刀が吊るされている。

鮎名の胸に、またも違和感が湧きあがった。官人は右腰うしろのあの位置に、魚袋《ぎょたい》と呼ばれる官位を表す飾りを吊るしている。だが普段の二藍はなにもさげていない。なぜ今日に限って短刀など持ち歩いている。

（しかもあの短刀、どこかで見た気がするが……）

と、そのときだった。

「二藍さま」

茂みの陰からぱっと女が飛びだしてきて、南廂《みなみびさし》に出た二藍の前に膝《ひざ》を折った。

女の顔を見やって、鮎名は眉をひそめた。

ここのところ二藍に付き従っている、女舎人の千古《ちこ》ではないか。二藍の手足となり、鮎名の知らぬところでなされる二藍の企《たくら》みのために駆けずり回っているようだったが。

千古の登場で意表を衝《つ》かれたのは二藍も同じようだった。

「なにをしに参った」

と硬い声で尋ねる二藍に、千古は頭を低くして、凛《りん》と響く美しい声で答える。

「急ぎお伝えしたいことがございます。こちらにおいでと知り、参上いたしました」

「……ここでは聞かぬ。妃宮の御前であるぞ」

二藍が退けようとすると、すかさず鮎名は「構わぬ」と声を張った。

「火急の報告なのだろう。わたしを気にせず申せ。聞かぬし、口も出さぬ」

もちろん聞かぬわけはない。じっくりと聞き耳を立てさせてもらう。

千古が、ここに鮎名がいると知らずに飛びだしてきたはずはない。きっとこの女舎人は、あえて今このときを狙って現れた。

鮎名になにごとかを聞かせるつもりでやってきたのだ。

二藍は一瞬苛立《いらだ》った目で鮎名を見たが、再び背を向け表情を隠した。腰の短刀がまた揺れる。この得物《えもの》がなんだったか、鮎名はもう喉元《のどもと》まで出かかっていた。

あれは二藍のひどく大切なものではなかったか。

千古は鮎名に感謝すると、「実は」と二藍に向き直った。あっさりとした声で、驚くべきことを告げた。

「垂水宮に捕らえている女嬬の梓が、病《やまい》に倒れたそうです」

（……綾芽が？）

まさか、と鮎名は目を剝《む》いた。梓とは、綾芽が女嬬として仕えるときの名だ。

それは二藍にとっても思いも寄らぬ知らせだったようで、二藍は石のように固まった。

長いこと、刻《とき》がとまったように立ちすくんで、それから渇《かつ》えて死にかけた者が水を求めるように、震える手を右腰の短刀に伸ばして、握りしめた。

「……なぜだ。寝食は充分よきものを与えていたはずだ」

「数日前から食が細っていたそうです。二日前の晩に吐き戻してからは、水以外はなにも受けつけていないと」

「二日前？　なぜ今になるまで申さなかった」

二藍の声に、隠しきれない怒りが滲む。千古は淡々と答えた。

「ひとつには、わたくしのもとに報告があったのが昨晩でございました。もうひとつには、二藍さまご自身が、梓の話はできる限りお聞きになりたくないと仰《おお》せでした。あの者に虚言を触れまわられ、ひどくお怒りなのでしょう？　それで都を離れた別宮に追いやったのだと考えておりました。つまりはあなたさまは、梓が死のうが苦しもうが、まったく気にも留《と》められないと」

挑むような物言いに、二藍の肩が強ばったのが鮎名にもはっきりと見てとれた。さきほどあれだけ冷たい態度を表した娘の危機に、二藍はいったいなんと言いかえすのか。

「……流行《はや》り病か」

結局二藍は短く、低い声で尋ねるに留《とど》めた。

「ではなさそうです。しかし目が回って起きあがれず、頭すら動かせずと聞きました。ともすると、死に至る病やもしれません」

声をひそめて千古が口にした恐ろしい疑いに、しばらく二藍は答えなかった。その右手は、いまだ短刀の鞘《さや》を強く握りしめたままだ。

鮎名はふいに、この短刀をどこで見たのかを思い出した。

――あれは、綾芽のものだ。

二藍が綾芽を想って、綾芽のためにあつらえて贈ったものだ。

その、本来綾芽が携《たずさ》えているはずの短刀を、なぜ二藍が後生大事に腰にさげている。嘆《なげ》きの声を顧みずに獄に繋ぎ、自分が生きているとさえ伝えない。そんな女の得物を、なぜ震える手で握りしめている。

まるで、と鮎名は眉を寄せた。

――まるでこの男は、あの短刀が繋ぐよすがに縋《すが》っているようではないか。

やがて二藍は、つぶやくように千古に命じた。

「すみやかに医師《くすし》を遣《つか》わせ。薬はいくらでも用意するゆえ、惜しみなく使わせよ。けっして死なせるな」

「……死なせたくないのですね」

「当然」と二藍は平淡な声で返した。「あれは希有《けう》なる力を持つ。失うわけにはいかぬ」

「ですが、梓が気の病を患《わずら》っていたらどういたします。心が弱っているゆえに倒れたのだとしたら、医師《くすし》を呼ぶだけでは治らぬかもしれません。どうにかものを食べさせなければ、死んでしまいます」

「膳 司《かしわでのつかさ》の須佐《すさ》を連れていけ。梓の好物を作らせよ。それでもだめなら、須佐をあの娘の話し相手にせよ。気を紛《まぎ》らわせれば、食欲も戻るだろう」

「それでも病状思わしくないときは？　もう助からないとなったときは」

二藍が口を引き結んで千古を睨んだのが、背後から見ている鮎名にも察せられた。

「……そのときは、あの娘に渡すものがある」

「なんでございましょう」

「尾長宮《びちょうぐう》に戻ってから預ける」

叩きつけるように言うと、二藍は足早にその場を去った。千古はちらりと鮎名に目をやって、すぐに二藍に従い去ってゆく。わたしができるのはここまで、あとはそちらで判断してくれと言わんばかりだった。

入れ替わるように几帳の陰から走りよってきた常子と、鮎名は眉をひそめて見合った。

「あれは偽者でなく、まことの二藍なのか？　綾芽を案じているように見えたが」

「そうも窺《うかが》えましたが」と常子は慎重に言葉を選ぶ。「ならば綾芽を獄に入れたまま、放っておくのは解《げ》せません。案じているふうに見せているだけとも考えられます」

ありえるな、と鮎名はつぶやいた。わからない。会えばすべての疑念がすっきりと断ち切れると思っていたのに、謎が増えて絡《から》み合うばかりだ。

あの男は二藍その人なのか、違うのか。綾芽のことを、結局どう思っているのか。

「……どちらにせよ、腹のうちが読めぬ男を放ってはおけぬ。地震《なゐ》のもろもろであやふやとなっていたが、左大臣《さだいじん》が二藍に求めた蟄居《ちっきょ》はまだ明けていないはずだ。桃危宮に戻り次第、大君にお願い申しあげよう。再び二藍を――」

ひやり、とした気配に首筋を撫でられて、鮎名は言葉を切った。頬を強《こわ》ばらせて、すばやくあたりに視線をやる。

おかしい。そこかしこから人の気配を感じる。ここにいるのは常子といくばくかの女官、忍ばせていた数人の女舎人だけのはずなのに、明らかにそれ以外の、馴染《なじ》まない何者かの気配が、ひしひしと迫ってくる。

同じく異変を察した常子や女舎人が鮎名を守るように身を寄せたとき、その気配は正体を現した。渡殿の陰から、蔀戸《しとみど》のさきから、二藍好みの静まりかえった木立から、次々と男の衛士や舎人が姿を現す。

斎庭《ゆにわ》で働く者ではない。政務を司る外庭《とつにわ》の、衛府《えふ》に属する者どもだ。

それが、この小さな館を取り囲んでいる。

自分たちをこのまま軟禁するつもりなのだと、鮎名はたちまち悟った。

「誰の命でこのような愚かな真似を」

激しい怒りを滲ませ問うと、舎人のひとりが頭をさげる。

「春宮の命でございます。どうかこのまま、わたくしどもに従ってくださいますように」

――二藍、あの痴《し》れ者め。

鮎名は歯噛みした。謀《はか》ったつもりが謀られていたのだ。

あの男は最初から、鮎名を幽閉《ゆうへい》せんとしてここにやってきた。

腹の中で渦巻いていた疑念と苛立ちがいよいよ膨れあがり、鮎名を突き破り飛びだしてゆきそうだった。このまま無理矢理にでも包囲を突破してしまいたい。そして二藍を名乗る男を追いかけて、袖を摑んで引きずり倒し、その首に綾芽の短刀を突きつけ問いたい。

なにを考えている。お前はいったい誰なのだ。

衝動を必死に抑え、鮎名は己の舎人に低く命じた。

「武具を置け。この者たちの申すとおりにせよ」

＊

夜更《よふ》けになって、綾芽《あやめ》の囚《とら》われている御殿《ごてん》の扉が重い音を立ててひらいた。ほどなく数人の足音が、綾芽がぐったりと臥《ふ》している御帳台《みちようだい》に近づいてくる。

「梓《あずさ》の病状ですか？　ええ、変わらずです。起きあがれません」

「食が細っていると聞いたが」

「細っているどころか、昨日また吐き戻しました。今日は朝に、水をすこし飲んだ他はなにも。食べさせようとしたのですが、目が回って無理だと言って」

上掛けの衣《ころも》を頭から被《かぶ》り、褥《しとね》に身体を小さく丸めて横たわっていた綾芽は、衣の下で瞼《まぶた》をひらいた。やってきたのはいつも綾芽を監視している衛士《えじ》たちと、もうひとり――斎庭《ゆにわ》の女医師《おんなくすし》だ。一介の女孺《にょじゅ》、しかも囚人である綾芽を診《み》るにしては、位《くらい》の高い医博士である。

「目が回るのだな。死に至る病《やまい》か、気の病か……それで病人はどこに。暗くて見えぬ」

「明るいと頭が割れるようだと申すので。こちらです。寝ているようですね」

手燭《てしよく》の揺れる灯《あか》りが近づき、足音が綾芽のそばでとまる。綾芽は浅い呼吸を繰りかえしながら、じっと身を固くした。感覚が研ぎ澄まされていて、両の手首足首に巻きついた縄がざらりと肌を撫でるのをはっきりと感じる。綾芽を縛る縄は計四本。ある程度身体の自由はきくが、結び目は固く、綾芽の力ではどうやってもほどけなかった。

この縄があるうちは、どこにも逃げられない。医師も衛士たちもそれがわかっているから、どこか気を緩《ゆる》めた様子で、話しながら診察の準備をしている。医師《くすし》は御帳台の脇に筵《むしろ》を敷いて、鍼《はり》の収まった手箱と、さまざまな薬の入った小箱が詰まった棚を並べた。並べ終わると、棚の前に薬を刻むための小刀を置く。

綾芽はもう一度息を吐いた。そうしてごめんなさい、と心の中でつぶやくと、足に力を込めた。勢いをつけて衣を撥《は》ねのけ小刀に飛びかかる。

そしてそのまま、綾芽を救おうとやってきた医師の喉《のど》に刃《やいば》を突きつけた。

「動くな」

医師の喉から悲鳴が漏《も》れる。綾芽は心を鬼にして小刀の切っ先を医師の肌に食い込ませ、呆気《あっけ》にとられている衛士たちに命じた。

「声をあげるな。静かに、今すぐ、わたしの手足の縄を切れ」

衛士たちは、灯火の下でもはっきりわかるほどに青くなった。

「お前、まさか仮病だったのか。弱っていると見せかけて、油断させようと……」

そうだ、と綾芽は心の中で答えた。

いつまでも囚われているわけにはいかない。二藍を騙《かた》った何者かをとめにいかねばならない。だからこそ病に倒れたふりをした。衛士らを騙《だま》して、油断させた。すべては脱獄するためだ。実際にはぴんぴんしている。吐いたのだって、喉に指を突っこんで無理矢理そう見せかけただけだった。

だが綾芽は、衛士たちの名誉のために「まさか」と言った。

「仮病なものか。今も吐きそうで仕方ない」

せめて騙されて油断したのではなく、綾芽の執念がまさったのだということにして、狼《ろう》狽《ばい》している哀《あわ》れな衛士たちを急《せ》かしにかかった。

「さあ早く。この御方がどうなってもいいのか？　早く縄を切って。……縄を切れ！」

言われたとおりにしてくれ。すべてが終われば必ず謝る。罰を受けないように助ける。

だからどうか。

脂汗《あぶらあせ》を浮かべた衛士たちは、睨《にら》む綾芽と震える医師《くすし》を交互に見やり、ようやく観念したように鉈《なた》をとった。綾芽の手足から伸びた太縄に打ちおろす。右足。次は左腕。綾芽は焦《じ》れる両足をなだめ、じりじりと四本すべての縄が切られるのを待つ。御殿の外には衛士や舎人《とねり》が多くいる。途中で気づかれたら、この御殿ごと取り囲まれて万事休すだ。

「どうした？　妙に静かだが」

扉の外から訝《いぶか》しむような声がかかる。縄を切る衛士が口をひらきかけたのが見えて、綾芽は決死の覚悟を示すため医師の喉元に刃をぴたりと当てなおした。声をあげるな。手をとめるな。そうしたら、この人がどうなるかわかっているだろう。

医師《くすし》が血の気《け》を失いのけぞる。衛士は口をつぐみ、唾《つば》を飲みこんだ。再びのろのろと鉈を持ちあげては振りおろす。振りおろすごとに縄がほつれる。固く撚《よ》られた太い麻《あさ》の束に、切れ目が入っていく。

ようやく、左手の縄を最後まで繋いでいたものがぷつりと切れた。同時に、返事がないことを危ぶんだのだろう、「おい、どうしたのだ」と松明《たいまつ》を掲《かか》げた女舎人がわずかに扉をあけて顔を覗《のぞ》かせる。綾芽は急いで医師から身を離すと、手足から伸びる縄の切れ端を引きずったまま、やってきた女舎人に体当たりするように駆けだした。

出会い頭、驚いた女舎人の動きがとまる。その脇を、身を低くしてすり抜ける。

「逃げたぞ！」

衛士の叫びを背に聞く。外は小望月《こもちづき》だった。綾芽の囚われていた御殿の前はひらけていて、篝火《かがりび》が焚《た》かれている。その光に照らされて、女舎人やら衛士やらが数人、なにごとかと振り向いたのが視界に入る。

まずい。思った以上にたくさんいる。だがゆくしかない。

「女嬬が逃げた！　捕まえろ！」

篝火の灯りが届かない暗がりを求めて駆けた。足音が追いかけてくる。振りきるように、前だけを見て走りに走る。そこへぬっと暗がりの中に立ちはだかったのは板塀《いたべい》だった。どうやらこの場はかなり広く、建物も多いらしい。となると昔の王の別宮か。板塀の向こうが別宮の外ならばよいのだが、まだ敷地が続くようだと逃げきれないかもしれない。

——外でありますように。

祈りながら、勢いをつけて塀の板葺《ぶ》きの屋根に指をかけ、一気に乗り越える。だが塀の向こう側が見えたとたん、綾芽は唇を嚙んだ。

（外じゃない）

板塀を越えたところに広がるのは厨《くりや》やら侍所《さぶらいどころ》やらがこまごまと建てられた一角で、どちらにいけば敷地の外に出られるのかさえはっきりとしない。

とはいえ迷ってはいられなかった。声をあげて迫る女舎人たちを一瞥《いちべつ》して、綾芽は塀のさきへ飛び降りた。追いつかれないうちに隠れる場所を探さねば。

しかしどこに隠れる。月は明るく、建物の陰でやりすごすのは難しい。向かいの侍所から、騒ぎを聞きつけた衛士たちが飛びだしてくる気配すらある。背後の追っ手は早くも塀の手前までやってきたようだ。迷っているうちに塀を乗り越えてくるだろう。

——どうやって逃げればいい。

焦《あせ》りを募《つの》らせあたりを見回したときだった。ちょうど目と鼻のさきの建物から、小柄な娘の影が飛びだしてきた。女舎人らの声を耳にして、なにごとかと出てきたのだろうか。

月を背負ったその影は、綾芽を認めて、驚いた獣のように固まった。

——まずい。

綾芽は心臓がひきつれるのを感じた。手足から縄の切れ端が垂れさがっている今の綾芽は、どこからどう見ても逃げだした囚人だ。ここで悲鳴でもあげられたら——。

だが娘は声をあげなかった。あげないどころか意を決したように綾芽に走りよって、手を強く引いた。

「来て」

月の光に娘の横顔が照らされ、綾芽は目をみはった。必死の形相《ぎょうそう》で綾芽を引っ張ろうとしているのは、友人である須佐《すさ》ではないか。いったい、どうしてこんなところに。

「なに突っ立ってるの。早く来て！」

尋《たず》ねる暇《ひま》などない。須佐は綾芽を、自分が出てきた建物に引きずりこんだ。煙と湯気のたちこめるそこは厨《くりや》だった。壁際《かべぎわ》には大きな竈《かまど》がずらりと並び、逆の壁際は大小の甕《かめ》が埋めている。

須佐は震える両手で綾芽の背を押しやった。

「どこでもいいから今すぐ隠れて！　見つからないところに」

（どこでもって）

綾芽は戸惑いを押し殺し、周囲を見渡した。須佐は匿《かくま》ってくれるつもりなのだ。だが隠れるところなどない。大竈にはみな火が入っている。中央の長い几《つくえ》の下も、空《から》の大甕も、覗きこまれればすぐに気づかれる。いや、かろうじてやりすごせそうなものを見つけた。でも――。

「おい、そちらに娘は走っていったか?」「探せ!」

外から聞こえる舎人や衛士の声が大きくなる。この建物に近づいてきているのだ。

(……ええい、もう賭けだ!)

綾芽は覚悟を決めて、見つけた身の隠し場所に飛びこんだ。

ほんの数拍ののち、息を切らした女舎人と衛士が数人、厨に駆けこんできた。

「手足に縄を巻いた娘を見なかったか」

煮え立つ釜をかき混ぜていた須佐は、さも不安げな顔で振り返る。

「娘って、捕らえられてる娘のことですか? まさか逃げたのですか?」

女舎人は答えずに、厨の隅々を手早く調べはじめた。折敷《おしき》がいくつも並んだ長い几の下、煙が燻《くすぶ》る竈の中、空の大甕。積み重なった薪束《まきたば》の陰や、竈で煮え立つ大釜の中までも調べたが、人の姿はない。

「……ここではないようだな」

さっと首を巡らせると、舎人たちは早々に見切りをつけて、引きあげていこうとする。そんな去り際《ぎわ》の女舎人に、須佐はおどおどと声をかけた。

「あの、逃げた娘が入ってきたら怖いので、戸をしめきっておいてよいですか」

「そうするといい」

舎人たちが出てゆくや、須佐は言われたとおりにした。戸を勢いよくしめて、つっかえ棒をふたつも渡す。それから飛ぶように踵《きびす》を返し、戸のすぐ脇に置かれた、水がいっぱいに入った甕に走りよった。

「綾芽、もう安心だから！」

とたん、綾芽はざばりと水甕から顔を出して、激しく咳《せ》きこんだ。

「……危なかった。もうすこしで息が続かなくなるところだった」

「ちょっと、大丈夫？　よりによって冬場の水に頭のさきまで入るなんて」

綾芽が甕から這《は》いでるのに手を貸しながら、須佐は怯《おび》えたように言った。

「このくらい大したことないよ。でも……ちょっと冷たかったな」

音を立てて歯を震わせながら、なんとか綾芽は甕からあがった。検分した舎人たちも、まさか冬場の水甕の中に潜《ひそ》んでいるとは思わなかったのだろう。助かった。

寒さに凍えながら重く濡れた服を脱いで、須佐が貸してくれた簡素な衣《ころも》を身にまとう。

そのあいだに須佐は調理に使う小刀を持ち出して、竈の前で暖をとる綾芽の手足から垂れさがった縄を切りはじめた。

綾芽はしばらく、懸命に手を動かす年下の友人を見つめていた。それからそっと尋ねた。

「どうして須佐がここにいるんだ。それに……」

本来の須佐は、神に捧《ささ》げる神饌《しんせん》を調理する場である膳司《かしわでのつかさ》で働く女官だ。斎庭《ゆにわ》から遠く離れたこんなところにいるわけがない。

「――それにわたしを匿っても、構わないのか」

逃げだした囚人を匿ったと知られれば、ただではすまされない。須佐があれだけ敬愛している二藍《ふたあい》の命《めい》にも背《そむ》くことになる。

なぜ須佐は、危険を冒《おか》して助けてくれたのだろう。

「わたしがここにいるのはね、命じられたからよ」

須佐は顔をあげずに、怒ったように小刀を振るった。

「あんたが病気になって、なにも食べられなくなっちゃったから、あんたのために粥《かゆ》とか、蘇《そ》とか醍醐《だいご》とか、そういう滋養のつくものを作るように千古《ちこ》さまに命じられて、ついさっきここに来たの」

ちょうど乳を煮込んでいたのよ、と須佐は、焦《こ》げた匂《にお》いが漂う釜を恨めしげに見やった。

「そしたら外が騒がしくなって、覗いたら、いかにも逃げてきましたって感じのあんたが突っ立ってるじゃない。呆《あき》れちゃった。病気だったんじゃないの？」

「……仮病だったんだ。どうしても逃げなきゃいけないから」

「なにそれ。じゃあわたしは無駄足じゃないの。ああもう、さっき舎人に突きだしておけばよかった。そしたらわたし、きっと二藍さまに褒《ほ》められたわね。よしよしされて――」

須佐はふいに言いやめて、綾芽を見つめた。その瞳には、恐れと疑念が渦巻いている。綾芽に対してではなく、綾芽をここに閉じこめた男への。

「……正直、やらかしてると思うわよ。あんたを逃がしたって知られたら、鞭《むち》打ち謹慎なんかじゃすまないかもしれない。せっかく手に入れた大好きな仕事を取りあげられて、斎《ゆ》庭《にわ》を追放されるかもしれない」

でも、それでも迷わなかったのよ、と須佐は声を震わせた。

「前に佐智《さち》さまが言っていたでしょ。あんたは二藍さまを御《ぎょ》すお役目だって。よしよししてあげるお役目だって。だったらあんたを逃がすのがたぶん正しいのよ。これでいいの。わたし、ひどく罰を受けるかもしれないけど」

ぽろりと大粒の涙が須佐の頬を伝い落ちて、綾芽はたまらなくなって友人を抱きしめた。

「大丈夫、必ずみんな報《むく》われる。だから心配しないで」

須佐の勇気に救われたのだ。綾芽ひとりでは、この好機をふいにしてしまっていた。

「ちゃんとやり遂《と》げるから。二藍さまの名を騙《かた》る者は絶対に捕まえる。みんなの前で、化けの皮を剝《は》いでやる」

「化けの皮？　……てことはやっぱり」と須佐の瞳が涙で揺れる。「今斎庭にいらっしゃる二藍さまは偽者《にせもの》なの？　まことのあの方は、地震《なゐ》の神に殺されてしまったの？」

答えたくない。しかし口の端《は》に力を入れて、つらい気分でうなずこうとしたときだった。

「須佐、ここをあけて」

扉の外から聞き覚えのある鋭い女の声がして、綾芽と須佐はたちまち顔色を失った。

「……千古さまだわ」

「なぜ千古さまがここに」

聞けば須佐とともにやってきたのだという。であれば千古は今、逃げた綾芽の捜索にも協力しているはず。二藍に忠実に付き従っている千古に見つかれば、確実に捕らえられてしまう。せっかく逃げたのに水の泡だ。

「もう一度水甕に隠れられる？」

焦る須佐に、綾芽は青くなって首を横に振った。

「だめだ。あたりが水浸《みずびた》しになってしまったから、気づかれてしまう」

「じゃあどうするのよ!」

とふたりが慌《あわ》てているあいだも、千古の声は途切れない。

「須佐、なにしてるの。早くあけて」

仕方ない。浮き足立った須佐の肩を押さえ、綾芽は自分と須佐に言いきかせた。

「これ以上怪《あや》しまれるよりは戸をあけたほうがましだ。わたしは竈の陰に隠れる。さっき舎人が見回ったと言えば、千古さまだってもう一度調べようとはなさらないはずだ」

「調べられたらどうするの!」

「そのときはまた逃げだすしかない」

なんとか隙《すき》を突くしかない。

須佐は、もう、と泣きだしそうな顔で立ちあがった。綾芽は戸にもっとも近い竈の陰に走り、身をかがめた。麻布を被って、祈るように身体を縮める。どうか、気づかれませんように。

須佐が戸をひらくと、千古はひとりで立っていた。「入るよ」と言うや戸をしめる。須佐の手からつっかえ棒を取りあげて、自《みずか》ら戸の裏に渡した。

須佐の横顔から血の気《け》が失せる。戸を封じられてしまったら、綾芽が逃げだせない。

もはや、気づかれない幸運を祈るしかなかった。綾芽は息をとめ、この身はいないものだと自分自身に思いこませようとした。

「あの、千古さま。……どういたしましたか」

　須佐がおどおどと尋ねると、黙りこくっていた千古は口をひらいた。

「梓が――」いや、と言いなおす。「綾芽が逃げたのは知ってるでしょう?」

「存じておりますが」

「まったく、仮病を使って逃げるだなんてね。しかもわたしがいるときに決行したら、こっちまで二藍さまに疑われるじゃない」

　ふうと息を吐きだし柱にもたれると、千古は水が欲しいと須佐に頼んだ。須佐は急いで水甕まで、澄んだ水を汲《く》みにいく。

　目を閉じ、腕を組んで柱に身体を預けている千古を、綾芽は息をひそめて窺《うかが》った。綾芽探しに駆りだされているのは間違いないが、厨を検《あらた》める気配は感じられない。休息のために寄っただけなのか。

　と思ったとき、ふいに千古は目をひらき、迷いもなくまっすぐに綾芽を見つめた。視線がかち合う。静かで厳しい、なにかを見定めようとする視線。

　――入ってきたときから気づいていたのか。

　そう悟って綾芽は狼狽《ろうばい》し、観念した。もう終わりだ。

しかし次の瞬間には千古はふいと目を逸《そ》らして、また瞼《まぶた》をおろしてしまった。

「実はね」と千古は、まるでなにも見なかったかのように、須佐に声をかける。

「わたし、見てしまったんだよ」

「……なにをです」

器に水をたたえて戻ってきた須佐の声が緊張する。いやね、と千古は笑った。

「二藍さまは、綾芽は幻に惑《まど》わされてありもしないことを言ったんだって仰《おっしゃ》っているじゃない。だからここに閉じこめて、罰を与えているんだって」

「そう仰《おお》せでした」

「そのお言葉を疑ってなかったんだよ。まあ、こんなところにまで追いだすのはさすがにやり過ぎな気がしたけれど、喧嘩しただけかなとも思っていたんだよね」

「喧嘩ですか」

「そう、痴話喧嘩」

と千古は腕を組んだ。

「別になんでもよかったけどね。とにかく綾芽の訴えがありえないのはわかりきってた。なんせわたしの目の前で、二藍さまは間違いなく生きてるんだから」

そうして息をつき、迷いの面持《おもも》ちを浮かべた。

それは初めて見る顔で、綾芽は驚いた。千古はいつでも迷わない。口に出された言葉や、確固たる証拠だけを信じる。他人の心をいたずらに慮《おもんぱか》ったりはしない。

そんな千古が、迷っている。

「でもね、このあいだ――二藍さまから何重にもなった麻袋を渡されてね」

このくらいの、と千古は身体の前で円を描いた。

「中身を見ずに燃やせって命じられて、火にくべたんだ。そこで見てしまったんだよ」

「……中におぞましいものでも入っていたのですか？」

「誤解しないでほしいんだけど、わたしは覗いていない。そういうことはしない。でも炎の中で麻袋が破れてね、中身が偶然、一瞬見えたんだよ」

「なにが……」

「血塗れた濃紫《こきむらさき》の袍《ほう》が入っていた」

「血塗れた、濃紫の袍？」

「そう。知ってのとおり、濃紫は二藍さましかまとわれない色だよ。それがぼろぼろになって、びっしょりと血にまみれていたんだ」

須佐がはっと胸を押さえ、綾芽も思わず腰を浮かしかけた。

それは二藍のものに違いない。二藍が海蛇神を鎮《しず》めるために、己《おの》が身を犠牲にしたときに身につけていた衣。二藍自身の血に染まった衣。

であればやはり、あれは夢まぼろしではなかった。二藍は実際に大怪我をしたのだ。苦しい息の下、綾芽を雪の舞う深山から送りだした。そこまでは真実あったことなのだ。

その傷ついた二藍のまとっていた衣を、『二藍』は密かに焼いて始末した。

「つまりは……」須佐が身を乗りだした。「今斎庭《ゆにわ》にいらっしゃるのは二藍さまを騙る男で、その者は本物の二藍さまの衣を処分しようとしたのですか？」

偽者だとばれないように。綾芽の訴えが真実だと明かされないように。

「わからない」

千古は須佐を見ずにかぶりを振った。

「すくなくともわたしが目にした事実は、綾芽は嘘つきじゃないって示してるけれど、それ以上はなにもわからない。死んだ男の袍を処分して、成り代わっている男がいるのかもしれないし、そうじゃないかもしれない。わたしもできる限りは調べてみたし、二藍さまに鎌をかけてもみたけれど、結局さらにわからなくなっただけだった。──だからもう、懸《か》けることにした」

千古は静かに息を吐いて懐《ふところ》に手をやった。

「……わたしは栄達したい。そのためには、ここが分かれ道なのは知ってる。自分以外のものに懸けるのは、本当は嫌なんだけど」

言いながら、綾芽の前までやってくる。わずかに眉を寄せて目を落とした。

「今日二藍さまに、あなたが病気だって申しあげたらなんて仰ったと思う」

「……捨て置けと命じられたのでしょう」

綾芽もとうとう、顔をあげて答えた。

二藍の偽者にとっては、正体を暴く恐れのある綾芽など死んでくれたほうがいいはずだ。

けれど千古は、「違う」と即答した。

「あの御方は、ものすごく動揺されていたよ。絶対に死なせるなと厳命された。優れた医師《くすし》を連れていって、手を尽くせと。薬も惜しむなと」

信じがたい答えに、綾芽は戸惑いを隠せなかった。ありえない。本物の二藍ならば案じてくれる。だが違うのだ。二藍は死んだのだ。

「須佐を連れていけと命じたのもあの御方だよ。あなたの心が弱っているのなら、話し相手をするようにと仰せだった。そして極めつけは」

千古は懐に入れていた手を引き抜く。その掌《てのひら》には、懐紙《かいし》にくるまれた細長いなにかが握られていた。

「もしあなたが死にかけているのなら、これを渡すようにと命じられた。わたしから見たらあなたは充分死にそうに見えるから、今ここで渡しておくね」

（渡すもの？　いったいなんだ）

綾芽は包み紙を受けとった。息をとめてひらいていくうちに、中身がちらと目に触れる。とたん、はっと手が震えた。

「……二藍さまが、これをわたしにと仰ったのですか」

信じられなかった。

包みには、ほっそりとした笄子《かんざし》が一本収まっている。先端が固い鉄であつらえられた、いざというときには護身、もしくは自決のための武器となるもの。

「……二藍さまは、綾芽に死を命じられたのですか」

覗きこんでいた須佐が顔色を変えた。これで死ねと渡されたのだと誤解したのだ。しかし千古は頭を横に振った。

「まさか。喉を突いて死ねっていうことじゃないでしょ、それは」

はい、と綾芽は噛みしめた唇から小さく声を漏らす。

そうだ。これは武器にもなるが、込められた意味は別にある。

無骨な先端から柄へと、撫でるように指を滑らせていく。尖《とが》った硬いさきは、やがてやわらかな曲線を描いて膨《ふく》らみ、平たい幅広の柄に至る。そこには銀の細工が嵌《は》めこんであって、表と裏にそれぞれ絵柄が彫られていた。

銀の鶏《にわとり》と、菖蒲《あやめ》の花。

二藍と綾芽を象《かたど》った、美しい細工。

そう、この笄子は二藍が綾芽に贈ったものだ。ふたりの絆《きずな》の証《あかし》だ。

だから『二藍』がこれを、死にかけている綾芽に渡そうとする心はひとつ。

『この笄子に込めた想いは変わらない』

そう伝えるためだ。

――なぜだ。

綾芽はわからなくなった。

なぜこれを、二藍を名乗る男はわたしに返してきた。

二藍と最後に別れたとき、綾芽はこの笄子を、血塗れて冷えきった二藍の手に握らせた。

しかし迎えに戻ったとき、雪の上に二藍の姿はなく、この笄子だけがぽつりと残されていた。これだけが、綾芽の手にむなしく戻ってきたのだ。

そのあと虚言の罪で捕らえられた際に取りあげられてしまったのを、『二藍』は手に入れたのか。そして綾芽の命が危ないと知って、千古に託したのか。

なぜ。

二藍は死んだのではなかったのか。血にまみれた袍はなによりの証、つまりは二藍に成り代わった誰かがこの国を脅《おびや》かしている。そのはずではないのか。

それとも——。

ありえない考えが脳裏をよぎり、胸が大きく跳ねた。

それとも、もしかして、あのひとは——。

落ち着け、と綾芽は必死に胸を押さえて自分に言いきかせた。馬鹿げた期待に浮かされるな。想いを利用されることだけはないように、きちんと考えなければ。二藍の身になにがあったのか。そして今、いったいなにが起きているのか。

「わたしがなぜ、あなたに行く末を託すかっていうとね」

と千古が、強く手を引っ張り綾芽を立たせた。

「あなたは前に進んで、新たな道を切り拓《ひら》くのがお役目だからだよ」

ねえ、と須佐に同意を求める。須佐は大きく何度もうなずいた。

「仰るとおり、そのとおりです。こっちが腰が抜けるようなとんでもないことをしでかしちゃうのが、綾芽なんだから」

そして泣きそうな顔で綾芽を見つめる。

「だからどうか、あんたは無事にここから逃げて、道をつくって」

須佐の祈るような視線を受けとめる。千古のまっすぐな瞳に貫《つらぬ》かれる。

綾芽は笄子を胸に押し抱《いだ》き、強くうなずいた。

＊

御簾《みす》の向こうに控えた女舎人を、二藍は冷たい汗を滲ませ睨んだ。「死にかけていたのではなかったのか」

「……娘が逃げた？」

春宮《はるのみや》の御所である尾長宮《びちょうぐう》の一角は、常とはまるで異なる様相を示している。祭祀の場であり王の後宮である斎庭《ゆにわ》のうちに位置するから、普段ならば女官や女舎人、女衛士の姿ばかりがあるところ、今この場にいる女は頭を垂れている女舎人・千古ひとり。他は男の舎人や官人が、二藍の座す母屋《もや》を取り巻いている。

「まさか誰ぞが、あの娘が病だと偽りを申して逃がす手助けをしたのではなかろうな」

「病は嘘ではございません。衛士らの話では、梓は病をおして逃げだしたそうです」

二藍は脇息《きょうそく》に腕をつき、息を深く吸っては吐いた。病をおしてか。それこそ嘘だろう。あの娘は衰弱を装っていたのだ。あれは、そういう策が迷いなく打てる娘だ。

胸の痛みから目を逸らし、淡々と二藍は問いかけた。

「それで。娘の行方は明らかになったのか」

「いえ、まだ見つかっておりません」

千古は深く頭をさげたまま続ける。

「すぐに詰めていた舎人と衛士を挙げて追いまして、今も探しております。しかし逃げたのが夜半過ぎだったこともあり、いまだ行方が摑めずにおります」

「白々しい。行方が容易に摑めぬように、お前が逃がしたのだろう」

閉じた扇《おうぎ》で脇息を叩くと、まさか、と千古はますますひれ伏した。

「わたくしは二藍さまにお仕えする舎人でございます。二藍さまの命に背くことなど、けっしてございません」

言うや、許しも得ずに目をあげる。千古の整った双眸は、『お前がまことの二藍ならば』となじりたそうだった。千古すらも、もはや従えないと言っているのだ。お前はわたしの主ではないと。

二藍はいっとき目をすがめた。胸が軋《きし》んでいる。だめだ、落ち着かねば。

密かに数度、息を吸っては吐いて、室《へや》の外に控えていた男の舎人に短く命じた。

「この千古の任を解く。どこか人目につかぬところへ閉じこめておけ」

従えないというのなら、排除するしかない。何人もの女にそうしてきたように。

千古は覚悟していたのか、男たちに両腕をとられても抵抗しなかった。ただ二藍を見つめたまま、揺らがぬ口調でこう言い残し、引き立てられていった。

「清き流れは、必ずや御身《おんみ》の許《もと》へ届きます。そして御身を覆《おお》った泥を流し去るでしょう」

綾芽は必ずやってくる。お前の正体を暴きにくる。

そう、千古は確信しているようだった。

――それだけは許さぬ。

二藍は、己を奮《ふる》い立たすよう自らに言いきかせた。清き流れに邪魔はさせない。すべてに片をつけるまでは絶対に。絶対にだ。

「春宮、どうされました。お顔の色が優れませぬな。お身体のほうが苦しいのですか」

壮年の男の声がかかって、二藍は我に返った。外庭《とつにわ》をとりまとめている左大臣が、御簾を挟んで二藍を窺っている。

「大事ない」と二藍は、額の汗を押さえた。いつの間にか、奥歯を嚙みしめ息をとめていたらしい。

だが左大臣は言葉どおりには受けとれなかったようで、落ち着かない様子で身じろぎした。長らく外庭をまとめ、数々の困難に臨《のぞ》んできた、兜坂《とさか》の一の臣にふさわしい男。それでもさすがに、二藍の身に起こった事実を知ってしまえば生きた心地がしないのか。

当然だ、と二藍は思った。取り乱さないだけ立派なのだ。

「案ずるな。この程度ならば耐えられる」

二藍は重ねて言った。綾芽が逃げだすことなど、薄々予想がついていた。

左大臣はようやく息を吐き、ようございましたと目礼した。

「しかし逃亡された春宮妃《はるのみやひ》が、いまだ捕らえられずとは由々《ゆゆ》しきことです。春宮妃は、この斎庭《ゆにわ》に向かおうとなさるのでは」

「然《しか》り。あの娘は必ず戻ってくる」

――わたしを偽者と断じて、怒りをまとって帰ってくる。

だがことを為《な》すまでは、辿りつかせるわけにはいかない。あのまっすぐな瞳の前に己を晒《さら》したら、すべてが終わってしまう。

「いかがなさいます。一刻も早く捕らえられますように、わたくしめからも人をやりましょうか？」

「いらぬ。斎庭の守りを固めて、子犬の一匹も中へ入れるな。それで充分だ」

しかし、と言いかけた左大臣を制し、二藍は拳を握って立ちあがった。

「これからあの娘が戻ってこようとも、もう遅い。大君に、桃危宮《とうきぐう》にお越しいただくようにお願い申しあげろ」

左大臣は、はたと眉に力を入れた。

「……為すのですね」

「そうだ」

ことを為す。為さねば終わるのなら、迷いもない。

承《うけたまわ》りました、と深く頭をさげてから、左大臣は吐息《といき》のごとくに漏らした。

「まことに残念でなりません。あなたさまが人であればよかったのに」

それは左大臣の、心からの嘆きに思われた。

「……まったくだ」

二藍はいっとき立ちどまり、目を伏せた。


ひとり牛車《ぎっしゃ》に揺られて、二藍は斎庭最大の宮殿・桃危宮の南門をくぐった。

常ならば鮎名《あゆな》が取り仕切るこの宮は、昨日の午後より主を欠いている。だが一見いつもどおりに回っていた。斎庭の女は優れた者ばかりだから、主が一日いないくらいで困りはしないのだ。

それに女たちには、鮎名は過労で倒れ、常子《つねこ》はその面倒を見ていると伝えてある。幽閉されていると知る者はおらず、落ち着き払っているのは当然だ。

とはいえ、と二藍は物見から外を眺めて思った。

鮎名を閉じこめた東の館は今、斎庭の衛士ではなく、外庭から連れてきた男の衛士が守っている。だから斎庭の女たちも、なにかがおかしいと感じているに違いない。この異例な指示を出した二藍を訝《いぶか》しく思っている者も多いだろう。

そう考えだすと、二藍の牛車を見る女官の目が、みなよそよそしくも感じられる。

――構わない、望むところだ。

二藍はひとり嗤《わら》った。これしきでひるんではいられない。ほどなくみなが、化け物を見るような目を向けてくるのだ。耐えねばならない。耐えねば。あとすこしだ、あとほんのわずかだけ、けっして投げださないように気を張らねば。

桃危宮には、鮎名が執政するための殿舎に並び、強大な神を招くためのさまざまな御殿が建ち並んでいる。

そのひとつ、敷地の北にぽつんと離れ、高い塀に囲まれた一角へ、二藍は足を運んだ。玉壇院《ぎょくだんいん》という。恐ろしい理《ことわり》の神――玉盤神《ぎょくばんしん》を招くため、ただそれだけのために用意された場だ。南門をくぐれば板敷の御座所がそびえ、その奥から長く、まっすぐな渡殿《わたどの》が北へ伸びている。

渡殿のさきに待つは、玉盤大島風の反《そ》り返った屋根と八面の壁を持つ建物、八角堂だ。玉壇院に招かれた玉盤神は、この八角の堂に現れる。そして感情の欠片も見当たらない顔で人を見おろし、厳しい理を厳守しているかを判じる。

もし人が理からすこしでも外れれば、滅国《めっこく》の神命をくだす。避けようもない破滅がたちまち訪れる。地は揺れ、山は火を噴き、川は荒れくるう。

理不尽だ。あまりにも理不尽で、鮮やかで、

（心惹《ひ》かれてしまう）

胸に氷を押しつけられたようになって、二藍は八角堂から目を逸らした。右の腰に吊るした短刀を握りしめる。やがて一転、玉盤神と見紛《みまが》うような無を頬に貼りつけて、御座所殿にて大君を待った。

玉壇院の門をくぐりきた兄王は、御簾ごしでもわかるほどに激していた。繧繝縁《うんげんべり》の畳を両の足で踏みしめて、怒りの瞳で二藍を睨む。

「なぜ鮎名を捕らえたのだ。申しひらきがあるなら述べてみよ」

二藍はあくまで穏やかに答えた。

「捕らえた？　まさか。妃宮《きさきみや》はお疲れでしたので、お休みいただいているまでのこと」

「そのようにして、お前に立ちはだかる女はみな閉じこめるのか。綾芽も、鮎名も」

いいえ、と答えようとして、二藍は口をひらきなおした。

大君は覚悟を決めている。これからなにが起こるのか薄々気づいている。

ならば芝居は時間の無駄だ。

「ええ、そのとおりですよ」と正直に告げた。「立ちはだかる者は、退《しりぞ》けるまでのこと」

邪魔をされては困るのだ。だからあの娘も、鮎名も閉じこめた。あの娘の捕縛に異を唱えた女官の佐智《さち》も、さきほどは千古も。恨まれようと糾弾《きゅうだん》されようと、二藍はもはやとまれない。足をとめて考える余裕は露《つゆ》もない。

「そこまでして、なにを企《たくら》んでいる。疾《と》く申せ。この期《ご》に及んで勿体《もったい》ぶるな」

大君は忌々《いまいま》しげに、玉壇院を取り囲んでいる男舎人たちを見やった。勅命《ちょくめい》もなしに衛府《えふ》の舎人が動いている。それがどういうことか、この賢い兄は当然悟っている。

「お怒りなさいますな。わたしはただ、兄君に我が願いを聞きいれていただきたい。それだけなのです。もし聞きいれてくださるのなら、妃宮はすぐにお返しいたします」

険しい視線を動かさず、大君は「申せ」とだけ命じた。

二藍は一度目をつむり、息を吸った。この身が生まれ、生きてきた場のことを思った。

同じくそこで生きてきた人々を思った。

それからいっさいの表情を消して言った。

「どうか今すぐ、我が国のすべての祭祀を捨てていただきたい」

「……なんと？」

大君は、すぐにはなにを言われたのか理解できないようだった。

怪訝《けげん》にひそまった双眸《そうぼう》に、二藍は死んだ瞳で重ねて告げる。

「この斎庭《ゆにわ》を失っていただきたい。斎庭で行われるすべての神招きを放棄して、我らの国にはいっさいの神が訪れぬようになさっていただきたい」

斎庭の祭祀は、国を守り、栄えさせるもの。実りをもたらす神を招きもてなし、災異を呼びこむ強大な神を鎮めてきた。

そのいっさいを、捨て去ってほしい。諦《あきら》めてほしい。

斎庭を、捨ててほしい。

「……なにを申している」

ようやく聞こえた大君の声は、乾ききっていた。

「それがこの痴《し》れた真似を起こしたわけか。よりによってお前が、祭祀を投げだせと申すのか？」

兄の目は、信じがたいと言っている。まさか、よりによってお前が？

「確かにこれは、かつてわたしがこの身をもって阻止せんとした企てでございます」

二藍は苦笑した。大君の言うとおり、叔父《おじ》であった石黄《せきおう》が過去まったく同じことを――兜坂の祭祀を放棄しようと画策したことがあった。

そしてその企てをとめたのは、他でもない二藍だった。

祭祀を失えば、いかな災厄が迫っても神に働きかけられない。招けも鎮められもしない。つまり国を統《す》べる両輪の一端を失う。それればかりか祭祀の代行を他国に頼る他はなくなって、事実上その国の属国になりさがる。

そのような事態は看過できない、阻止すべきだと石黄の首を刎《は》ねたのだ。

だが今、その自ら潰した企てを、当の二藍自身が強行している。衛府を勝手に動かし、大君の妻を人質にとり、祭祀の放棄を――国そのものの放棄を迫っている。

なぜ。

なぜよりによってお前が、こんな馬鹿げた策に走っている?

怒気渦巻く王の目から逃れるように、二藍は頭を垂れた。

「致し方ないのです」

「どこその属国になりさがるのが致し方ないと?」

「ええ。悲しくもわたしには、もはやこの道しか残されていない」

「『お前には』? それはどのような――」

「祭祀をお捨ていただけますか、大君」

問いかけを振りきり、二藍は決断を迫った。理由を話さずに、最後の手だけは打たないままに、どうにか押し通してしまいたい。話したくないのだ。見せたくない。

あんなおぞましい己の姿など。

「ご存じのとおり、祭祀を放棄するとはつまり、王の証である白璧《はくへき》および王太子の証である碧玉《へきぎょく》を、祭礼の中で記神《きしん》に返上することを指します」

理の神である玉盤神はあわせて十数柱《はしら》。そのうちで記神と呼ばれる神は、白璧を持った者を王、碧玉を持った者を王太子と認めて記すのが役目だ。

この記神を斎庭に呼び寄せて祭礼を執り行い、白璧と碧玉を返してしまえば、その瞬間から玉盤神にとって兜坂国《とさかのくに》は『祭祀を担《にな》う王がいない』国となる。

つまり独自の祭祀を行う能力がないとされ、玉盤大島最大の国、玉央《ぎょくおう》に祭祀を預けた地とみなされる。この国は玉央の傘下に入る。ゆるやかな滅亡の流れに入る。

そういう道を、二藍は迫っている。

「祭祀を捨てると、今ここで仰っていただきたい。さすればすみやかに記神を呼び、王の証を返しましょう」

大君は怒りも露《あらわ》に御簾を跳ねあげた。二藍の前に立ちはだかると、いっさいの隔《へだ》てもなしに見おろした。

「本気か」

「本気ですとも」

二藍は兄の胆力に感嘆して、苛立《いらだ》った。二藍は神ゆらぎだ。直接目を合わせたら心術で心を操られるかもしれないのだ。なのになぜ、安易に御簾を出る。目を合わせる。

いや、近頃はみなそうだ。かつては誰もが怯《おび》えて目を逸らしたのに、いつの間にか誰も彼も、二藍をまっすぐに見つめるようになっている。

なぜ逸らさない。なぜそうして苦しめる。誰がこんなふうにみなを変えたのかわかっている。

だが考えてはならない。あの娘を思い出してはならない。

「大君、ご決断を」

心を殺して強《し》いると、固く結ばれた兄王の唇が震えた。

「――できぬ」

と思えば激しい調子でつめよる。

「祭祀を捨てるものか！　なぜ我らが祭祀を、斎庭を失わねばならぬ！」

「妃宮がどうなられてもよろしいか」

「いかようにもすればよい」

目に覚悟を宿した大君は、挑むように言い放った。

「あの妻は、己《おの》が身が足かせとなるならばいっそ、喜んで死も屈辱も受けいれよう。お前とて、あれがそのような女だと知っているだろうに。お前がまことの二藍ならば」

「わたしは正真正銘、あなたさまの弟宮にございます」

「弟などであるものか！　他国の間諜《かんちょう》が、我が弟を騙《かた》っているのであろう。それともお前は他国の神ゆらぎの心術に堕《お》ち、我が国を陥《おとしい》れる企てに加わったか？　そのうえ左《ひだり》の大臣《おとど》をお前の心術で操り、衛府をいいように動かしているか」

大君の声には確信すら滲んでいる。

二藍は「まさか」と苦く笑ってみせた。

「わたしは心術に堕ちてはおりません。大臣に心術をかけてもおりません」

笑いながら、流れる汗を密かに拭う。嘘は一言も告げていない。誰にも心術など使っていない。もはや使えないのだ。左大臣が二藍に加担しているのはただ、真実を知ったからにすぎない。

ならば、と大君はいっそうきつく眉根を歪《ゆが》めた。

「もっとも悪《あ》しきことが起こったのだな。お前は我が弟宮でありながら、己の意志で我らを裏切ったのだ」

「兄君」

「そのような男だとは思いもしなかった。期待をかけたわたしが愚かだった」

二藍の顔から表情が消えた。大君の声は棘《とげ》のように尖《とが》り、身内へ向けるものではなくなっている。言葉の刃《やいば》に刺し貫かれる。そのたびに、左手の親指の付け根が燃えるように痛み、激しく疼《うず》いて、声があがりそうになる。

「お前になど目をかけねばよかった。悔やんでも悔やみきれぬ。神ゆらぎとして生まれたとはいえ、お前は人だと思っていた。まさか人の心を持ち合わせない鬼畜だったとは」

「誤解なされますな」

たまらず二藍は呼びかけた。脂汗《あぶらあせ》がとまらない。誰になにを言われようと構わない。誰にもどうせ理解されない。神ゆらぎなどそんなものだ。長い間そう思って、死んだ心を引きずって生きてきたというのに。

「わたしは紛《まが》いもなくあなたさまの弟宮でございます。この国のため、この国の滅びを避けるため、そのためにこそ、祭祀の放棄をお願い申しあげているのです」

――この国のため。

その一言に、大君は虚を衝《つ》かれたようだった。

「どのような理路を辿ればお前の企てが国のためとなるのだ。詳《つまび》らかに話して聞かせよ」

「……どうしても、申しあげねばなりませんか。申しあげないままに、祭祀を捨てていただきたいのです」

「勅命《ちょくめい》である」

二藍は絶望の中でその声を聞いた。もう隠しだてはできない。この兄を説得して、なんとしてでも記神の祭礼を行わねばならないのだ。祭祀を捨てねばならないのだ。

だがこれだけ言っても動かせないなら、理由を明かさねば埒《らち》が明かない。

――ならば腹をくくるしかない。

「……大君には」

声が震えそうになる。心を押しこめつづけた。

「大君には、これより記神の祭礼が終わるまで、この御座所殿に留まっていただきます」

「……わたしを閉じこめると申しているのか」

「ええ」

「譲位を迫ると同義であるぞ」

「わたしが望むのは、あくまで祭祀の放棄です。しかしあなたさまは否《いな》と申されましたので、無理矢理ことを運ばねばならなくなりました」

どうせこうなるとわかっていた。この兄が、卑劣な策に屈するわけはない。

「そもそもとして、祭祀を失った王が、王を名乗りつづけることは許されますまい。よって仰せのとおり、記神との祭礼がすめばすみやかに、あなたさまには譲位いただきます」

「お前が王になるつもりか」

「まさか」と二藍は笑い飛ばした。「わたしは忌むべき神ゆらぎでございますよ。王になるのはあなたさまの御子、二の宮です」

左大臣を外祖父とする、十になったばかりの継嗣《けいし》の君。

「なるほど、お前と左大臣で結託して国を奪うつもりだったか。だが祭祀を失えば、国を治めるのは今よりはるかに苦難の道ぞ。幼き二の宮は言うに及ばず、左大臣やお前になにができる。玉央にいいように利用され、早晩滅ぶのは火を見るより明らかだ」

いいえ、と二藍は睨むように答えた。

「滅びません。玉央の属国と化したところで、滅ぶとも限りません。滅ばぬように、我が身のすべてをかけて、骨となるまで尽くしましょう」

わかっている。祭祀を失えばいつかは滅ぶ。

だが一刻でも長く国が保《も》つよう、己のすべてを捧げよう。もうなにも望まない。二藍というひとりの男が望むものなど、そのころにはなにひとつ残っていない。

「わからぬ」

とうとう大君は、どこか縋《すが》るような目をした。悪夢なら覚めてくれと願うようだった。

「お前はなにがしたい。国を守ると言って、祭祀を失えという。矛盾《むじゅん》している。なにをもってこのような暴挙に出ているのか、ひとつも理解ができぬ」

その目に捨てきれない弟宮への情を感じて、二藍は息がつまりそうだった。

真実など言いたくない。言えば、今ここにあるわずかな情すら消え失せるかもしれない。お前などいなければよかった、早く死んでいればよかったと、心の底から告げられるかもしれない。

左手の親指が、激しく痛む。

耐えろ、と付け根に思いきり爪を立てて、己を叱咤《しった》した。ただただ耐えるのだ。心の底から望んでいるものがなんなのか――今際《いまわ》の際《きわ》に悟ったそれは、まだ強く胸に息づいている。だから憂《うれ》いはない、まだ選べる。正しい道を選んでゆける。

果たせぬ夢を、目の前で粉々に叩き割られない限り。

「すべてお話しいたしますよ」

二藍は左手に爪を立てたまま、昏《くら》い声で告げた。「みなをこちらに集めます。そうすればすぐにでも、お見せいたしますよ」

ほどなく斎庭《ゆにわ》には、衛府の舎人と衛士がなだれこんだ。

突然の暴挙に抵抗を試みた女舎人もいたものの、大君や妃宮がすでに囚われていると知れば、迂闊《うかつ》に手出しはできなかった。すぐに斎庭の門はすべて閉ざされ、ひとりたりとも出入りが禁じられた。

それから斎庭を支える各司《つかさ》の長《おさ》と、神招きを担う最上位の花将《かしょう》である妃、あわせて二十余名が大君と同じように玉壇院の御座所殿に押しこめられた。その中には、東の館に軟禁されていた鮎名と、女官の長である常子も含まれていた。

おびただしい数の男どもに囲まれた御座所殿に最後に連れてこられた鮎名は、舎人に両脇を固められて青ざめた妃たちや、なにより御簾の奥に留め置かれている大君の姿を見るや顔を歪めた。

「申し訳ございません。わたしが謀《たばか》られたばかりに」

己の不覚がこの事態を招いたと責任に押しつぶされそうになっている。しかしそんな鮎名に、大君は「構わぬ」と静かに返した。

「そなたらが無事ならばそれでよい」

それは位を追われつつある王とは思えない堂々たる声で、鮎名の目もっと潤《うる》んだ。

だが二藍が廂の陰から姿を現せば、鮎名はきっと顔をあげて、祭祀の放棄と王位の簒奪《さんだつ》を試みた王弟を怒りも露《あらわ》に睨んだ。

「お前には、心底落胆した」

身を飾る美しい装束《しょうぞく》も得物《えもの》もみな剝《は》ぎとられているのに、鮎名の瞳に宿る強さはすこしも陰っていない。

その瞳を前に、二藍はいつもどおりの微笑を浮かべようとした。口の端が引きつっているのがわかる。それでもまだ余裕があるのだと思いこまなければ押し負ける。

「そうですか。しかしいくら落胆されようと関係ない。この道しかないのです。兜坂国は今このときも滅亡しかけている。首の皮一枚で繋がっているだけなのですよ」

二藍がわずかでも抗《あらが》うことをやめれば、もうたくさんだと目をつむれば、即刻すべてが滅びて終わる。

「……お前がなにを申しているのか、まったくわからない」

「ではご覧にいれましょう」

二藍は己を奮い立たせるように顔をあげ、鮎名を、大君を、女たちを見渡した。

「そうすれば、すぐにおわかりになる」

すうと息を吸い、左手を几《つくえ》の上に置く。腰にさげていた短刀を右手で引き抜いた。

俄然《がぜん》緊張が走ったみなの前で、刃《やいば》を高く振りあげる。奥歯を嚙みしめ、息をとめて、己の左手首に力一杯振りおろした。

どん、と鈍《にぶ》い音がして、二藍の手首が身体を離れる。

指先をびくりと震わせながら、弾みで几を転がり落ちた。

悲鳴のような、引きつった息のような音が人々の喉から漏れだして、それから恐ろしい静寂《せいじゃく》につつまれた。

第二章

ふたりの王子の秘めごとの露《あらわ》となる

ようやく手頃な姿の木が視界に飛びこんできた。ごつごつとした幹に、縦横《じゅうおう》に伸びる枝。四位《しい》の木だ。綾芽《あやめ》は息を切らし、それでもなるべく音を立てないように来た道を振り返る。追っ手の声はまだ遠い。沢に入った跡を残しておいたから、惑《まど》わされているのだろう。

須佐《すさ》や千古《ちこ》の助けを借り、隙《すき》をついて閉じこめられていた垂水宮《たるみのみや》から逃げだしたあと、綾芽は北東に広がる林の奥へと飛びこんだ。垂水宮は都のほぼ真南にある。整えられた道を素直に戻れば、二刻で都に着くだろう。だがまずは追っ手を撒《ま》かねばならない。夜が明ける前に勝負を決しなければ。

（じゃないと、辿《たど》りつけない）

都に、斎庭《ゆにわ》に、二藍《ふたあい》のもとに。

足元の枯れ木をわざと折り、獣道を荒らし、まっすぐ北に向かったように見せかけてから、綾芽はさきほど見つけた四位の木まで戻って、幹のでっぱりに手をかけた。するりと背ふたつぶんほどよじ登り、大きな枝の分かれ目に身を隠す。冬の木は丸裸だから、追っ手がすこしでも上を見れば気づかれる。だが追っ手は、逃げた『梓《あずさ》』がかつて木々のあいだを飛び歩いて鳥を狩っていた身軽な娘だとは知らない。これだけ高いところに潜《ひそ》んでいるとは思いもしないはずだ。

それでも胸の動悸《どうき》は収まらず、綾芽は息を殺して見つからないよう祈った。

ほどなく追っ手の声がいくつも近づいてきた。わずかな痕跡を見つけて追いかけてきた、優れた女たちだ。注意深く左右を見回すその真上で、綾芽はじっとやりすごす。

やがて彼女らは綾芽の足元を通り過ぎ、綾芽が残しておいた偽《にせ》の跡を追って北へと駆けていった。

その声が聞こえなくなってから、綾芽はそろりと立ちあがった。すぐには木をおりずに、そのまま太い枝を這《は》いすすむ。さきにゆくにつれ細まっていく枝が、とうとう綾芽の重さに耐えられず大きくたわんだところで、勢いをつけて東側の、緩《ゆる》やかな斜面へ飛び降りた。

そのまま東へ全力で駆けだす。冬の森に身を隠せるところはほぼない。誰かの目に入ったらすなわち負けだ。だからこそまっすぐ北へ向かいたい気持ちを押しとどめ、大回りしてでも逃げきるのだ。

走りに走ってようやく、綾芽は追っ手を撒いたと信じられるようになった。槻《つき》の木の大きな洞《うろ》に寄りかかり、荒い息を整える。笑いだした膝《ひざ》を抱《かか》えこんで深呼吸していると、初めて落ち着いて物事を考える余裕ができた。

——わたしは、どうすればいい。

逃げて。そして道を切り拓《ひら》いて。

そう背中を押されてひたすら走ってきた。だがそろそろ頭を働かさねばならない。

千古は、二藍が恐ろしいことをなさんとしていると言っていた。大君《おおきみ》に祭祀《さいし》を捨てさせる気なのだと。綾芽は耳を疑った。そんな暴挙、まことの二藍ならば絶対にしない。

だが、だからといって偽者が成り代わっているとも決めつけられない。偽者ならばなぜ、綾芽の病《やまい》に動揺するのか。死ぬなと祈るように笄子《かんざし》を渡してくるのか。

(どちらにしても、だ)

綾芽は拳を握りしめた。二藍が何者であろうと、祭祀を損《そこ》なわせるわけにはいかない。企《くわだ》てをとめにいく。必ずくじく。それは揺るがぬ到達点である。

(だけど、このまま策もなく飛びこんでもいけないんだ)

ただただやめてくれと感情で訴えても誰も動かない。願いや祈りは、冷静な手を尽くしきってこそ、最後の最後に効くものだ。なにが起きているのかもわからず二藍の前に飛びだしたところで、無駄に捕まって終わるだけだろう。

だから綾芽がまず為《な》すべきは、二藍にまとわりつく謎をひとつひとつ考えなおし、解きほぐし、なにが原因なのか、なぜ起こったのか、どこにゆけばこの疑問を解けるのか、それにきちんと答えを出すことだ。

（さかのぼって思い出せ。まずどこからおかしかったのか）

綾芽は指を組み、額《ひたい》に押し当てて、過去に思いを馳《は》せた。この十日、つらくて目を背《そむ》けていたこともすべて、つぶさに思い返していく。

いったいどこから異変が起こっていたのか――。

（そうだ、あのときからだ）

禁苑《きんえん》の山中で祭礼をこなしていた綾芽のもとに、二藍が突然やってきたとき。

綾芽はひどく驚いた。ひとりで夜の山に分け入るなんて尋常《じんじょう》な判断ではなかったからだ。

だが今思い返せば、きっとそうしなければならない理由が二藍にはあったのだろう。

二藍はあのとき、どうしても綾芽に会いたかったのだと言っていた。長い別離ののち、綾芽が戻ってきてくれるのを待つ気だったが、もう待てない。だから来たのだ、と。

そして力なく笑った。

――このままでは長く長く会えぬようになる。それがどうにもつらくてな。

（……長く長く会えなくなるって、よく考えたらどういう意味だったんだ）

そのあとも二藍はおかしかった。なにも為さずに死ねれば僥倖《ぎょうこう》だと、海蛇神の囮《おとり》になろうというそのときも、安堵《あんど》したかのようだった。

まさか、とふいに寒気を感じて、綾芽は己《おのれ》の身体を強く抱いた。

――まさかあのひとは、死にたがっていたんじゃないか。

綾芽に一目会って、思い残すこともなく死のうとしていたのか。

……いや、違う。そうではない。さきほど千古が、思いもしなかった事実を教えてくれたではないか。

あの日二藍は綾芽のもとに来る前に、羅覇《らは》を尋問《じんもん》していたのだという。羅覇と八杷島《やはじま》の目論見《もくろみ》を明かすため、騙しておびき寄せていたのだ。

そして羅覇の顔を覆《おお》っていた伎人面《ぎじんめん》を剝《は》がし、二藍は羅覇の陰謀のすべてを引きずりだした。

なぜ八杷島が、友好国であるはずの兜坂《とさか》を陥《おとしい》れようとしているのか。

その企《くわだ》ての全貌は、どのようなものなのか。

――羅覇はなにを画策していたのですか？

綾芽が尋ねても、千古は瞼《まぶた》を伏せて首を振るばかりだった。

――わからない。二藍さまはわたしにお話しされなかったから。

ただ尋問を終えて出てきた二藍の顔は真っ白だったという。羅覇の語った真実が、二藍を打ちのめし、追いつめたのだ。

つまり。

(二藍は死にたがっていたんじゃない、死ぬしかなかったんだ)

死以外に逃げ場がなくなった。だからこそ、自ら死を選ぶ前に綾芽に会いにきた。長く長く会えなくなるその前に、とわの別れを告げにやってきたのだ。

そうとしか考えられない。

――ひとりでつらかっただろうに。

胸がつまり、たまらなくなって、綾芽は懐《ふところ》に大事にしまいこんでいた笄子を取りだした。両手でなでさすり、握りしめて額に押しあてた。

「……わたしに話してくれればよかったのに」

なにもかも綾芽に打ち明けて、縋《すが》ってくれればよかったのに。そうしたら、もしかしたら、一緒に別の道を探せたかもしれないのに。

大きく胸を膨《ふく》らませて、涙を押しとどめる。今は涙に暮れている場合ではないのだ。

とにかく、ひとつだけ見えてきたことがある。

今の『二藍』になにが起こっているのかは、まだ解きほぐせない。だがすくなくとも、二藍が死に追いたてられた理由を羅覇は知っている。

そしてそれが、今の状況にまったく関係ないとも思わない。

（なんとか羅覇に会えないだろうか）

綾芽はまずそう考えた。会ってなにを画策していたのか吐かせれば、謎は解けるかもしれない。

とはいえ限りなく難しい。二藍に捕らえられた羅覇の所在は判然としないし、そもそも羅覇が簡単に真実を明かすわけもない。二藍を死に追いやろうとしたのは羅覇自身なのだ。

どうする、と綾芽は強く眉間《みけん》を押さえた。これではまたゆきどまりだ。高い塀《へい》の前で足踏みを続けているわけにはいかないのに。

冬の陽《ひ》が、木々の合間を抜けて足元を照らす。

ふいに綾芽は、とある人物の言葉を思い出した。

「……そうか」

あのひとならば。

なにもかもに知らないふりをしていただけの、あの男ならば。

――賭けかもしれない。でもこれしかない。

綾芽は顔をあげて、腿《もも》を数度叩いて立ちあがった。

「ほらよ、駄賃だ。とっつかまっても俺のことは誰にも喋《しゃべ》るなよ」

ぼろぼろの烏帽子《えぼし》を被《かぶ》った男が、黴《かび》の生えた干し柿をぞんざいに放り投げる。綾芽は慌《あわ》てて両手をさしだし受けとめると、さも飢えているような顔でむしゃぶりつきつつ、雑踏へと駆けだした。黴の匂《にお》いがつんときて吐きだしそうになるが、心は安堵に満ちている。

（よかった。なんとか潜《もぐ》りこめた）

昼前に、綾芽はようやく都・羽京《うきょう》を守る南門のうちへと入ることができた。

実のところ一刻も前には、千古が着せてくれた男物の衣で正体を隠し、近隣の民《たみ》のふりをして都に入るばかり――だったのだが、思わぬ足どめを喰らった。常の日中ならば苦もなく通り抜けられる南門は、数えきれないほどの衛士《えじ》で守り固められていたのだ。

同じように足どめされて困惑《こんわく》している人足や車の列に紛《まぎ》れこんで耳を澄ますと、国司からの正式な書状や木簡《もっかん》を携《たずさ》えた者以外は、通行のための札持ちですら何人《なんぴと》も通れないという。それで、都のうちで商売する者やら、普請《ふしん》に駆りだされている民やらが困りはてているようだった。

「今日の朝来たら、急にこの有様だよ。いったい都でなにがあったんだ」

「なにやら南のほうで囚人が逃げたと聞いた。春宮《はるのみや》に刃《やいば》を向けた者だとか」

「なんと怖い。そいつが都に入れぬようにしているのかしらね」

「あたしが聞いたのは別の話だよ。大君のおわしますところで騒乱だって」

「俺も耳に挟んだ。斎庭《ゆにわ》の塀の周りを、ぐるりと衛士が取り囲んでいるらしい」

「ええ、おおごとじゃないか。上つ御方のどなたかが乱でも起こしたかね。この災い多い時分に……」

「災い多いからこそ、そういうことが起こるんだろ」

訳知り顔でうなずき合う人々から、綾芽は胸を押さえて離れた。斎庭が厳重に取り囲まれているとは。まさか二藍は武力をもって、大君に祭祀の放棄を迫っているのか。

焦りが身体を駆け巡り、深く息を吸っては吐いた。急《せ》いてはだめだ。とにかく都に入るのだ。綾芽が会うべき人は、この門のさきにいる。

すばやくあたりを見回して、気の短そうな農民の男が苛々《いらいら》と門を見つめているのに気がついた。男の傍《かたわ》らには牛に繋がれた、板を渡しただけの簡素な車があり、上には枯れ枝に飾られた色とりどりの餅《もち》が山と積まれている。あの餅は確か、都の官人が正月明けの満月の日――つまり今宵《こよい》に家に飾るものだ。せっかく餅を売ろうと出てきたのに、今日に限って都に入れない。これでは全部無駄になると男は苛立っている。

さらに目を巡らせた。人々から離れたところに、襤褸《ぼろ》を着た童《わらわ》が数人たむろしている。

大事に桶《おけ》を手にしているところにぴんときて、綾芽は寄っていった。思ったとおり、それは都で糞尿をもらい、農民に売ることで暮らしを立てる童たちだった。遠目ではわからなかったが、桶も使い古したものらしく、ところどころ割れている。

「なんだよあんた。施《ほどこ》しなんぞはいらねえぞ」

野良犬でも追い払うかのように言い放った童のひとりに、綾芽はしゃがみこみ、小さく頭をさげた。

「お願いがあるんだ」

綾芽の頼みを、童たちはあっさりと承諾した。そのかわり新しい桶を寄こせと言うから、綾芽は須佐がこういうときのためにと持たせてくれた蘇《そ》を、足どめ中の農民の持っていた手頃な大きさの桶と交換した。

新しい桶を持っていくと、童のひとりが年季の入った桶を投げて寄こす。綾芽は礼を言って受けとった。それから一度人々の目のつかぬところまで離れて、霜《しも》でぬかるんだ土の上を転がり、真っ黒になった。

そうして今度は、餅を売ろうとしている男のもとに寄っていった。

男は綾芽が近づくや桶の匂いに顔をしかめたが、綾芽がどうしても都に入りたいから協力してほしいと申し出ると、聞く耳は持ってくれた。

「門を抜ける策があるなら乗るけどよ。だけどお前、なぜそんなに都に入りたいんだ」

「今日中に堆肥《たいひ》の原料を持ち帰らないと、主に手ひどく鞭打《むちう》たれるんだ。だからどうか今だけつるんでくれないか。あんた、都で商いを許された、札持ちだろう?」

身分の証である通行札を、確かに男は携えていた。よし、と両手を握りしめ、綾芽は桶持ち童のふりをして策を打ち明ける。男はしばらく疑い深く綾芽を眺めていたが、背に腹はかえられなかったのだろう、やがて首を縦《たて》に振った。

男は車をひいて門に向かった。そして綾芽の入れ知恵どおり、衛士ではなく、あえて位《くらい》の高い男舎人《おとことねり》たちの前へ立つ。綾芽は男のうしろを、背を丸めて続いた。

舎人らは当然のごとく男を追い返そうとしたが、荷が今宵の満月を飾る餅だと気づいて迷っているようだった。そのうちに、舎人のひとりが綾芽に気づき、これは誰だと餅売りの男に問いただした。男は綾芽があらかじめ言い含めておいたそのままに、顔見知りに都に連れてゆくよう頼まれた、下働きの男童《おのわらわ》だと答えた。

「汚らしい童だ、なぜ都のうちにゆく」

疑わしげな舎人たちに、綾芽は桶を胸に抱え、おどおどと頭をさげて答えた。

「今日俺は、治部卿宮《じぶきょうのみや》の屋敷でいただきものをするはずだったんだけど」

いただきものとはつまり糞尿のことである。そして治部卿宮とは、大君と二藍の異母弟、有常《ありつね》のことだ。王弟の名が出てますます困惑した舎人らは、小さな声で話し合った。

この童の申すことがまことなら、ここで断りなく足どめすれば治部卿宮を蔑《ないがし》ろにしたことになるがどうする。人をやってまことか調べるべきか。いや、ものがものゆえ憚《はばか》られる。餅売りの男は札持ちだ、ならば通してやっても構わないのでは――。

そうして無事に、綾芽は都のうちに入りこんだのだった。

黴の生えた干し柿と桶を捨て、綾芽は都の大路《おおじ》を走り抜けた。裸足《はだし》で強く地を蹴り、脇目も振らずに急ぐ。

桶を捨てようが、向かうのは治部卿宮の屋敷に変わりない。だが目指すのは治部卿宮有常のところではなく、その屋敷の一角に住まう異国の客人――十櫛《とくし》のもとだ。

十櫛。

八杷島の王子に生まれ、人質として、幼少から兜坂で育った男。

八杷島の策略に与《くみ》していようでいて、どこか離れて眺めている男。

生まれた国と育った国、どちらの味方なのかはっきりしない男。

(あの御方ならば、きっと真相を知っている。わたしの助けになってくれる)

以前、十櫛が漏《も》らした一言をふいに思い出したのだ。

――殿下を救うお前が、わたしをも救う。

十櫛はそう言って、綾芽になにかを託そうとしていた。結局詳しく話をする暇《ひま》はなかったが、十櫛は怖いくらいに真剣な目で、「必ず戻ってこい」と念を押した。

その真意に悩んでいたけれど、今ならわかる。十櫛は羅覇の企ての詳細も、二藍が羅覇を尋問しようとしていることも知っていた。このままでは己に血肉を与えたふたつの国が、引き返せない争いの中に落ちてゆくと悟っていた。

だからこそ綾芽に、秘密を話す気になったのだ。

炎樹《えんじゅ》の木の並ぶさきに、長く続く築地塀《ついじべい》が見えてくる。治部卿宮の屋敷だ。綾芽は周囲を慎重に窺《うかが》って、忍びこめる隙を探した。だがそこここを衛士が巡って目を光らせているし、屋敷の門は閉じられて、築地塀もよじ登れるような高さではない。

(どうする)

とそのとき、築地塀のさきのほうで、紫のなにかがひらひらと風にはためいているのに気がついた。近づけば、下人《げにん》が通るための小さな戸に、紫の手巾《しゅきん》が挟まれている。それが冬の風に舞っていたのだ。

この紫は、一目でわかる高貴な色。菖蒲《あやめ》の――『あやめ』の色。そして端には、小さな櫛の絵が染め抜いてある。

まるで十櫛が、綾芽が来るのを見越して目印として置いていたようだった。

綾芽は手巾の挟まった戸をゆっくりと押しやった。思ったとおり、戸はいとも簡単にひらいた。ひらりと落ちた手巾を拾い、息を殺して戸のうちへ入る。そこは治部卿宮の屋敷の裏手だった。木々がまばらに生えて、屋敷の軒が迫っている。綾芽はあたりを慎重に見回した。十櫛の居所はどちらだ。

と、

「参内《さんだい》せよと命じられたか」

思わぬ近場で吐き捨てるような声がして、慌てて戸のすぐ脇の松の陰に隠れた。声の向きを窺えば、簀子縁《すのこえん》を幾人かの男が渡ってくる。声をあげた男が誰だかは、すぐにわかった。

（大君と二藍の異母弟、治部卿宮の有常さまじゃないか）

横顔にふたりの面影《おもかげ》がある。

有常は苛立っているようだった。

「参内などせずとも、わたしが兄君ふたりのどちらにつくかなど、火を見るより明らかだろうに。かたや斎庭の女人《にょにん》しか味方がおらず、狭き御殿で舎人に囲まれ申した大君。かたや公卿《くぎょう》を引きつれ、大いなることを為さんとされている春宮」

無論のこと、と有常は扇《おうぎ》を振るい、供の者らに振り向いた。

「神の血をひく御方、春宮につくに決まっている。それがいかに――」

とその声を、荒々しい犬の吠《ほ》え声がかき消した。どうやら表から、犬が走り寄ってきているようだ。不審者たる綾芽の匂いを嗅《か》ぎつけてきたのだと悟り、綾芽は青くなった。

いや、こんなところで捕まるわけにはいかないのだ。逃げ道を探さねばと急いであたりを見回すものの、不運が重なりよい退路は見つからない。松や築地塀にのぼったとしても逃げきれないし、入ってきた戸は遠すぎる。

慌てふためくあいだにも、吠え声を聞きつけた私兵らしき男が幾人も駆けてくる。

「松の陰に怪しい者がいる！　引っ捕らえろ！」

「いたぞ、逃すな！」

それでもなんとか足掻《あが》こうと、綾芽は茂みのうちに飛びこんだ。しかし多勢に無勢、あっという間に囲まれ腕を摑まれて、抵抗むなしく引きずりだされてしまった。

目の前に連れてこられた綾芽を一瞥《いちべつ》して、有常は嫌悪に目を細めた。

「小汚い童子だ。なぜ我が屋敷にこのような者が潜んでいる」

こうなったら致し方ない。綾芽は私兵に両腕を捕らえられたまま、なんとか言い逃れようと頭をひねった。だが名案を思いつくよりさきに、見定めるようだった有常の瞳がきらめいて、とんでもないことを言いだした。

「よもやこの童子、女ではないか？　虚言の罪で囚《とら》われて、昨晩逃げだした女孺《にょじゅ》では？」

有常は俄然《がぜん》興味をそそられた様子で膝をつき、身を固くした綾芽の顔を上向かせるよう命じる。そうしてまじまじと見やってから、嬉々《きき》として言った。

「やはり顔が似ている。かつて見たことがある女孺だ、相違ない」

まさか、と綾芽は必死に頭を横に振った。声は出せない。自ら女だとばらすようなものだ。だが有常は、綾芽の否定など気にも留めなかった。目を糸のように細くして、ひとりおかしそうに笑い声をあげる。

「これはよい。思わぬ幸運が自ら転がりこんできた！」

いても立ってもいられないように膝を扇で数度叩いて、縛《ばく》せ、と朗《ほが》らかに命じた。

「縄で縛り、驢馬《ろば》に乗せろ。出かけるぞ。わたし自らこの女を、春宮の御前へお届けする。たまらぬな。これは、兄君が命を散らされるのを確かに目にしたと言い張る咎人《とがにん》だ。逃げたと耳にされて、兄君もさぞお心を痛めていただろう。それをわたしが連れていく。わたしが捕らえたのですと、じかに引き渡してさしあげる。さぞ驚き……喜ばれるであろう」

うっとりとつぶやいた有常は、綾芽にも満面の笑みを向けた。

「嬉しかろう。逃げだした甲斐もあったろう。あの御方にお会いしたいだろう、なあ？」

綾芽は戸惑い、口を引き結んだ。

死んだはずの二藍が生きているというのなら、それが何者なのかこの目で確かめねばならない。そのつもりで逃げてきた。このまま有常に捕らえられればちょうどいい。二藍のもとにやすやすと乗りこめる。

（だけど）

それでいいのか。捕らえられた形で乗りこんだところで、できることは限られている。それに、それに――。

「おやおや、なかなか戻ってこぬと思えば。捨丸《すてまろ》よ、なにをしているのだ？」

のんびりとした声が響いて、綾芽ははっと顔をあげた。まさに、この声は。

（十櫛さま！）

渡殿《わたどの》を進んでくるのはいかにも、八杷島の王子である十櫛だった。いつものとおりに穏やかで、微笑む姿もどこか気が抜けている。だからこそ綾芽は、助けに来てくれたのだと確信した。愚鈍な顔をしているときにこそ、この男は激しく頭を巡らせているのだ。

「……この汚い童子は、十櫛王子のお知り合いですか？」

「ええ、捨丸と申します。わたしに仕《つか》える童子です」

突如現れた十櫛に、有常は怪訝《けげん》な目をやった。しかし十櫛は気にもとめず、高欄《こうらん》ごしに、さあ、と綾芽に手をさしだす。綾芽はその意図を瞬時に汲《く》みとって、心得たようにかしこまり、さきほど拾った紫の手巾をうやうやしく捧げた。さもそれを探しにいっていたような顔をして。

十櫛はおおいに喜んだ。

「やはり外に飛んでいたか！　よくぞ見つけた、褒美《ほうび》をつかわすぞ」

ついてくるよう促してくれる。綾芽はへりくだった礼を返して、そそくさと十櫛のあとに続いた。助かった。どうにかこの難所をくぐりぬけられる――。

そんな背に、有常の鋭い呼びかけが刺さった。

「待たれよ、十櫛王子。かように汚き格好をした童子があなたに仕える者？　信じられませぬな。あなたはただ、その者を庇《かば》っているだけでは？」

綾芽はどきりとしたが、十櫛は予期していたのか、ごく穏やかに振り返る。

「なにを仰《おお》せかわかりませんが……まあ」と十櫛は照れたように続けた。「わたしの童子を疑われるのはごもっとも。少々土埃《つちぼこり》にまみれておりますからね。実はこの捨丸、市井《しせい》の者なのですよ。わたしはご存じのとおり人質に等しい身。この屋敷から容易に出られぬため、市《いち》に好物が出ていたときに買いにゆかせる者が必要でして」

「それゆえその汚い童子を使っていらっしゃると？」

「ええ」

「さきほどからその童子、一言も話しませぬが」

「声を持たぬ者なのです。だからこそ秘密を守れる」

なるほど、と有常は目を細めた。たっぷりと間をとってから、「ですが」と続ける。

「その者は女でしょうに」

「女？　捨丸という名のとおり、この者は男で――」

「わたしを謀《たばか》ろうとなさってても無駄です。それは女だ。神ゆらぐ尊き御身《おんみ》たる兄君の使っていた、女嬬だ」

「なにを仰《おっしゃ》っている？」

「あなたがなぜその女を庇おうとしているのかわかりませぬが」有常の声は厳しく尖《とが》っていく。「とにかく今はわたしに渡していただきたい。これは治部卿宮としての命です」

綾芽の顔から血の気がひいた。だめだ、もう逃げ場がない。有常は綾芽の正体に気づいて、確信を持っている。十櫛はなぜ、とっさに男だと嘘をついたのだろう。悪手にすぎる。身を検《あらた》められたら終わりだろうに。

しかし――十櫛は、あいかわらずからからと笑い声をあげた。

「そう怖い顔をなされますな。春宮殿下の女嬬が逃げた話は聞き及んでおります。由々《ゆゆ》しきことだ。しかし捨丸はなんの関わりもございません。おんなおんなと仰るならば、そちらではっきりさせられたらよろしい」

言うやそばの私兵を眺め渡し、にこりとした。

「胸でも股でも触れてみよ。男であると瞭然《りょうぜん》だろう」

――なにを言うんだ。

綾芽はたまらず十櫛を盗み見たが、十櫛は平然としている。すぐに有常に命じられ、私兵の男がふたり前へ出る。本気で綾芽が男か確かめる気だ。

(くそ、もうどうにでもなれ)

綾芽は半ば投げやりに心を決めて、両腕をゆるく広げた。

さっそく私兵は綾芽の身に数度触れていく。そうしてから、困惑の面持《おもも》ちで有常を仰ぎ見た。なかなか答えを告げようとはしない。とうとう焦《じ》れた有常が問いただす。

「なぜ黙っている。当然女であったろう」

「……いいえ、紛《まぎ》れもなく男です」

「なんだと?」有常の眉が強くひそまった。「そのようなわけはない」

綾芽も同じ気分で、危うく声をあげそうになった。間違うわけがない。わたしは紛《まが》いもなく女なのに。

その間十櫛といえば、興味もないようにそっぽを向いて、松の枝振りを眺めている。

有常は別の私兵にも確かめさせたが、その結果もまったく同様だった。

これは男です。間違いなく。

とうとう有常は、肩脱ぎせよと綾芽に怒鳴った。もはや綾芽は平静を装うので精いっぱいだったが、掌《てのひら》の汗を拭《ぬぐ》って意を決した。肌を見せるのが怖いのではなく、別のことに動揺している。だが今は、とにかく切り抜けるしかない。

有常に至っても、やはり反応は変わらなかった。肩脱ぎして胸を晒した綾芽を一目見るや、有常はつまらなそうに顔をしかめ、「もうよい」と立ちあがる。そのまま綾芽に目もくれずに去っていった。

人の気配が去り、有常やその供が牛車《ぎっしゃ》に乗って屋敷を出ていった気配がしてから、ようやく綾芽は衣を直した。

時を同じくして、背を向け黙っていた十櫛がゆるりと歩きだす。ついてこいということか。わずかな迷いを追いやって、綾芽も押し黙ったままあとに続いた。

居所にあてられた場に辿りつき、ようやく八杷島の王子の足はとまる。声をかけるべき刻《とき》が来たのを悟ったものの、綾芽はなにから切りだせばいいのかわからなかった。

「お助けくださり、ありがとうございました」

礼を述べてみたものの、十櫛は庭に咲いた冬の花、絹れんげの儚《はかな》い花弁に目をやり黙ったままだ。別の言葉を待っている。もっと核心を衝《つ》いた一言を。

綾芽は息を大きく吸って、もう一度呼びかけた。

「……あなただったのですね」

女である綾芽を、みなが男と誤解する。

そんなことはありえないのだ。心を操りでもしなければ。

神ゆらぎの使う、心術でもかけられなければ。

「兜坂に潜んでいた、八杷島の神ゆらぎ。十櫛さまだったのですね」

十櫛は振り向いた。

どこか寂《さび》しそうに、「そのとおりだ」と微笑を浮かべた。


「このことは、なにもかもが落ち着いてから話したかったのだがな」

几帳《きちょう》の向こうで息を吐きだし、十櫛は笑った。声には力がない。ついさきほどまで痛みを我慢していたようだから、疲れがつい声音に表れてしまったのだろう。

己こそが神ゆらぎだと明かした十櫛は、まずは身を清めてくるとよいと、いっぱいに沸かした湯と女嬬の着るような新しい衣を綾芽に貸してくれた。言いたいことも訊《き》きたいこともたくさんあったが、綾芽は素直に従った。心を整理する時間が必要だったのだ。

湯を浴び、着替えを終えて母屋《もや》に入ると、十櫛は「座ってすこし待つように」と、几帳の陰から痛みをこらえる声で告げた。几帳越しだからよく見えないが、腕を切り裂き、なにかの液をその傷口へ流しこんでいるようだ。

思わずなにをなさっているのかと尋《たず》ねると、十櫛は信じがたいことを明かした。

「左腕から、身体に溜まった神気を払っているのだよ」

脇息《きょうそく》についた腕を痛みに震わせる十櫛の影を前に、綾芽はあまりの驚きに声を失った。

（……神気を払う？）

神気は、神ゆらぎの身体に溜まる神の気配だ。

それが濃ければ濃いほど神に近くなるとされ、心術を用いるたびに溜まっていくものでもある。あまりに濃くなれば、神ゆらぎの身は一線を越えて心なき神に変じてしまう。

そんな恐ろしい神気を、身から払う技なんてものがあるのか。

神気を神ゆらぎの身体から取りのぞく技術を、十櫛は、八杷島は持っていたのか。

兜坂にはなかった。綾芽も二藍も、まさか神気が払えるものとは思っていなかった。急に増えこそすれ、急に減ることはけっしてなく、耐えるしかないと信じていた。

だから二藍はいつも、増える一方の神気を抑えこむのに難儀していたのだ。増せば増すほど自らを神へと押し流してゆく神気を、意志ひとつで我慢していた。

それを十櫛は、知恵をもって払っている。

(……あのひとの苦労は、なんだったんだ)

衝撃で呆然としていた心が、鋭い棘《とげ》が刺さったように痛みだす。

心術のかけかただってそうだ。さきほど十櫛がかけた心術はあまりにさりげなく、二藍のそれとはまったく違うものだった。二藍の心術はもっと尖っていて、ひれ伏せざるをえない暴力だというのに。

心術のかけようにも技があるのだ。十櫛はなるべく身に負担がなく、かつ効果を大きくできる方法を知っている。八杷島の知恵を受け継いでいる。だが知恵なき兜坂に生まれた二藍は、なにもかもが手探りで、身を削ってばかりいた。

悲しみと怒りがとめどなく湧きあがり、綾芽はやるせなさをこらえて目をつむった。

そのうちに衣擦《きぬず》れの音がして、ようやく十櫛が再び姿を現した。

神気を払う術を施していたらしき腕は広袖《ひろそで》の下に隠れているが、もう痛みはそれほどないように見える。

「さて、待たせたな」

腰を落ち着けるや、十櫛は弱々しい笑みで促した。

「尋ねたいことは多くあるだろう。すべてを、問いたいように尋ねるとよい」

確かにたくさんある。だが綾芽はもろもろを我慢して、まずは十櫛の具合を慮《おもんぱか》った。

「お身体はもう、構わないのですか」

心術を使ったあと、二藍は苦しんでいた。誰であってもそういう姿は見たくない。

案じられるとは思わなかったのか、十櫛は困ったような顔をした。

「大事ない。わたしのような神気のごく薄い神ゆらぎは、心術を用いてもすぐに神気を抜いてしまえば、障《さわ》りなどないに等しいのだよ」

そして問われもしないうちに、綾芽に言っているのか独り言か量りかねる調子で、神ゆらぎとしての己のことを話しはじめた。

神ゆらぎは、神と人のあいだを揺らぐ者。神と人、どちらの近くを揺らいでいるのかは人それぞれで、十櫛はほとんど人なのだという。だから神にごく近い二藍のようには心術を用いることはできず、神気を込めた薬である神金丹《しんこんたん》をのんで、無理矢理身のうちに神気を補って、初めて心術を行使できるのだそうだ。

そういえば、と綾芽はぼんやりと思った。兜坂に持ちこまれていた神金丹は、八杷島から流れたものだった。

「十櫛さまは、ずっと神金丹を隠し持っておられたのですね」

「そうだ。その秘薬を用いて、お前たちに知られず神ゆらぎとして暗躍してきた」

十櫛は、自嘲するように目を細めた。

「お前はわたしを許してくれぬだろうな」

ぽつりと落ちた、達観しているようで臆病にすぎるその言葉に、綾芽はすぐには答えなかった。けれど沈黙が答えだとも思われたくないから、目を逸《そ》らさず見つめたままでいた。

「……まずはお答えいただきたいことがあります」

「なんだろう」

「あなたがわたしの国の者へ心術を使ったのは、何度ですか」

「そうたくさんではないよ。今を入れても、ほんの二、三度だ」

信じてもらえぬかもしれないが、とつぶやく声に、綾芽は心の中で信じますと答えた。

十櫛が真実を告げているのはわかっている。綾芽は物申《ものもうし》だ。この世で唯一《ゆいいつ》、誰に心術がかかっているかを知れる力を持っている。だから今まで幾度も大君に命じられて、上つ御方や高官たちに心術がかけられていないか調べてきた。

そのうちで十櫛がかけたのだろう例はただひとつのみ。大風《おおかぜ》の神を呼ぶ祭礼で、千古が最後の矢を射られなくなったときだけだ。

つまり十櫛は正しい。この男は、ここぞというときにのみ心術を行使していた。

その理由は、正体が容易にばれぬようにではあっただろう。あまりに濫用《らんよう》すると、疑われて足がつく可能性もあがってしまう。

（でもそれだけじゃない）

八杷島は、絶好の立ち位置にいる神ゆらぎをもっと活用したかったはずだ。だができなかった。十櫛はさせなかった。なぜか。兜坂のためだ。十櫛は祖国のために力を振るいながらも、兜坂を陥れたくもなかったのだ。

黙ったままの綾芽に、「梓《あずさ》よ」と十櫛は硬い笑みを向けた。

「わたしが神ゆらぎだとみなに話すがいい。わたしを捕らえるがいい。無論、お前がなぜやってきたのかは知っている。二藍殿下に、八杷島がなにをしたのか知りたいのだろう？　よいよ、洗いざらい話そう。信じるか否《いな》かはお前自身が――」

「十櫛さま」

と綾芽は有無を言わせず遮《さえぎ》った。勘違いしないでほしい。この調子では、十櫛はすべてを綾芽に明かしたあと、なにもかもを諦《あきら》め、死を選びそうではないか。

（そういうのはもう、二度とごめんなんだ）

「まず申したいのは、わたしの名は梓ではありません。それは女嬬としての仮の名。まことの名は綾芽と申します」

唐突な綾芽の告白に、十櫛は目をみはり、しばらく声を失っていた。綾芽に糾弾《きゅうだん》されると思いきや、真の名を明かす――つまりはお前を信頼すると告げられて戸惑《とまど》ったのだ。

「それは……お前の、殿下の妃《きさき》としての名でもあるだろう。お前はまことは、殿下の妻なのだろう？」

「はい」

秘密を言い当てられようと、綾芽は動じなかった。この賢い王子が、気づいていながら黙っていたのはもう知っている。

十櫛はますます戸惑いを深めた。

「認めてよいのか。わたしは敵だろうに。許せぬだろうに」

「当然、許せない気持ちはあります」

騙されていた、裏切られていたという憤《いきどお》りもある。千古にかけられた心術は、危うく祭礼を失敗させて、民を苦しませるところだった。

ですが、と綾芽は背を伸ばした。

「あなたを敵だとは思いません」

むやみやたらに怒りをぶつけたくもない。

「なぜだ」

「あなたは何度もわたしたちを助けてくれました」

「何度も陥れようともした」

いつもどおりの穏やかな瞳に後ろめたさを滲《にじ》ませた十櫛に、ええ、と綾芽は首肯《しゅこう》した。

「あなたは解《げ》せない御方でした。八杷島と兜坂、どちらの味方なのか、心がどちらに傾いているのか、わたしたちはずっと悩んできました」

おそらく八杷島も同じだっただろう。そして両国ともに、この男は信用ならぬと結論づけていた。

だが綾芽たちも八杷島も間違っていたのだ。根本を誤解していた。どちらかに傾いていると考えるからわからなくなる。

「あなたは兜坂と八杷島、どちらも大切なのではありませんか」

十櫛はかつて言っていた。

ふたつのもの、双方を救うことはできない。必ず選ばねばならない。

だがそう綾芽を諭《さと》した十櫛自身は、抗《あらが》っていたのではないか。八杷島に生まれ、兜坂に育った。どちらかを選べぬ身だからこそ、どちらも選ぼうとさだめに逆らってきたのではないか。

「あなたは八杷島の王子にして、わたしたちの輩《ともがら》です。ふたつの国がいがみ合い、刃《やいば》を向け合う行く末ではなく、ともに末永く栄えゆく――そういう新たな道をお望みなのではありませんか」

だから十櫛は八杷島の意向に従いつつ、決定的な破滅から綾芽や二藍を逃がそうとした。人知れず手を貸そうとした。きっと今、このときも。

「そんなあなたと信じたからこそ、わたしはこうしてお約束のとおりに戻ってきました。わたしとあなたの祖国、双方を助ける手立てを必ずお持ちと信じて走ってきました」

動けないでいる十櫛に、綾芽は深く頭をさげた。

「お願いです、教えてください。二藍さまになにがあったのか。今このとき、なにが起こっているのか。お救い申しあげたいのです」

二藍の魂を救いたい。そして二藍を救うことで、ふたつの国に引き裂かれそうになっている十櫛を救いたい。

十櫛は綾芽を見つめた。その瞳は潤《うる》んでいた。

「……救ってくれるのは、お前に違いないと信じていた。待って待って待ちつづけた甲斐があった。まだ間に合う。お前ならばやり遂《と》げられる」

震えるつぶやきが、冷えきった室《へや》に揺らいで消える。そのときにはもう、十櫛は切り替えたように頰を引きしめ、揺らがぬ視線を綾芽に向けていた。

「綾芽よ。よくぞ戻ってきてくれた。お前の言うとおり、我が望みは兜坂と八杷島、どちらの国をも生かすこと。そしておそらく今このとき、その道を切り拓くことができるのはお前だけだ。ゆえにわたしが知りうることはすべて、隠しだてなく話そう」

はい、と綾芽もうなずきかえした。十櫛を信じる。綾芽にも、それしか道は残されていない。

「ではなにから始めよう。お前の望むとおりにしたい」

綾芽はしばし考えた。訊きたいことはたくさんある。だが最初に、まずは。苦しい気持ちを押しこめ問いかける。

「二藍さまは……今二藍さまを名乗るのは、誰なのですか。八杷島の者が二藍さまを装っているのか、それとも」

（――それとも、なんだ）

言葉につまった綾芽に、十櫛はひそやかに告げた。

「斎庭《ゆにわ》にいらっしゃる御方は、お前の知る二藍殿下そのひとであるよ」

「そんな、ですが……ありえません」

信じられずに綾芽は幾度も首を横に振った。二藍が生きているわけがないのだ。どんなに生きていてほしくとも。

「今斎庭にいらっしゃる二藍さまは、怪我《けが》のひとつもないのでしょう。ですがまことのあの方は、地脈の神を鎮《しず》めるために大怪我を負って、左腕も失われて……わたしは嘘を申しておりません！　血の染《し》みついた袍《ほう》を見た者もいるのです！」

顔を歪《ゆが》めた綾芽をなだめるように、十櫛は声を和《やわ》らげる。

「落ち着け。お前を疑うわけもない。お前の言うとおり、殿下は薨《こう》じられたのだ」

「ならば――」

「だが殿下は、死ねなかったのだよ」

「……死ねなかった？」

薨じたのに、死ねない？

呆然と綾芽は顔をあげた。十櫛は痛ましげに眉を寄せている。

「長い話となるが」

そして息をつき、低い声で語りはじめた。

＊

鮎名《あゆな》は己の目が信じられなかった。声もでない。喉《のど》は渇《かわ》き、ひりついている。

見開いた眼には二藍の姿が映っている。感情のいっさいを削《そ》ぎ落とし、こちらの動揺が収まるのをただ待っている男の姿が。

だが――ついさきほどまでこの男は、鮮血で袖を赤く濡らし、真っ白な顔で痛みをこらえていたのだ。二藍の手首が転がり落ちて、人々が微動だにできない中、ひとり荒い息を吐き膝をつき、自身が打ち落とした手首を震える腕で掴み取った。

そして、「よくご覧になるとよい」と唸《うな》るようにつぶやくと、その手首と、残った腕の傷口同士を押しつけた。

傷が擦《こす》れて激しく痛むのか、二藍は身体を深く折ってうめき声を押し殺していた。

鮎名はたまらず、取り囲んだ舎人を押しのけて、二藍に駆け寄ろうとした。なぜ二藍がこんなおぞましい真似を突然始めたのかわからない。手首を落とした理由も、再び繋がるわけもないそれを押しつけている理由も。

だがやめさせなければ。こんなむごい光景は終わりにしなければ。

そうして無理矢理に近づこうとしたとき、二藍がふいに顔をあげた。

鮎名は凍りついた。二藍の顔はまだ真っ白で、痛みの痕跡が生々しく残っている。だがその瞳は石のように揺らがず――

――なにより手が、切り離したはずの左手が、おかしい。

それは真っ赤な血にまみれたまま、取り落とした短刀を難なく拾いあげた。

傷痕《きずあと》のひとつも残さずに、元のとおりに腕と繋がっていたのだ。

ありえない。

誰もが、その場を守る舎人たちまでもが、引きつるように息を呑む。

「……どうなっている」

ようやく、乾いた声で問いかけた鮎名に、二藍はわずかに目を向けた。

「治ったのですよ」

「治った？　まさか、お前はだって、今」

「わたしの身体は、どのようにひどく損《そこ》なっても元に戻ります。このように」

と二藍は、繋がったばかりの左手の、今度は親指を短刀で切り落とした。ひとつも慌てず、さきほどと同じく傷口に指を押しつけて、袖で血を拭う。

拭ったあとに傷は見あたらない。なにごともなかったように、親指は繋がっている。

「いくら深い傷をつけようと、それが深ければ深いほどすぐに治ってしまう。腕を失っても、その腕を神に喰われたとしても、気づいたときには生えている」

「生える？　……ならばまさか」

「ご推察のとおり」

と二藍は、鮎名がなにも言わないうちに微笑んだ。目は笑っていない。石のようだった瞳には、はっきりと絶望が表れている。

「あの娘の申したことが真実なのです。わたしは左腕を失い血まみれになって、一度は死にました。なにもかもを諦めきれず、さだめを呪って、それでもここで散れば国を滅ぼすことはないのだと、大事なものを己《おの》が手で壊すことだけは避けられたのだと、安堵して目を閉じたのです」

なのに、と二藍は小さく笑って短刀の血を己の装束《しょうぞく》で拭い、鞘《さや》に収めた。

「再び目覚めたときには、深い傷はすべて消え、腕さえも戻っていた。わたしは生き返ってしまった。そのとき気づいたのですよ。己はもはや人でも神ゆらぎでもなく、神ですらなく、おぞましき化け物なのだと」

――化け物。

二藍は吐くようにその一言を口にした。その言葉がどれだけ二藍自身の心をえぐっているか痛いほどわかるのに、鮎名はなにも言えなかった。お前は化け物などではないと言ってやれなかった。鮎名だけでなく、この玉壇院《ぎょくだんいん》の御座所殿《ござしょでん》に集められ、幽閉《ゆうへい》されている者すべてが口をきけなかった。

死んだら終わりなのが人。けして死なぬのが神。

ならば死んでも生き返るこの男はなんなのか。化け物――そうか、化け物だ。怖い、おぞましい。すくなくともその身の半分は、わたしたちと同じだと思っていたのに。

誰もが一瞬、思ってしまった。そしてここに集められたのは国を背負う賢き者ばかりだから、すぐにその浅ましさに気づいて、顔色をなくした。

「かような顔をなされるな」

と二藍は苦く笑って、血塗れた手を拭《ふ》いた。「恐れるのは当然です。わたしがいかに化け物なのか深く納得していただけるよう、わざと凄惨《せいさん》な光景をお目にかけたのですから」

言いながら袍を替えようと、首元をとめた掛緒《かけお》に手をかける。なかなか外れない。手が震えているからだ——そう悟ったとき、鮎名の心を覆っていた恐怖に、案じる気持ちが打ち勝った。

それは、御簾《みす》の奥で同じく舎人に囲まれ声を失っていた大君も同じだったらしい。

大君はつと立ちあがった。

「……己が身の異変に耐えかねて、ゆえになにもかもを投げだしたくなったのか、二藍」

ひきとめる舎人を毅然《きぜん》と振りはらい、二藍へ歩み寄ろうとする。

「それでこのような暴挙に及び、斎庭《ゆにわ》を滅ぼし、国を滅ぼそうとするのか。なぜそこに至るまで打ち明けなかった。お前ひとりで背負わずともよかったのだ。我らとて——」

二藍は黙って袖を振った。舎人らがはっとしたように大君を引き留めるのを見届けてから、顔の前に扇をひらき、冷ややかに答えた。

「なにを仰せか。逆ですよ。わたしは自暴自棄となって暴挙に及んだわけではない。今このときも、必死に己を律しているのです。もうどうでもよい、楽になりたいとささやく己にいたぶられながら、それでもこの国のため、なんとか耐えているのです」

「……わけがわからぬ」

「ご心配なく。説明いたしましょう」

ずいぶんとお待たせいたしましたが、と二藍はひらいたばかりの扇を閉じた。

「わたしが化け物になり果てたわけをお伝えいたしましょう。さすればこれが暴挙にあらず、唯一の道とご理解いただけるはずだ」

扇を閉じる刹那《せつな》、二藍の目には確かに悲しみが浮かんでいた。しかし次の瞬間には消え失せて、二藍は淡々と言葉を紡《つむ》ぎはじめた。


いまやわたしは、玉盤神《ぎょくばんしん》を呼び寄せる『的《まと》』にすぎない。

そう二藍は語った。

玉盤神は、ただ一言『滅国《めっこく》』と告げるだけで、即刻国を滅ぼす恐ろしい理《ことわり》の神々である。あわせて十数柱《はしら》が知られており、それぞれさまざまな理を担《にな》っているが、そのうち号令《ごうれい》神《しん》と呼ばれる神は、ある日あるとき、ふらりとどこかの国に現れて滅国の神命をくだす。その訪れがいつ、どこに定まるのかはまったくの不明——と、元来兜坂国《とさかのくに》では言われていたのだが。

まったく違うのだと二藍は言う。号令神の訪れは、たまさかに起こる悲劇ではない。そこにも厳然たる理が存在するのだ。

号令神の訪れの前に、この廻海《めぐりのうみ》に浮かぶ十数の国々にはひとりずつ、『的』という号令神の目印となる者が現れる。みな二藍のような、神気のいと濃き神ゆらぎだ。

その的のうちでまっさきに神と化した者がいる国に、号令神は落ちるのだという。その者が神と化した瞬間に、滅国の引き受けさきが決まる。滅びの運命が定まる。

どこに号令神が落ちるかとはつまり、いかに神と化さずに心身を保てるか——そんな的たちの、我慢比べの行方に依《よ》るものなのだ。

古くから玉盤神を奉じてきた国々はこのからくりを知っているから、いかに的の心を穏やかに保つかに腐心してきたし、厚く守ってもきた。自国の的を守り、他国の的が破滅するよう画策を繰り広げてきた。

八杷島が兜坂を陥れようとしたのも、まさにこの画策によるものだったのだ。玉央《ぎょくおう》によって自国の的である王太子・鹿青《かせい》を罠《わな》にはめられた八杷島は、国を守るため、滅国の運命を兜坂になすりつけようとした。

それが羅覇の暗躍の、すべての理由だった。

「あの祭官は、わたしを神と化させようとしました。破滅させようとしました」

二藍の声が、静まりかえった御座所殿に響く。

「だがわたしは耐えた。羅覇は我らを知恵なき者どもと、わたしを孤独で寄る辺《べ》ない男だと侮《あなど》っていたが、それは違う。わたしはもはやひとりでなく、孤独でもなかった。だからこそ、耐えられたのです」

ですが、と二藍は目を伏せた。

「そのときわたしは、次にまた大きく心を揺さぶられれば、もはやこの身は耐えられぬとも悟りました。次こそ楽になろうとしてしまう。神になる道を選んでしまう。そうなる前に、死を選ぶしかないと知ったのです」

心の底から絶望したとき、神ゆらぎは神と化す。そこまで追いつめられる前に、二藍は己の命に始末をつけようとした。

「ですから我が身を賭《と》して海蛇神をとめねばならなくなったとき、わたしは心のどこかで安堵していました。どちらにせよ死ぬつもりでしたが、この神を鎮《しず》めるために死ぬのなら本望。滅びをもたらすためだけに生まれたわたしの生にも意味があったのだ、と」

二藍はわずかに微笑んだ。だが次第にその口元は強《こわ》ばっていく。

「そうしてわたしは腕を失い、血を失って死にました。ですがさきに申したとおり、気がつけばこの身は元に戻っていた」

身を裂く激しい痛みが頭の隅に鮮やかにこびりついているのに、身体だけはなにごともなかったように、元通りに戻っていた。

世の理ではけっしてありえないことが、二藍の身に起こっていた。

「それで悟りました。わたしはもはや人ではなく、物にすぎない。的の誰ぞが望み絶たれて神と化し、滅国を命ずる号令神を呼び寄せるまで、すべての的は死ねない。勝負がつく前に駒がいなくなっては困る——ただそれだけのために生かされている」

二藍は両の掌に目を落として自嘲した。

「なんたることか。わたしは、誰よりさきにこの身が耐えられなくなると悟ったからこそ、命を捨てようとしたのです。なにもかもを諦めたのです。なのに逃げられなかった」

二藍には、国のすべてを巻き添えに滅ぶ以外の道が残されていない。

誰もが声を失った。死すら逃げ場にならない二藍の悲嘆を、どう受けとめればいいのかわからない。きっと今このときも、二藍は戦っているのだ。すこしでも誰かの心ない言葉が背を押せば、容易《たやす》く転がり落ちてしまうところを、死にものぐるいで耐えている。下手《へた》な慰《なぐさ》めなど、とても口にできない。

だが鮎名は、勇気を振り絞って声をかけた。

「……なぜひとりで苦しんでいる。我らがいるだろう。我らの誰一人、お前を見捨てるわけもない。お前を助けてやりたい」

ようやく理解ができた。己が身が招く滅国から国を守るために、二藍は祭祀の放棄などという暴挙に出たのだ。追いつめられて武力を行使し、恐ろしい秘密すら晒《さら》したのもそのためだ。言わずにおれるものならば、誰にも知られたくなかっただろうに。

そうしてまで祭祀を手放させようとするのは、二藍は二藍なりに、なんとかこの国を生かそうとしているからだ。生き延びる道を探しているからだ。だったら怯《おび》えていてもなにも変わらない。どうにか二藍の心をなだめ、別の道に導かなければ。

しかし二藍は頑《かたく》なだった。

「そうですか。ではわたしを助けると思って、すべての神招きを諦めていただきたい。祭祀を放棄していただきたい。そうすれば玉盤神は我が国を国として認めなくなり、わたしは『的』ではなくなる。ただの神ゆらぎに戻る。神と変じてしまおうと、国を巻きこむことだけはなくなる」

「だが二藍」

「わたしが望むのは、すみやかな祭祀の放棄。それだけです」

硬い声で制すると、さあ、と二藍は決断を迫る。鮎名は口を引き結んで大君を振り返った。大君も鮎名に目を向ける。ただ一瞬、固い意志を含んだ視線が交わされる。

鮎名はすうと息を吸い、二藍に向き直った。そうして声を張りあげた。

「できぬ。祭祀を失うことだけはできぬよ、二藍」

二藍の目元が険しくなる。

「ここまで申してもそう仰るか。わたしはもう長くは耐えられぬというのに」

「祭祀を失えば、どのみち国は滅びる。お前は祭祀なき国の王に二の宮を据えようとしているが、それは二の宮にとっても不幸だろう」

鮎名はちらと、几帳の裏で影のようになりゆきを見守っている左大臣《さだいじん》を見やる。左大臣は覚悟の据わった目をしている。おそらく二藍は、大君や斎庭《ゆにわ》が抵抗すると悟っていた。だからさきんじて左大臣にすべてを明かし、協力せよと命じたのだ。

それで左大臣も外庭《とつにわ》も腹を決めて、二藍の暴挙に与《くみ》した。祭祀を奪われた国に未来がないのは誰にでもわかる。それでも今ここで滅びるよりはましだと考えたのだ。

ましかもしれない。

だが最善ではない。最善であるものか。

「他に道はないのか」鮎名は懸命に説得を試みた。「お前がすべてを引き受ける必要などないのだ。我らに刻《とき》をくれないか。みなの知恵を合わせれば、よりよき道が――」

「ありません。他に道などない。ありもしない希望をわたしの鼻先にぶらさげるのはおやめください。本当に、やめていただきたい」

二藍が声を荒らげる。その端々《はしばし》に切実が滲む。右手の爪が、左の親指あたりに食いこんでいる。追いこまれるほどに、身体に刻まれた『的』は痛むという。二藍はそれを傷つけ激情に耐えている。

それでも鮎名は己を奮い立てた。

「ありもしない希望など見せはしない。だが今のお前には余裕がない。そのようなときに頭をひねったところで、よい考えなど浮かばず追いつめられるばかりだ。一度落ち着け。落ち着けるようにみなで助けるから」

二藍は首を横に振る。苛立ちが、力の入った眉間に現れている。

「これ以上お願い申しあげても無駄なようだ。ならばわたしも、力ずくでことを運ばせていただく」

鮎名に背を向け、控えていた舎人に強く命じた。

「明日の正午より、玉盤神の一柱《ひとはしら》たる記神《きしん》を呼び、祭祀を返上する祭礼を執り行う。支度を始めるよう斎庭の女らに伝えよ」

「二藍！　本気で祭祀を手放す気か！」

「今さらどう足掻《あが》かれようと無駄です。記神を呼びさえすれば、あなたがたはわたしの願いを呑まざるをえない。おわかりでしょう」

二藍は氷の瞳で言い捨てる。鮎名は言葉を返せず歯噛みした。

（わかっている。当然わかっている！）

記神を呼び寄せられたら打つ手がない。終わりだ。

記神に捧げる祭礼とは、通常は王と王太子がそれぞれ名を名乗り、白璧《はくへき》と碧玉《へきぎょく》を掲《かか》げ、我こそ王である、王太子であると宣言するものだ。だが今の王太子――春宮である二藍は神ゆらぎである。神ゆらぎは、玉盤神の前では単なる物だ。声をあげられず、指の一本すら動かせず、それどころか玉盤神の命を伝えるために、口と声を勝手に使われる。

そんな二藍が、今まで春宮として祭礼をこなせてきた理由はただひとつ。

妻がいたからだ。

玉盤神にさえ屈せずもの申せる娘が、隣にいたからだ。

だが今、二藍のそばにその娘はいない。つまり二藍の執り行うべき春宮祭祀は滞《とどこお》る。滞れば、記神は即刻滅国を告げる。

その結末を避けようとするならば、大君と鮎名にはひとつしか手が残されていない。春宮祭祀に至る前に、祭礼を打ち切る。

すなわち王の証《あかし》たる白壁を記神へ返し、祭祀を失う。それしかない。

「まさか……お前は記神の祭礼を邪魔されぬために、あの娘を閉じこめたのか？」

去りゆく二藍の背に鮎名は叫んだ。

「あれだけ心を救ってくれた娘を、身辺から遠ざけたのはそのためか。真実のひとつも伝えず捨て置いたのか」

追いつめられているというのなら、助けを乞うのなら、まずはあの娘を頼るべきだったろうに。

「二藍、答えよ！」

幾度も呼びかけて、ようやく二藍は立ちどまった。やがて押し殺した声で言った。

「ええ、そのとおりですよ。あの娘は必ずわたしをとめようとする。この祭礼をひっくり返そうとする。それでは困るのです。水を差されるわけにはいかない。わたしにはもう、あとがない」

「あの娘が無策でお前の望みを絶つものか。いいから会ってみろ。必ずやお前を支えるだろう。話をすればきっと――」

「やめてください」

激しく袖を振り遮られて、鮎名は声を失った。振り向いた二藍の口の端《は》には、震えるほど力が入っている。

「わたしはあの娘に会いたくない」

「……なぜだ」

「化け物と変じたこの身を見られたくない。さきほどのあなたがたのように、おぞましいものを眺めるがごとき目を向けられたら」

もし綾芽が、死んだはずの男が生きている事実を受けいれることができなかったら。瞳の隅に怯えを走らせ、二藍に触れることに躊躇《ちゅうちょ》したら。

もはや同じ夢は追いかけられないと泣いたならば。

「そのときこそわたしは耐えられない。終わってしまう」

生きてゆく理由を失ってしまう。

耐えられずに、なにもかも投げだしてしまう。

「あの娘だけは、変わらないと信じていなければならないのです。惨《みじ》めに生きながらえているわたしにさえ、まっすぐな目を向けてくれる。心を寄せてくれる。変わらず友でいて、同じ夢を見てくれる。そう思いこんでいなければならない。すべてが終わるまでは、この身が玉盤神の馬鹿げた理から解き放たれるまでは、それが幻であろうとなんだろうと、縋っていなければならない」

だから会えない。会いたくない。かけがえのない娘だからこそ、最後の心の支えであるからこそ、けっして顔を合わせない。

本物の綾芽に、幻想を壊されてはならないのだ。

二藍は肩で大きく息をすると、力なく自嘲を漏らした。

「このようなごくごくつまらぬ、わたくしごとに振り回されて滅ぶのは嫌でしょう。ですからあの娘とは、会いません」

——もう二度と、相まみえることもないでしょう。

そうつぶやくと再び背を向けた。誰も言葉をかけることができなかった。

第三章　古き友に導かれ新しき縁を結ぶ

二藍《ふたあい》の身に起きた事柄を長く語った十櫛《とくし》の声が途切れて、静かな沈黙が母屋《もや》に満ちても、綾芽《あやめ》はなにも言えなかった。両手を握りしめ、膝《ひざ》を睨《にら》むことしかできなかった。

剝《む》きだしのさまざまな感情がとめどなく溢《あふ》れてきて、頭の中を滅茶苦茶にかき回してゆく。はじめに衝《つ》きあがってきたのは、激しい怒りだった。

――なぜ、なにも言ってくれなかった。

なぜ二藍は黙っていた。海石榴殿《つばきでん》で再会したときにはみな悟っていたのなら、なぜわたしに告げてくれなかった。頼ってくれなかった。

望み絶たれれば国を滅ぼすというのなら、なおさら綾芽を頼るべきだったのだ。綾芽などには己《おのれ》を救えないと思ったのか？　すこしも絶望から遠ざけてはあげられないと？

猛烈な怒りが膨《ふく》れあがる。その一方で綾芽は、これは八つ当たりだとも悟っていた。真に怒りを感じているのは二藍に対してではない。自分自身にだ。二藍を支えてやれなかった綾芽という女が腹立たしい。許せない。

そしてその怒りさえも逃げにすぎない。二藍が突きつけられた非情な運命を真正面から見つめたら、胸が引き裂かれてしまう。だから怒りでごまかしているだけだ。

――なぜ、二藍が苦しまねばならない。

いつもいつも、なぜあのひとばかりがこんな目に遭《あ》う。

(なにをしたっていうんだ)

涙が落ち、嗚咽《おえつ》が漏《も》れて、綾芽はぼろぼろと泣いた。泣きながら、二藍はこうやって涙に逃げて楽になることさえできないのだと悟り、息がとまりそうだった。

だが、いつまでも嘆《なげ》いてはいられない。己を叱咤《しった》して、綾芽は泣き濡れた顔をあげた。黙って見守っていた十櫛《とくし》を、睨むように見つめた。

「二藍さまを、とめにゆきます」

二藍は、自《みずか》ら国を滅ぼす行く末を避けるため、祭祀《さいし》を手放そうとしている。斎庭《ゆにわ》を力で抑えこむ暴挙を働いてまで、なんとか国を生きながらえさせようとしている。

だがそれは、意味のない足掻《あが》きだ。

十櫛が言うに、もし祭祀を手放して玉央《ぎょくおう》の属国と化したら、むしろ玉央の思うつぼ。滅《めっ》国《こく》のさだめを簡単になすりつけられてしまう。

ならば祭祀は絶対に、なにがあっても守り通さねばならないのだ。

「記神《きしん》の祭礼を妨害するのだな。それは賛成だが」

と十櫛は眉を寄せた。

「だが策もなく、とめてはならないのだよ。今の殿下には、祭祀の放棄だけが唯一《ゆいいつ》の光明《こうみょう》だ。それを安易に取りあげてしまえば、いよいよ追いつめられ、ますます神気が身に澱《よど》み、澱む神気は殿下を神へと押しやってゆく。お前が想像するより、あの方には余裕がない」

一度死んで生き返ったことが、二藍をさらに追いつめているのだという。命が無理矢理繋がれたあと、的《まと》の身には神気が一気に増えるのだ。

「いまや殿下は、煮え立った湯に腕を浸《ひた》されて、熱くて熱くて気がおかしくなりそうなのを、意志ひとつで耐えているような状況なのだよ」

神気が増えれば増えるほど――熱湯がたぎればたぎるほど、身は耐えがたくなる。腕を湯から引きあげ逃げてしまいたくなる。しかしそれは終わりの合図。耐えきれずに逃げだしたとたん、その身は神と化し、国が滅ぶ。

「今の殿下が我慢できていらっしゃるのはただ、明日には兜坂《とさか》は祭祀を失い、ご自分がさだめから解放されると信じておられるからだ。お前に唯一の逃げ道を封じられたら、一瞬たりとも耐えられぬよ」

煮え立った湯からいつまでも逃れられないと悟ったら、心がぽっきりと折れてしまう。

いいえ、と綾芽はかぶりを振った。

「そんなことにはさせません。心が折れぬよう、わたしがお支えします」

「無謀を申すな」

「なにが無謀なのですか」

「なぜ殿下はお前を獄に押しこめたと思う？　お前と会ってはならぬからだ」

「どうして会ってはならぬのです」

「お前が、生き返った殿下を受けいれられないと悟っていらっしゃるからだよ」

思わぬ冷ややかな一言に、綾芽は驚き、語気を強めた。

「そんなわけありません！」

まさか、綾芽が二藍を見捨てるわけがない。

「二藍さまご自身がどんなに死ねないご自分を呪っておられても、誰もが二藍さまを恐れていたとしても、わたしは違います。わたしは受けいれられる」

「それはどうかな」

「どうか、とは」

綾芽はむっと眉をひそめた。なにを疑うというのだ。二藍が生きていると聞いて驚いた。

でも嬉しかった。また会える。一緒にいられる。なにも偽《いつわ》りなんてない。

と、十櫛は静かに息を吐き、諭《さと》すように声を低めた。

「さきほどわたしが、殿下は『的』なのだと、もはや死ねず、いくら首を刎《は》ねられようと炎に焼かれようと生き返る、なにごともなかったように生きつづけるのだと告げたとき」

「……そのとき、なんなのです」

「お前は、どのような顔をしたと思う?」

やんわりとした、しかし鋭い問いかけだった。綾芽ははっと息を呑んだ。

――わたしはいったい、どんな顔で二藍のありさまを耳にしていたのだろう。

「お前は、信じられないという顔をしたよ。ありえないと、人の身にはとても考えられないことだと、恐ろしいと、おぞましいと、そういう顔でわたしの話を聞いていた」

「それは……初めて耳にしたからで、驚いてしまって」

「なるほど。あらかじめ知っていればごまかせると。平気なふりをしてやれると」

「そういうつもりでは」

ない、と言い張ろうとして、綾芽にはできなかった。十櫛の海色の瞳は悲しげだ。

「綾芽よ。殿下はお前がどんな娘なのかをよくご存じだ。ならばいくらお前自身が違うと申したところで、面と向かえば意味もない。殿下はお前の躊躇《ちゆうちよ》や葛藤《かつとう》を、容易《たやす》く見抜いてしまうよ」

十櫛の言葉が突き刺さる。綾芽は唇を噛みしめ、心痛めてうつむいた。

（十櫛さまの、言うとおりだ）

腕を失い、苦しみながら死に向かってゆく二藍の姿が、この目にはっきりと焼きついている。それが全部なかったも同然だなんて、まだ心の底からは信じられない。どう捉《とら》えればよいのかもわからない。喜んでいいのか、悲しむべきなのか。心のありようひとつで国を滅ぼしてしまう二藍を、これからどうやって支えていけばいいのだろう。

そんな今ここにある気持ちを、綾芽はどれだけ取り繕《つくろ》おうと、二藍を前にすれば必ず思い出す。そして二藍は、そんな綾芽の戸惑《とまど》いをすべて見透かしてしまうに違いない。

いや、すでに見透かしているからこそ、二藍は綾芽を拒《こば》んだ。

そして自分から遠ざけたのだ。

「お前が悪いわけではないのだよ」

と十櫛の声は慰《なぐさ》めるようだった。

「受けいれられないのは殿下ご自身も同じなのだ。滅びを招く的と化したご自分を許せず、だが投げだせないからこそ、殿下はまことのお前を追いやった。そして変わらぬ笑みを向けつづける、幻想のお前に縋《すが》っておられる」

綾芽はますます打ちのめされた気分になった。

そうかもしれない。二藍が必要としているのは今ここにいる綾芽ではなく、幻想の中の綾芽なのだ。なにごともなかったように二藍を受けいれる、ありもしない幻だけが、二藍を人に引き留めている。

だったら、と綾芽は声を震わせた。

「わたしは……わたしはどうすればよいのでしょう。このまま指をくわえて、祭礼がなされるのを受けいれるしかないのですか」

「そうではない。お前の姿を殿下の前に晒《さら》すことはできないとしても、なんとか手を回して祭礼はとめねばならぬよ」

「ですが祭礼が阻《はば》まれれば、二藍さまは絶望してしまわれるのでしょう」

綾芽は祭礼をとめられるかもしれない。だが二藍の心を救えない。それではなんの意味もないのだ。

落ち着け、と十櫛は綾芽をなだめた。

「当座は殿下を抑えこめる策がある。殿下の絶望をすこしばかり後回しにできる術《すべ》が。それを今、話し合いたいと思っていたのだ」

抑えこむ。どのように——と尋《たず》ねようとして綾芽は気づいた。十櫛は指し示すかのように腕を押さえている。さきほど神気を払ったとき、ちょうど術を施《ほどこ》していたあたりだ。

　そうか。

「二藍さまのお身体に澱んでいる、神気を払ってさしあげるのですね」

「そのとおり」と十櫛は言った。「今の殿下には、神気があまりに濃く澱んでいらっしゃる。それがお心の余裕を失わせ、悪いほうへ悪いほうへと事態を運んでゆくのだ」

　だが神気を抜けば、二藍の心はすこしは楽になる。ふつふつと煮え立っている湯がわずかでも冷めるなら、まだ幾分耐えられる。猶予《ゆうよ》ができる。

　それを狙うのだと十櫛は言っている。

「祭礼の邪魔をするだけだと、二藍さまはすぐに耐えられなくなってしまう。でも祭礼を阻止した直後に神気を払うことさえできれば、心にいっとき余裕が生まれ、踏みとどまることがおできになる。国も二藍さまも当面は守られる。そういう策なのですね」

「そうだ」

　ふいに綾芽の身体から力が抜けた。よかった、二藍をとめてあげられる策はあるのだ。

「とはいっても綾芽、この方法で神気が減るのは、ほんのいっときだけだ。殿下がご自分を受けいれられないお気持ちのままでいるならば、再び神気は増えてゆくし、それにつれてますますお心は曇っていく」

冷ました湯も、刻《とき》が経《た》つにつれまた煮え立っていく。

「ではどうすればよいのです」

綾芽には二藍の心を救えない。誰にも救えないのだ。だったら神気を払おうと、すぐに振り出しに戻ってしまう。二藍は再び苦しむことになる。

「もっともよいのは、神気の減った一瞬を狙い、殿下を眠らせてしまうことだ」

「……眠らせる?」

「そうだ。すべてが終わるまで身が保《も》つよう、どこかの国に号令神《ごうれいしん》が落ちるまで、長く深く眠らせてしまう」

神ゆらぎは夢を見ない。眠りに落ちているあいだはまったくの無だ。当然絶望もせず、神とも化さない。

「それは、つまり――」綾芽は愕然《がくぜん》と問いかけた。「なにも考えられなくしてしまうということですか?」

心を安んじるのではなく、閉じこめてしまうということか。国を守るために、ただただ置物のように横たえておく。どこかの国に、滅国を告げる号令神が落ちるまで。

そう、と十櫛は重くうなずいた。

「お心を変えられぬのならば、もっとも安全で、殿下ご自身のためにもなる方策だ」

「……号令神はいつ落ちるのです。いつまで二藍さまは眠ったままなのです」

「さてな。三月《みつき》後か、三年後、三十年後かもしれない。いつかわからぬそのときまで、ほとんど死んでいるのと変わりない」

そんなの嫌だ、と綾芽は叫びたかった。国のために、二藍を死んだように寝かせておく。それでは二藍を的として、道具として扱う玉盤神の所業となんら変わらないではないか。

「無論、殿下のお心をお救いできれば最善なのだ。殿下が今のご自分を受けいれ、それでいてさだめに立ち向かわれるお気持ちを得られるならば、眠らずともすむ。そして殿下をそのようなお気持ちにしてさしあげられるのは――幻などではなく、今ここにいるお前だろうよ」

「わたしが」

「お前が、そこに繋がる道を見いだせるのなら、だがな」

慰めつつも釘をさす声に、綾芽は唇を噛んだ。

道か。二藍の心に手を差し伸べられる道などがあるのだろうか。

逃げ場がないなら立ち向かうしかない。そんなの二藍だってわかっているはずだ。けれど人は、支えてくれるものがなければ立てないのだ。なのに二藍には、もはやなにも残されていない。変わらぬ笑みを向けつづける綾芽という、今ここにいる綾芽によって容易くかき消されてしまう幻以外には、なにも。

「残念ながら今は刻がない。ゆえに次善を目指すしかない。殿下の神気を払い、即刻眠らせるのがよいだろう」

そう諭す十櫛は正しい。綾芽はなんとか納得しようと歯を食いしばり、額《ぬか》ずいた。

「仰《おっしゃ》るとおりです。十櫛さま、どうか二藍さまの神気を払ってさしあげてください。お願いです」

涙をこらえて、伏して願う。今は他に手がない。時間もない。綾芽が道を見いだせないのなら、二藍の心を諦めるしかないのだ。

「いまや斎庭《ゆにわ》は囲まれて簡単には入りこめないでしょう。ですが十櫛さまに神気を払う技があると、どうにかして伝えられれば間に合います。国だけは守れます」

「綾芽よ」

「どうかお願い申しあげます。わたくしどもをお救いください」

と、額《ひたい》を床にこすりつけた綾芽の肩を、十櫛はそっと押して顔をあげさせた。

「綾芽、わたしになにかを救う力などないのだ。わたしはいつもどんなときも、道を切り拓《ひら》く者を見ていることしかできない」

「お力を貸していただけないのですか？」

「救うのはお前なのだよ。そして、救ってほしいと頼むのは、わたしのほうなのだ」

そう言って、十櫛は綾芽の手に手を重ね、低く頭《こうべ》を垂れた。

「兜坂の春宮妃《はるのみやひ》にして物申《ものもうし》、綾芽よ。どうか我が祖国八杷島《やはじま》を、あなたの物申のお力でお救いください。八杷島の王子として、伏してお頼み申します」

「十櫛さま、なにを……いえ、なぜ」

混乱して言葉が出てこない。綾芽がどうやって八杷島を助ける。

いやそもそも、十櫛はなぜ綾芽が物申だと——神にものを申せる希有《けう》なる力を持つ者だと知っている？

「お前が物申とは、ずっと前から気づいていた」

耳を疑うような告白をしてから、十櫛は「だが案ずるな」と笑みを深めた。

「誰にも告げてはいない。気づいているのはわたしだけだろう」

綾芽はなにを言っていいかわからなかった。どうして、いつ知ったのだろう。

それでも疑問を払いのけた。いや、その話はあとだ。

「物申の力で八杷島を救うとは、どのような意味なのですか」

「我らの国にも、殿下と同じく号令神を呼び寄せる的と化した御方がいる。わたしの姉である王太子・鹿青《かせい》がそうだ。鹿青は今、玉央の策略に落ちて心術で心を奪われ、終わりを望むように強《し》いられている。どうか鹿青にかかった心術を、お前の手で解いてほしい」

ようやく綾芽は、十櫛が言いたいことを理解した。

十櫛は二藍を救う。その代わり、綾芽は鹿青を救う。取引を提案されているのだ。互いの国を守るため、力を貸し合おうと。

「……そうせねば、あなたは二藍さまをお救いくださらないのですね」

「そうではない。残念ながら殿下の神気払いは、わたしには荷が重すぎるのだ。今の殿下から神気を払うのは、わたしのそれよりはるかに難しく、今この兜坂の地でなせるのはただひとり。我が国の祭祀を知り尽くす祭官のみなのだよ」

つまりは――。

「殿下をお救いできるのは、どこぞに囚《とら》われている羅覇《らは》だけだ」

――羅覇が。

綾芽は身体をこわばらせた。その名をここで聞かねばならないのか。滅国のさだめを二藍に押しつけようと画策《かくさく》し、そして二藍を死なねばならないところまで追いつめた。

そんな羅覇だけが、二藍を楽にできるというのか。

「おそらく羅覇は、お前が物中と知れば、鹿青を助けてほしいと希《こいねが》うだろう。あの娘は鹿青を助けるため、ただそれだけのために、お前の国を陥《おとしい》れようとしていたのだから」

「だからこそわたしが鹿青さまを助けると約束すれば、羅覇は二藍さまをお救いすると」

「間違いない」

十櫛は、羅覇と取引しろと言っているのだ。二藍を殺しかけた当の羅覇に、二藍を助けてくれと願えと。

「わたしは……」

声が揺れる。どうしたらいい。羅覇を許せないのだ。あの娘は、兜坂から多くのものを奪っていった。二藍を傷つけただけではない。羅覇の暗躍さえなければ、死なずにすんだ者はたくさんいた。さきの春宮も、その妃《きさき》も、石黄《せきおう》だって――

(――那緒《なお》だって)

羅覇がいなければ、綾芽の親友だった那緒は死ななかった。八杷島がおとなしく運命を受けいれ滅んでさえいれば、那緒は自分の胸を刃で貫《つらぬ》くなんてむごい最期《さいご》を迎えなくともよかった。今でもきっと、綾芽のそばにいてくれた。

握りしめた拳が白くなる。がちがちと歯が音を立てる。羅覇はきっと綾芽と同じく、己の国と大切な人を守ろうとしている。それは理解はできる。

だが許せない。どうしても許せない。手を組むなんて虫酸が走る。那緒を奪って、二藍を殺そうとした女なのに。

——ああ、でも。

綾芽は瞼を強くとじ、奥歯を噛みしめた。

——でもその羅覇に助けを乞わねば、二藍も、この国も助からない。

（……だからごめん、那緒。ごめんなさい）

心のうちで繰りかえす。そのたびに涙が頬を伝い落ちていく。だが決断しなければならない。今すぐ動かなければ、なにもかもを失ってしまう。

「……羅覇に会いにゆきます」

とうとう、身を引きずるように綾芽は立ちあがり、十櫛を真っ赤な目で見おろした。

「十櫛さま。わたしは羅覇を許せません。羅覇を遣《つか》わした八杷島も、手を貸していたあなたのこともけっして許せません」

「——そうだろう」

「ですが」

と眉根をきつく歪《ゆが》めて声を継ぐ。

「わたしはあなたに感謝しております。あなたを信じてもいます。どうにもならなくなる前に、新たな道を示してくださった。わたしにもできることがあると教えてくださった」

だからこの手をとる。刃を突きつけ合ったところで、那緒は帰らない。

「……よくぞ決意してくれた」

やがて十櫛はつぶやいて、腰をあげた。

「ならばこうしてはおれぬ。今すぐゆこう」


羅覇の囚われている場所ははっきりしない。だが今まで助けてくれたさまざまな人の声から、綾芽はなんとなくの見当はつけていた。

「羅覇はおそらく禁苑《きんえん》の、匲《くしげ》の岩山にいます。岩山には洞穴が数多くあるのですが、そのうちのひとつに作られた獄に留め置かれているはずです」

常よりはるかに多くの衛士《えじ》がゆきかう大路《おおじ》を、場違いなほどのんびりと牛車《ぎっしゃ》がゆく。その車のうちで、綾芽と十櫛はひっそりとこれからの算段を立てていた。

「禁苑ならばまだ望みがあるな。もし羅覇が囚われているのが斎庭《ゆにわ》のうちならば、再会は難儀を極めただろう。殿下はお前が逃げたと知っておられるらしく、斎庭に犬猫の一匹たりとも入れるなとお命じだ」

二藍は、なんとしてでも綾芽が辿《たど》りつかないよう斎庭を厳しく封じてしまっている。

「とはいえ結局最後には、殿下のところまで羅覇を連れてゆかねばならぬのだがな。そうせねば神気を払えない」

「そちらの方策はあとで考えてみます。まずは、見咎《みとが》められずに禁苑に立ち入るにはどうするべきかを思案せねば」

王の土地である禁苑は塀に囲まれていて、出入りはいくつかの門からしか叶《かな》わない。当然二藍は、禁苑の門の守りも相応に固めているはずだ。

「なにを言う」と十櫛は、自らのまとった狩りの衣《ころも》の袖《そで》を持ちあげてみせた。「立ち入り方ならば決めただろう。わたしが心術を用いて、お前を禁苑に入れるのだよ」

十櫛は今、この非常時に禁苑に遊ばんとする、思慮に欠ける外《と》つ国の王子を装っている。二藍には余裕がなく、本来警戒すべき十櫛の動きにまで気が回っていない。だから禁苑の門までは容易に辿りつける。心術を使って門を守る衛士らの目をくらませ、綾芽を忍びこませよう――というのが十櫛の策だった。

しかし綾芽は、「させられません」と突っぱねた。

「心術を用いるのがどれほど危険で身を削るのか、わたしも重々承知しております」

「案ずることはないよ。わたしはいたって神気の薄い神ゆらぎで、心術も今までほとんど使ったこともなく、神気を抜く方法すら心得ている」

「だからといって、命を削る真似をしていただきたくはないのです」

「すこしくらいは削らせてくれ。罪滅ぼしがしたいのだ」

「そうして、楽になられようとお考えですか？」

問いただすと、「厳しいな」と十櫛は苦笑した。

「十櫛さま、わたしはただ案じているのです。心術はさきほどお使いになったばかりでしょう。今まで無事だからといって、次の一回で踏み外すことになるかもしれないのに」

十櫛の命をもって二藍を守る羽目になるのは、絶対に嫌なのだ。

と、十櫛は困ったように頰を緩《ゆる》め、腰に佩《は》いた真っ赤な珊瑚《さんご》の飾り――青宝《せいほう》珊瑚を手に取った。

「大事ないと言っているだろうに。証《あかし》が必要なら見せよう」

なにをするのかと思えば、珊瑚を腰からはずして顔の前に持っていき、ふっと息を吹きかけた。綾芽は目をみはった。珊瑚の赤い色が揺らいだかと思ったら、瞬《またた》く間《ま》に鮮やかな青一色に変わってゆくではないか。

「それはいったい――」

問いかけようとした綾芽を制し、十櫛は青に変じた珊瑚の玉を見やって数を数えた。

やがて珊瑚の色が再び揺らぎはじめ、赤と青が混ざるようになる。それでようやく、十櫛は言葉もない綾芽に目を向けた。

「このとおりだ」

「それは……なんなのです」

これは珊瑚ではない。珊瑚は、息を吹きかけて色が変わったりはしない。

「実はな、神ゆらぎの吐息《といき》に潜《ひそ》む神気の濃さを測るものなのだよ」

綾芽はまたも驚き声を失った。

「……そんなものが、あったのですか」

「あったのだ。息を吹きかけ青く変じた時間が長いほど、神気が薄く、人に近いことの証。つまり今のわたしは、ほぼ人だ。心術を再び使おうと憂《うれ》いはない」

綾芽は肩を落とした。また打ちのめされる。神気を測る至宝。そんな便利なものがあるとは思わなかった。

（わたしたちは本当に、なんにも知らないんだな）

無知な国だとかつて羅覇は嘲笑《ちょうしょう》していたが、まったくそのとおりではないか。綾芽たちはなにも知らなかった。二藍を助け支えることもできなかった。

二藍は、ひとり耐えて生きてこなければならなかった。

「落ちこむことはないのだよ。なにがなくとも、殿下にはお前がいただろうに」

綾芽の心中を察したのか、十櫛は声を和《やわ》らげた。

「廻海《めぐりのうみ》のどの国にもいない物申がそばにいた。それもまっすぐに心を寄せてくれた。それはお前が思う以上に殿下にとって幸運であり、力だったのだよ。神ゆらぎの知恵なき兇坂で、殿下がここまで人として生きられたのはお前のおかげだ」

「そうだったらよいのですが」

わからなくなってくる。綾芽は二藍を救っているつもりで、手に入らない希望を押しつけていただけなのかもしれない。

それでも「間違いない」と十櫛は断言して、青宝珊瑚を再び腰に結わえつけた。

「とにかく今のわたしに支障はない。どうか心術を使わせてくれ」

迷った挙げ句、綾芽は十櫛の申し出を受けいれることにした。

「……わかりました。ですがどうかご無理はなさらず。使ったあとはすぐに神気をお抜きになってください」

「言われずともそうする。心配はいらぬよ」

と十櫛が、いつものとおりのほっとする声で告げたとき、綾芽はふいに気づいた。

「……ふと思ったのですが」

「なんだ？」

「初めてお会いしたとき、その珊瑚をなくされたと仰っていましたね」

「言ったな」

「嘘だったのでしょう?」

禁苑の野で、十櫛は珊瑚をなくしたと困っていた。しかしこんな大切なものを、この男がうっかりとなくすわけがない。

しばらく黙りこんでから、「実はな、綾芽よ」と十櫛は、苦い笑いを漏らした。

「わたしはあの日、気のいい斎庭の女官をひとり、味方に引きこもうとしていたのだ。八杷島の命《めい》ではないよ。真なる願いを叶えるためには、兜坂の協力者が必要だった」

「それで珊瑚をなくしたふりを?」

一緒に探してくれるようなお人好しを見繕《みつくろ》って、うまく懐《ふところ》にとりこもうとしていたのか。

しかし問うてから、十櫛が言うのは珊瑚のことではないと綾芽は気がついた。

――心術だ。

十櫛はきっとあのとき、心術で綾芽を操ろうとしたのだ。兜坂と八杷島の双方を守る道を探るための駒として、春宮付きの女官である綾芽を、意のままに使おうと試みた。

だが企《くわだ》ては失敗に終わった。綾芽は心術の効かない唯一の者――物申だったから。

ああ、と綾芽は、ようやく腑《ふ》に落ちた気がした。

「それで十櫛さまは、わたしが何者なのかご存じだったのですね」

物申だと気づいたのは、まさかの出会ったその日だったのだ。

　はは、と十櫛はおかしそうに声をあげた。

「まったく信用ならぬ男だろう？　だが案じずともよいよ。さきほども言ったとおり、誰にも漏らしていない。……といってても嘘ばかりついてきたわたしだ、信じてはくれぬな」

　わざとらしく笑い飛ばした十櫛に、いいえ、とはっきり綾芽は言った。

「信じます。あなたはやさしく、強い御方です。おひとりで秘密を抱えておられるのは、さぞおつらかったでしょうに」

　十櫛はふいに笑いやめた。ちらと目だけを綾芽にやって、すぐに前を向く。口の端《は》が、苦々しく緩む。

「……まったく。あの御方がおかわいそうで、羨《うらや》ましい」

「なんと？」

　訊《き》きかえしても、十櫛は笑うばかりだった。


「――ですが十櫛王子、禁苑には誰も入れてはならぬと命じられておりまして」

「なに、構わぬだろう？　わたしひとりで少々身体を動かしたいだけだ。お前たちの見えるところまでしかゆかぬ」

「しかしながら……」

「わたしは八杷島の王子ぞ。お前たちの王の、客人なのだよ」

禁苑の門を守る衛士たちは困った様子で顔を見合わせ、ではほんのすこし、すぐそこまでならと、しぶしぶ外つ国の王子を通した。十櫛はにこやかに礼を言って、ゆるりと裾《すそ》を払って歩きだす。綾芽はそのうしろにぴったりとついて門をくぐった。誰も綾芽を見ない。十櫛が『ひとり』と言ったから、綾芽の姿が見えていないのだ。

「……さきほども思いましたが、こなれた心術の使い方をなさるのですね」

「八杷島の秘伝どおりに為《な》しているだけだよ。重ねて言うが、わたし自身は心術など数度しか使ったことがない。いつも心のうちでは怯《おび》えている」

振りかえらずに答えた十櫛は、枯れ野に一際《ひときわ》目立つ立派な松のそばで足をとめた。

「さて、わたしが助力できるのはここまでだ。しばらくそこの茂みに身を潜めておくとよいよ。そして衛士の目が逸《そ》れたら、すぐに走ってここを離れるのだ」

「そうします。お助けいただき、まことにありがとうございました」

「あとは任せてよいのだな」

「必ず羅覇のもとに辿りつきます」

そのための策は考えてある。

そうか、と十櫛は冴え渡った冬空を見あげて目を細めた。

「ならばどうか成し遂げてほしい。お前が兜坂と八杷島を救い、殿下を救い、そしてわたしを救ってくれるのを、心より願っている」

言うや十櫛は離れていった。

――必ず。

綾芽は心の中で誓って、枯れ草の合間に身を隠した。林と野のさきに垣間見《かいまみ》える、匳《くしげ》の岩山を窺《うかが》いみる。

匳の岩山には数多《あまた》の洞穴があるが、そのうちのひとつはここから見えるところに入り口がある。そこから奥に入った突きあたりが、羅覇が囚われているはずの獄だ。だが予想どおり多くの衛士に守られていて、とても正面から踏み入ることはできない。

と、門のあたりが騒がしくなった。振り向けば、衛士らが十櫛を囲んでなにやら楽しげに話をしている。みな十櫛の話に気をとられ、こちらを見ている者は皆無。

(今だ)

綾芽は一気に駆けだした。息があがっても足をとめず、人目につかない林の奥まで走りに走る。山が迫り、岩がちになったところで、ようやくあたりへ転がる巨石のひとつへ身を寄せ息を整えた。

見回しても人の姿はどこにもない。ならばと、すうと息を吸って姿勢を正す。願いを込めて声を張った。

「奩の岩山に住まう尚大神《なおのおおかみ》、どうか我がもとに降り立たれよ！」

とたんに風が変わる。音を立てて、突風が岩山を吹きおろす。思わず目をつむった綾芽が顔をあげたときには、巨石の上に影があった。

白狼だ。

それが、赤い双眸《そうぼう》で綾芽を睥睨《へいげい》している。

これこそ綾芽の亡き親友・那緒の御霊《みたま》が変じた神――尚大神だった。禁苑とはなかば斎庭のうち。神招きが叶う地。ゆえに尚は、綾芽の呼びかけに応《こた》えて現れてくれたのだ。

「尚」と綾芽は呼びかけた。「来てくれてありがとう。実は――」

「言わなくてもわかってる。神だもの」

巨体に似合わぬ若い娘の声で言うと、尚は石を蹴りあげ飛び降りた。綾芽に身を寄せささやく。

「たいへんなことになったわね。かわいそうに」

同情が滲《にじ》んだ声音だった。

それを聞いたら耐えていた悲しみがどっと溢れて、綾芽は尚を抱きしめすがりついた。

「尚、尚。わたしはどうしたらいい」

親友の御霊の前だからこそ、張りつめていた心が崩れてしまう。これからすべきことはわかっている。だが真に歩むべき道が見えない。どうすれば二藍の心を安らかにできる。どうすれば二藍は、今ここにいる綾芽を再び欲《ほっ》してくれる。

嘆く綾芽を、尚はやんわりと叱咤した。

「しっかりしなさい。あのときの二藍は、もっとつらそうだったわよ」

「あのとき？」

「雪山から、あなたを送りだしたあとのことよ」

はっとして綾芽は顔をあげた。そうだった。綾芽が雪の中に二藍を残し海石榴殿《つばきでん》を去ったあとも、尚は二藍のそばにいたのだ。

「……あのひとは、つらそうだったか」

「ええ」と尚は目を細めた。「つらそうで、悔しそうだった。死にたくないって泣いてたのよ。涙は出てないけど、心は泣いてた」

「そうか……」

胸が痛み、涙が滲むのを、綾芽は必死に抑えこんだ。そうだろう。口では立派なことを言って綾芽を送りだしても、二藍だって悔しかったに違いない。

「だからわたし、なんかかわいそうになっちゃってね。厳しいことも言ったから、最後はちょっとは元気づけて看取《みと》ってあげようとしたんだけど――」

尚がふいに言いやむ。なぜ、と考え綾芽は悟った。そうか、尚は死の淵《ふち》の二藍がどうやって生き返ったかも見ていたのだ。

「……それから二藍はどうなったんだ」

恐る恐る尋ねれば、尚はすこし肩をすくめるようなそぶりを見せた。

「寝ちゃったの。それでわたし、一度そばを離れたのね。屍《しかばね》と一緒にいたってしょうがないと思って、早々にお別れしたのよ」

神らしい、からりとした調子で告げたあと、でもね、と尚は声を低めた。

「なんだかへんな胸騒ぎがしてすぐに戻ったわ。ほんとにすぐに。そうしたら」

「……そうしたら？」

「二藍は生き返ってた。流した血はそのままなのよ。血だらけで衣もぼろぼろで。なのに顔色は戻っているし、動けるし、もちろん腕もなにごともなかったみたく生えていた」

目を離したのは一瞬だったのに、二藍の傷はすっかり癒《い》えていた。

尚はその二藍の姿を、椿《つばき》の茂みのうちから呆然と見るほかなかったのだという。ありえないことだ。死んだ男が生き返る。それも失った腕や深い傷が、あっさりと治っている。流したおびただしい血にまみれたまま、二藍の身体だけが元に戻っている。

「わたし、ものすごく驚いちゃったんだけど――二藍も同じだったみたいね。信じられないって顔で固まって、自分の身体を見つめていたわ」

眦《まなじり》を裂けんばかりに見開いて、震える両手を凝視《ぎょうし》していた。

「そのうちに二藍、今度は倒れるんじゃないかってくらい青ざめてね。あなたが渡した簪子《かんざし》を握りしめて、地に打ち伏して、また泣いてたわ。やっぱり涙は出てなかったけど」

二藍は、自らに降りかかったむごたらしい運命に気づいてしまったのだ。けっして逃げだせないのだと、この身はもはや人ではないのだと。

やがて二藍は、奥歯を嚙みしめ顔をあげた。その瞳からは感情が失せていた。二藍は、綾芽が絆《きずな》の証として手渡した簪子を、真っ赤な椿の花の上に置きざりにした。そうしてふらりと立ちあがり、亡霊のような足取りで山をくだっていったのだった。

その姿がまざまざと脳裏に浮かび、綾芽は懐から簪子を取り出し、苦しく握りしめた。

そうか。二藍は、あえてこの簪子を置いていったのだ。もはや綾芽を待つことは叶わず、約束は成らず、己のおぞましい真実を綾芽が知れば、この絆は必ず途切れてしまうと望み絶たれて去っていったのだ。

「わたしね、二藍を追わなかったの。だって気持ち悪いし、おぞましいし、得体《えたい》が知れなくて嫌だったから。人や獣は生き返るわけもないのに、あっさり元に戻るなんてね」

尚は前脚をぺろりと舐《な》めている。薄情な言葉にも聞こえたが、綾芽は怒る気にはならなかった。人が死ぬときの血という、なにより人らしきものを求める神としての尚が、神でも人でもないものに冷たいのは道理だ。

（それに尚だけじゃない。誰だって……怖いし、おぞましいと思ってしまうんだ）

綾芽がその場にいたって足がすくむ。一度は逃げだしてしまうかもしれない。それがどれほど愛《いと》しい男であろうと、考えるよりさきに身体が動いてしまう。

（きっと二藍だって、逃げだしたかったはずだ）

怖かったはずだ。だが己の身体からは逃れられない。どこにもゆけない。

どれだけ苦しいだろう。怯えているだろう。それでも二藍は耐えねばならない。鼻先で、今すぐ楽になれる甘美な道が――国を滅ぼし、人々を血の海に沈める破滅の道が、甘い香りを振りまきつづけているというのに。

――どうしたらいい。

尚を強く抱いたまま、綾芽は必死に考えた。いったいどうすれば二藍は救われる。

「……とにかく、二藍を楽にしてあげなきゃいけないんだ。心は無理でも、せめて身体を楽にして、眠らせてあげなきゃいけない。だからわたしは」

心を奮って話を進める綾芽に、尚はうなずいた。

「わかってる。岩山に捕まってる女が必要なんでしょ。その人のところに行くために、わたしの助けがいるんでしょ」

綾芽はうつむいたまま「そうなんだ」と答えた。二藍を守るために、生前の尚を殺したに等しい羅覇と手を結び、助けださねばならない。

「どうする？　手っ取り早く衛士を食い散らかしてあげましょうか。そうしたら正面から突破できると思うけど」

「それはだめだ」

尚の無邪気な提案を、綾芽は慌《あわ》ててとめた。「まずは誰にも見つからないように近づいて、あの子と話をしたい」

「誰にも見つからないなんて無理よ。洞穴の一番奥に捕まってるのよ。やっぱり喰らうしかないわ」

そうじゃない、と綾芽は逸《はや》る尚をなだめた。

「あの子が――羅覇が捕まってる獄は洞穴のゆきどまりで、かつ断崖絶壁に向かって突き抜けているんだ。そしてその突き抜けたさきの穴は、獄の窓として使われてる」

すぐに尚は、綾芽が言いたいことを理解したらしかった。

「その穿《うが》たれた窓に、洞窟の中からじゃなく崖の側《がわ》から近寄れれば、誰にも気づかれずに話ができるって考えてるのね」

「そうだ。ただその窓は、断崖絶壁のなかばあたりなんだ。崖の麓《ふもと》からのぼっていくのは無理だから、てっぺんからおりてゆくしかないと思うんだけど、どうにか近づけるか?」

「問題ないわ。ちょうど窓の横に岩棚があるの。そこまで一気にくだればいいだけよ」

「……わたしを連れていってくれるか」

固唾《かたず》を呑んで尋ねると、「当然でしょ」と尚は目を細めて、身を大きく震わせた。もともと普通の狼より二回りは大きな身体が、さらに二回りほど大きくなる。

「さ、乗って。あの崖の上には、岩山を回りこまないと行けないのよ。あなたの足だと間に合わないから乗せてあげる」

綾芽は息を呑んで、それから大きく頭をさげた。

「ありがとう。この恩は必ず、必ず返す」

「そんなに気張らなくてもいいわよ」

「そうもいかないよ。あなたは神なんだ。ちゃんとお返しをしなきゃ。なにがいい。わたしができることなら、なんでもする」

「じゃあ、そうね」としばし考え、尚は軽やかに言った。

「わたしを毎年斎庭《ゆにわ》に招いてくれる?」

「もちろんだ」

「それで金桃《かねもも》をご馳走《ちそう》してくれる？」

思わぬ品の名を聞いて、綾芽は目を丸くした。金桃。生前の那緒の好物だ。だから先日の祭礼でも神饌《しんせん》として用意したものの、今の尚に生前の記憶はないから、気にも留められなかったのだと落胆していた。その金桃を、欲しいと言ってくれるのか。

「……気に入ってくれたのか」

うん、と尚は答えた。狼は微笑まないが、微笑んだような声だ。

「とっても美味《おい》しかったわ」

「ほんとに？」

（……よかった）

報《むく》われた気がして、綾芽はつい滲んだ涙を拭《ふ》いた。

「それからもうひとつ頼んでもいい？」

尚の声が続いて、慌てて顔をあげる。「いいよ、なんだ？」

「あなたがいつか死ぬときに、枕元に呼んで看取らせて。あなただけじゃなく、あなたの血族の看取りもさせて。ずっとさきの世まで」

「……血が見たいのか」

綾芽は思わず声をひそめた。さきの祭礼では確か、尚は人が死ぬほどの血を望んでいた。

だが尚は首を横に振り、軽い調子で続ける。

「血はまああ見たいわよ。でもあなたの血が見たいわけじゃないの。気づいたのよ。わたしが見たいのは人が死ぬ血っていうより、人の死なの。死ってやつを見届けたいの」

それを聞いて、綾芽はようやく悟った。そうか、そうだったか。

(あなたは死の神——看取りの神なんだな)

尚は、人の死を見届ける神なのだ。

尚本人は気づいても気にしてもなかろうが、そういう神になった理由がわかってしまって、綾芽はひとり唇を噛みしめた。尚。那緒。ひとりで死なせてごめん。あなたこそつらかっただろうに。穏やかに看取ってほしかっただろうに。

必ずそうする、と綾芽は固く心に誓った。そんな綾芽と裏腹に、尚はいたってあっさりと尻尾を揺らす。

「なに怖い顔してるの？　ほら、行きましょうよ。刻《とき》がないんだから」

そうだな、と綾芽はなんとか気持ちを切り替えた。強く親友の御霊を抱きしめてから、その背に勢いつけてまたがった。

尚の四つの脚が地を蹴り、風のように走りだす。枯れ林を突っ切り、沢を渡り、奇岩巨岩の重なる險《くしげ》の岩山をのぼっていく。

「なあ尚」

白い背にしがみついて、綾芽はささやいた。

「どうしたの」

「あなたは、ずっとわたしの親友だよ。ずっとだ。なにがあってもこの気持ちは変わらない。どんな尚でも大好きだよ」

「やだ、急にどうしたの？　湿っぽいの苦手なんだけど」

白狼はかつての親友のように笑って、それに、と付け加えた。

「だいたい、本当にどんなわたしでもいいわけ？　血を欲しがるわたしも大好きなの？　人をすぐ喰らおうとするところとかも」

からかい交じりに問われて、綾芽はわずかに顔を赤らめた。

「相容《あいい》れないところがあるのは知ってる。もし尚が戯《たわむ》れに誰かを喰らうって言いだしたら、わたしは全力でとめるよ」

「なんだ、なんでも受けいれるつもりだったら呆《あき》れるところだったわよ」

「でも血を欲しがられたからって嫌いになんかならない。好きって気持ちは変わらない」

尚に人が死ぬほどの血を求められたとき、胸が苦しくて仕方なかった。もうこれはわたしの知っている那緒ではないんだと、親友を永遠に失ってしまったのだと悲しみに心が引き裂かれた。

だがそうではないのだと気づいた。あり方が変わろうと、那緒の根本が変わってしまったわけではない。綾芽の愛した親友の心はまだここにある。血が欲しい、死を見届けたいと望む尚を受けいれられなくても、尚そのものが嫌いになるわけではない。愛情は揺らがずここにある。

尚は那緒ではない。だが綾芽は尚が好きだし、ずっと友でありたいと願う。疑いなく、心から望んでいる。

だったらもう、それでいいと思ったのだ。

「どんな尚でもっていうのは、そういう意味だよ。尚を怖いと思うときもあるけど、どんなに怖いと思ったって、わたしの根っこにある那緒を好きだって気持ちは消えないし、そう簡単には揺らがないんだ」

「あら嬉しい。さすが物中の言葉は胸に沁《し》みいるわね」

「茶化さないでくれ。真面目《まじめ》に言ってるんだ」

「わかってる。……あのね、綾芽」

「なに？」

尚は明るく笑った。

「同じことを、二藍にも言ってあげるといいわ」

はっとして、綾芽は目を落とした。陽《ひ》の光が、白い毛並みを眩《まぶ》しく照らしている。

尚の言うとおりかもしれない。答えは初めから綾芽の中にあったのだ。

（……でも）

「二藍には、会えないんだ」

伝えたくとも、伝えられないのだ。

「なぜ？」

「神気を払ったら、すべてが終わるまで眠らせてしまうんだ。あのひとが支えにしている、なんでも受けいれるわたしの幻を壊せない」

「幻なんてほしがる男だったかしら。えいって会ってみればいいのに」

尚は身を低くして、木々のあいだを縫うように走る。綾芽はふり落とされないように、身体をぎゅっと尚に押しつけた。

「だめだよ、二藍には余裕がないんだ。わたしの本心を伝えるよりもさきに、わたしが死ねない二藍を怖がったり、衝撃を受けたりしたってことだけが伝わってしまうよ。二藍は突き放されたように感じて、耐えられなくなってしまう」

「だからなにも知らないままの、幻のあなたじゃなきゃだめってこと？」

「うん」

「なるほどね。でも……よくわからないわね」

尚はいっとき立ちどまり、冬の匂《にお》いを嗅《か》ぐとまた走りだした。

「ほんとに二藍は、あなたに怖がられることこそが耐えられないの？」

「どういう意味？」

「だって、血みどろで死んだ男がなにごともなく生き返ったら、怖いのなんて当たり前じゃない。だいたい二藍だって自分のこと怖がってるのに、あなたに怖がられたくらいで傷ついて耐えられなくなる？　そこまで儚《はかな》い、かわいげのある男じゃないでしょ」

「……でも」

言いながら、綾芽は尚の考えはきっと正しいのだと悟っていた。

二藍が真に恐れているのは、綾芽が己の姿を見て怯《おび》えることではないのだ。

（人外のものと化してしまった自分から、わたしの心が離れていくことだ）

恐れ、怯えて、二藍を拒絶してしまうことだ。隣に立てなくなってしまうことだ。

その気持ちはわかる。痛いほど理解できる。綾芽だって同じだ。今このときだって胸が痛んで仕方ない。二藍にいらないと言われたら、面と向かって拒絶されたら、そう思うと息ができない。

だからこそ揺らがない。確信を持って言いきることができる。

「わたしはなにがあろうと二藍が好きだよ。一緒にいたい」

たとえ二藍がどんな姿になろうと、二藍が二藍であるならばこの心は変わらない。

「そう、伝えてあげられればいいわね」

尚は切り立つ尾根を眩しく見あげた。「今は無理かもしれなくても、いつかはそう言えて、あなたが笑顔になれるといいわね」

岩山へ前脚をかける。しっかり捕まってねと忠告されて、綾芽は尚の身体にしがみつき、その毛並みに顔を埋める。

（いつか、か）

号令神の脅威《きょうい》が過ぎたとき、二藍はどうなるのだろう。死ねない的《まと》のままなのか、神気のいと濃き神ゆらぎにまで戻るのか、それとも悲願の、人となる道が拓かれるのだろうか。

（なんだって構わないから、一緒にいてほしい）

――もう、わたしをおいていかないでほしい。

尚の背で、ただただそう願った。

一番ゆるやかだという尾根から崖の頂《いただき》を目指したのだが、それでも切り立つ岩場を空へと駆けあがったり、一気に鼻先を下に向けて駆けおりたりの連続で、綾芽はほとんど目をあけていられなかった。木登りは得意で、高所に苦手意識もなかったが、それとはわけが違う。普通の狼には到底叶わない、神だからこその御業《みわざ》なのだ。

「さあ、ついたわよ」

ようやく尚が歩をとめたので目をひらくと、一際《ひときわ》空へ突きだした、尖《とが》った岩山の頂にいた。幅は人がなんとかすれ違えるほどしかなく、東側はまっすぐ地に落ちていく崖だ。

その崖を、ひょいと尚は覗《のぞ》いてみせた。

「ここの崖は麓まで切れ落ちてるんだけど、途中の岩棚から歩いていけば、獄に近づけるはず」

綾芽もこわごわ覗きこんでみた。切れ落ちる足元のはるか下、綾芽の背を十は連ねたほどくだったあたりに、人ふたりぶんくらいの幅の岩棚がある。

「あそこまでおりられれば、羅覇と話ができるんだな」

この切り立った崖をくだってくる者がいるとは誰も思わないから、岩棚までゆければ羅覇と難なく言葉を交わせるだろう。どうにか岩棚までいけば、だが。

さすがに怖じ気《おけ》づいた綾芽を見て、尚はころころと笑った。

「わたしが一気に駆けくだるから、あなたは背に捕まっていれば大丈夫よ。ちょっと休んでからにする？」

「まさか」必死に尚の胴体に手足を回し、綾芽は首を左右に振った。「休む暇《ひま》なんてないし、このくらいで怖がってなんていられない。二藍ははるかにつらいんだからな」

「まあ、あなたが無理したって二藍は喜ばないと思うけど」

「いいから行こう」

わかったわと尚は少々おかしそうに言うや、ぐっと足に力を入れた。

「じゃあ駆けるわよ」

「望むところだ」

尚は崖へ、頭から飛びこんだ。逆さまになりながら、綾芽は必死になって食らいつく。落ちているのか、くだりおりているのかわからない一瞬が過ぎ、尚の脚が斜面を捉えた衝撃が身体を襲った。振り落とされないよう歯を食いしばれば、尚は軽やかに飛び跳ねながら徐々に勢いを殺して、やがて岩棚の上に難なく収まった。

ほっと息を吐き、改めて尚に礼を言って、綾芽はその背をおりた。そろそろと細い岩棚の道を数十歩も行くと、かろうじて腰をおろせるくらいの幅になる。綾芽は尚と身をかがめ、斜め上の様子を窺った。綾芽の頭上に、崖に穿たれた穴があいている。

羅覇がいる、牢獄の窓だ。

「陽《ひ》も落ちてきたし、いい時分ね。人の気配もすくないから、話しかけても大丈夫よ」

いってらっしゃい、と尚はあっけらかんと送りだす。かえって胸が苦しくなって、綾芽はつい振り向いた。

「どうしたの。早く行きなさいよ」

「……わたしは、親友を殺した者と取引するんだ。手を組むんだ」

「もしかして、これは那緒への裏切りだとか考えてるの？」

「そうじゃないけど」

これしか道がないのだ。だから那緒もきっと、『つまんないこと考えてる暇があったら、さっさと行ったらどう？』と叱咤するだろうけれど。

と、尚は急に、悩む綾芽の頬をぺろりと舐めあげた。驚き目をみはった綾芽に、口を大きく歪めてみせる。微笑んだようだった。

「たぶん那緒はね、『つまんないこと考えてる暇があったら、さっさと行ったらどう？』って言うと思うわ。だからいってらっしゃい」

綾芽は目を丸くして、やがてふっと眉をひらく。

「……そうだな。行ってくるよ」

強く尚を抱きしめて、口を引き結んで立ちあがった。

崖に穿たれた窓のすぐ横に顔を寄せて、様子を窺う。つま先立ちしても中は覗きこめないが、音は伝わってくる。尚の言うとおり、人の気配はほとんどない。見張りの衛士はひとりだろう。

綾芽は息を吸い、心を決めてささやきかけた。

「羅覇、そこにいるのか？」

返事はない。だが、岩壁の向こう側で羅覇が身じろいだのが感じられた。

「外の岩棚から話しかけてるんだ。見張りに気づかれないよう返事をくれ」

「……見張りの男は今眠りこけてるから問題ないわ」

ようやく押し殺した声が返ってくる。警戒の滲んだ、低い声。

「それで、お前は誰なの。八杷島の者なら、八杷島の言葉を使いなさい」

「わたしは兜坂の者だ」

「兜坂の？　なぜ兜坂の者が……」

羅覇がつと息を呑んだのが、はっきりと伝わってきた。小走りに格子《こうし》の嵌《は》まった窓へ近づく足音が聞こえたと思えば、上ずった声が口早に問いかける。

「まさか梓《あずさ》なの？」

「そうだけど——」

と羅覇は小さな悲鳴のように綾芽の仮の名を叫んだ。

「梓！　助けて！」

「わたしの主《あるじ》を——八杷島の鹿青さまを救って！　あなたは物申でしょう？　神にものを申す者、心を操る心術を解くことができる唯一の者！　お願い、どうかあの方を助けて」

矢継ぎ早に懇願《こんがん》されて、綾芽は意表を衝《つ》かれた。羅覇とは取引するつもりだった。綾芽が鹿青を助ける代わりに、羅覇が二藍を楽にする。そういう約束をしようと思ってやってきた。綾芽が物申だと知っているとは考えもしなかったのだ。

「なぜわたしが物申だと知ってるんだ」

構えて尋ねる。なのに羅覇ときたら、感涙にむせび泣いている。

「ああ、本当に物申なのね。よかった、これで鹿青さまを楽にしてさしあげられる」

「羅覇、ちゃんと答えて。なぜわたしが物申だと知っている」

綾芽が再度問いかけると、ようやく羅覇は言った。

「二藍が——二藍さまが、わたしが伎人面《ぎじんめん》をつけているとご存じだったからよ。わたしの正体が、かつて斎庭《ゆにわ》にいた女官だと悟っておられた」

伎人面に隠されたまことの顔を知れるのは物申だけ。それで羅覇は、二藍の身辺に物申がいると気がついた。

「だったらあなたしかいないと思ったのよ。その瞳は物申の力の証。そうでしょう？」

「瞳云々《うんぬん》は知らないけど」

綾芽は努めて落ち着こうと、掌《てのひら》を握ってはひらいた。「あなたの読みは正しいよ。確かにわたしは物申だ。わかっているなら話が早いな。わたしのほうも、あなたの事情は十櫛さまから聞いて知っている」

安堵《あんど》と怒りが心のうちで混ざり合う。

――この様子なら羅覇は取引に応じるだろう。よかった。

――勝手ばかり言って。わたしの大切な人々を散々追いつめ、害してきたくせに。

「そう、全部知ってるんだ。あなたは八杷島の王太子さまと国を救うために、二藍さまを追いつめて、この国を滅ぼさせようとした」

厳しく尖った綾芽の声音に、羅覇がはっと身を固くした気配がした。

やがて羅覇は、「そうよ」と静かな、それでいて覚悟を決めた声を返す。

「わたしがこの国を滅茶苦茶にした。だからあなたが恨むのは当然ね。わたしのことは、どうしてくれてもいい。手足を引き裂き炎に投げ入れても、生きながら獣の餌《えさ》にしても構わない。責めから逃げるつもりなんてない。だからどうか鹿青さまを――」

「あなたを引き裂いたって、なんにもならないだろう！」

こらえきれずに綾芽は声を荒らげた。それでなにもかもが元通りになるのならいくらでも引き裂いてやる。だが元には戻らない。意味もない。

「だったら、どうすれば鹿青さまを助けてくれるの！」

「取引しよう」

「取引？」

そう、と綾芽は拳を握りしめた。

「二藍さまを、助けてほしい」

「……わたしがあの御方を追いこんだのよ」

そんなのはわかってる。わかっていて頼むのだ。

「わたしはあなたを信じたい。わたしたちが求めるものは同じなんだと、かけがえのない人を救おうと身を投げだしているんだと――だからこそ、あなたはわたしの大切な人を救ってくれるに違いないと、そう信じたい」

綾芽は岩壁を睨んで、一気に口にした。心の中では恨んで恨んで仕方がない。だが羅覇の心が真に求めているものが、綾芽のそれと同じであるなら歩み寄れる。二藍を、那緒が守ったこの国を守るために手を取り合える。

「二藍さまは追いつめられている。あなたがたのたとえで言うなら、煮え立った湯に手を突っこんで、逃げだしたくて仕方ないところを必死に我慢されている。我慢できるうちにと、明日にも玉盤神を呼んでこの国の祭祀を捨てられるおつもりだ。でもそれこそ国の破滅だから、なんとしてもとめなきゃならない、他の道があるって示さなきゃならない。あなたは二藍さまから神気を払えるんだろう？　楽にしてさしあげてほしい」

羅覇は長く黙りこみ、それから重い声でつぶやいた。

「いっとき楽にしてさしあげることはできる。熱湯をすこし冷ますくらいなら。でも心は救えない。湯を煮え滾《たぎ》らせる炎までは鎮《しず》められない。……わたしが鹿青さまをお救いできなかったように」

「それでもいい」

二藍の心はいつか綾芽が掬《すく》いあげる。だから今、このときを乗り切ればいい。

わかった、と羅覇は言った。

「だったら、わたしをどうにかして二藍さまのもとに連れていって」

「連れてゆけば、二藍さまをお助けするんだな」

「ええ。絶望して神と化す前に、神気を払ってさしあげる。どこかの国の的がさだめを引き受け滅国の神を呼び寄せるまで、二藍さまをお守りする術《すべ》をあなたがたに与える。だから約束して。あなたは――」

「あなたが二藍さまをお支えできたなら、今度はわたしがあなたの王太子を助けにゆく。必ずだ。約束する」

綾芽は言いきると、獄へと思いきり腕を伸ばした。誓いの証としてさしだした。

すっかり陽が落ち、わずか空の端に茜《あかね》色が残るばかりになっている。その茜に、影絵のように羅覇のほっそりとした手が現れて、綾芽の手に音もなく重なった。

「梓」

「わたしのまことの名は、綾芽というんだ」

「……あなたが十櫛殿下の仰った『菖蒲《あやめ》』だったのね」

羅覇は独り言のような声を漏らし、それから「綾芽」と呼びかけなおした。

「わたしはあなたを信じる。だからわたしを信じて」

細腕が、強く綾芽の手を握りしめる。綾芽も負けじと握りかえした。

木というものは、切り立つ岩山の上にも生えるらしい。岩の窪《くぼ》みに溜まったわずかな土に根を張りしがみつき、幹を伸ばして枝を広げている。

そのひょろりと伸びた姿が月夜にくっきりと黒く映《は》えるのを、山の中ほどの茂みに座って眺めていた綾芽の耳に、背後の岩の隙間からかすかな音が届いた。

「尚か？」

闇に向かって問いかけると、「連れてきたわよ」と軽やかな声が返る。綾芽はあらかじめ衣を裂いては結んで作っておいた縄の、一方の端がしっかりと太い幹に結ばれているのを確かめてから、もう一方の端をその岩の隙間に投げおろした。

縄がぴんと張る。暗闇の向こうで、ぐっと体重がかかったのだ。ほら頑張りなさいよ、などと尚の明るい叱咤とともに縄が軋《きし》んで、やがて岩の隙間から細い腕が現れる。綾芽はその腕をとって、外へと引きあげてやった。

息も絶え絶えに這《は》いでてきたのは羅覇だった。獄からは顔が見えなかったから、綾芽は久々に仗人面を隔《へだ》てず羅覇の素顔を見た。えもいわれぬ美しい顔ではなく、かつて見慣れていた、かわいらしい顔つきをしている。

（由羅《ゆら》）

綾芽は、羅覇が斎庭《ゆにわ》に潜《ひそ》んでいたころの名を心の中でつぶやいた。同じ室《へや》で寝起きをともにして、綾芽を裏切った娘。

複雑な気分を押しこめて、凍《こご》える羅覇にまとっていた毛皮の衣を着せかける。

「それでどうだった。無事、誰にも気づかれずに抜けだせたのか」

ええ、と羅覇はどうにか息を整えうなずいた。

「尚大神《なおのおおかみ》が導いてくださったおかげで、見回りの衛士とも鉢合わせなかった」

「誰にも見つからなかったのよ」と軽やかに岩の合間から飛びだしてきた尚が、綾芽に嬉しそうに尻尾を振った。「だから明るくなるまでは、絶対にばれないわ」

「そうか、よかった」と綾芽は息をついた。

羅覇を逃がし、どうしても二藍のもとに連れていかねばならないが、大騒ぎを起こしたら二藍を刺激してしまう。それでひっそりと脱獄させたかったところ、ここでも尚が助けてくれた。獄に繋がる洞穴に、狼の群れを呼びこんだのだ。突如闇に紛《まぎ》れて現れた獣の群れに、衛士らは驚き混乱に陥《おちい》った。その隙に、綾芽の教えたとおりに羅覇は錠を解き、獄を抜けだした。綾芽はかつてこの獄を訪れたとき、ここがもともと貴人を閉じこめておくための場で、特別なからくり仕掛けの錠を用いていると聞いていたのだ。

そして尚の先導で羅覇は洞穴を抜け、綾芽が待つ、目立たぬ岩の隙間から外へ出たというわけだった。

「みんな狼に気をとられてくれたから助かったわね。この羅覇とかいう子も、そこそこ思いきりがよかったし」

尚の声に、羅覇は複雑な笑みで応《こた》えた。羅覇の長かった髪は、肩より上でばっさりと切られている。獄に留まっていると見せかけるためにおいてきたのだ。

尚は羅覇に、感謝の証のひと撫でを求めるそぶりを見せたが、羅覇は触れはしなかった。

その代わり、八杷島のやり方で片膝をつき、至極丁寧《しごくていねい》に礼を言った。

「尚大神、お力を貸していただきありがたく存じます。心より御礼《おんれい》申しあげます」

綾芽がなにも言わずとも、羅覇はこの狼が、自らが死に追いやった女官の御霊《みたま》だと気づいているようだった。

それから三人は夜の山をおりはじめた。足元がおぼつかない羅覇を見て、綾芽は、尚の背に乗せてもらうよう促した。だが羅覇は頑《かたく》なに遠慮してきかない。何度勧《すす》めても、「わたしなんかが乗せてもらっていいわけがないでしょ」と強く撥《は》ねつける。

綾芽は息を大きく吸いこんで、羅覇を無理矢理尚の背中に押しあげた。そうして思った。

この子はふてぶてしくて、賢《さか》しくて、怖いものなんてないように見える。

(でもきっと、わたしたちとそうは変わらないんだ)

心がないわけではないのだ。そうだろう。単身他国に乗りこんで、その国を破滅させる役目に身を捧げるなんて、生半可な覚悟ではできないことだ。その苛烈《かれつ》さは、強い想いの裏返し。一歩間違えば、同じことをしたかもしれない綾芽自身の姿だった。

そろりそろりと山をくだり、やがて禁苑と斎庭を繋ぐ四位門《しいもん》にほど近い林に辿りついた。

冬のさなかでも緑を絶やさぬ山茶花《さざんか》の群生の陰で、綾芽は空を見あげた。東の空はほとんど匳《くしげ》の山影に覆われているが、それでも刻一刻と色は変わりつつある。夜明けが近い。

「さて、わたしはここまでね」

羅覇を背からおろした尚は、身を震わせていつもどおりの大きさに戻ると、さっぱりと別れを告げた。

綾芽は歩み寄り、白狼の耳から背にかけてをやわらかに撫でた。

「本当にありがとう。尚がいなかったら、わたしは道を見つけられなかった」

かつても、今も。

「なに言ってるの」と尚はおかしそうだった。「わたしは背を押してるだけよ。道を切り拓いてるのはあなたでしょ」

尚は心地よさそうにしばらく綾芽の手に身を任せ、穏やかに身を離した。

「それじゃあね、綾芽。頑張って」

「うん、ありがとう」

見つめ合い、うなずき合うと、それ以上の言葉はいらなかった。尚は「じゃあね」と軽やかに踵《きびす》を返して、禁苑の野に消えていった。

その白い背を気がすむまで見送って、綾芽は胸を膨らませた。口を引き結んで、南へ目を向けた。

林のさきに枯れ野がある。その枯れ野を白い線がすっと横切っている。斎庭《ゆにわ》をぐるりと取り囲む大垣だ。中央に四位門の赤が見える。闇の中でも、粒のように小さな人影が、門や大垣の周りを守っている。簡単には忍びこめない。

「どうやってあのうちに入るつもりなの」

近づいてきた羅覇が、眉をひそめてつぶやいた。「そもそも斎庭の中は今、どうなっているの。忍びこんだところで、殿下のもとに辿りつけなきゃ意味がないでしょう」

「そうだな。まずは中の様子を知らなきゃ」

二藍が噂《うわさ》どおり大君《おおきみ》や鮎名《あゆな》に刃を向けているなら、斎庭は滅茶苦茶になっているだろう。

「二藍さまがどこにいるのかを調べるということ？」

「それもだし、信頼のおけるどなたかのうち、手を貸していただける状況の方を探さないと。あなたの手引きと……わたしもいろいろ協力してもらわなきゃならないだろう？」

綾芽は己を奮い立たせて、あくまで淡々と話した。

山をおりるあいだに、どうやって二藍を楽にするのかを羅覇に尋ねた。

神気を払うには、なにをおいても羅覇が二藍に近づかねばならない。しかしうまく近づけたとして、憎き羅覇が己の身に触れることを二藍が簡単に許すわけもない。そもそも羅覇が突然目の前に現れたら、二藍はこらえきれないかもしれない。

いったいどうやって、二藍を刺激せずに神気払いに至るのか。

そう案じた綾芽に対する羅覇の答えは、思いも寄らないものだった。

「殺すのよ」

「……殺す？」

綾芽は言葉を失った。「いったいなにを――」

動揺を見透かしたように、羅覇は顔をあげた。決意の顔つきだった。

「決まってるでしょ。どうにかして二藍さまを殺すの。矢で射るのでも斬りかかるのでも、即刻息の根をとめるような方法がいいわ。もちろん殿下は死ねないお身体。でも深い傷を受けたら、一瞬は動けなくなるし、なにも考えられなくなる」

綾芽は知らず知らずのうちに、笄子《かんざし》を忍ばせた胸を押さえていた。

――そうか。二藍が死に瀕《ひん》しているあいだなら、羅覇も気づかれずに近づける。ぐったりとした二藍の腕をとり、神気を払う術を始められる。

頭では理解できる。だが心がついていかない。またも二藍に痛い思いをさせねばならないのか。あと何度苦しめば、あのひとのさだめとやらは終わるのだ。

「これしかないのよ、綾芽」

うつむく綾芽に、羅覇は強く言いきかせた。「だからなんとかして、殿下のお命を奪える者を探して。確実に殺せるような――」

ぼそりと綾芽がなにごとかつぶやいたので、羅覇は言葉をとめた。

「……なんですって」

「わたしが殺す」

驚きに声を失っている羅覇を、綾芽は目をあげ睨んだ。

「矢で二藍さまの胸を貫《つらぬ》けばいいんだろう？　ならばわたしで充分だ。姿を見られず成し遂げられる」

でも、と羅覇は戸惑いながら言葉を探す。

「殿下をお守りするのがあなたの願い。射貫《いぬ》くなんてむごいこと、できないでしょ？」

「むごくたってやるしかないだろう」

痛い思いなど、これ以上わずかたりともさせたくないのだ。だがそれしか手がないなら、二藍を殺すしかない。傷つけるしかない。

「なにもあなたがなさなくとも――」

そうじゃない。綾芽は強く遮《さえぎ》った。

「わたしは、わたし以外の誰にもあのひとを殺させたくない」

羅覇が目を見開いた。握られた手にいっそう力が入る。

「……どちらのつもりで言っているの」

主殺しの重荷を、他の誰かに背負わせたらかわいそうだと言っているのか。

それとも――綾芽以外の何者にも、二藍には手を出させないという意味なのか。

「そんなの、決まっている」

と、綾芽は吐くような思いで言いかえした。わかりきっている。これは独占欲だ。どうしても傷つけねばならないなら、その役目は誰にも渡したくない。

二藍を殺すのは、わたしでありたい。

そう山中で決意して、綾芽は羅覇とともに斎庭に忍びこむことにしたのだった。

「――まだ、自分で手をくだすつもりでいるのね。まあ、別にいいけれど」

四位門に目を向けて、羅覇はつぶやいた。綾芽は答えず、腰にくくりつけていた袋をとって羅覇に渡す。

「神気払いに用いる道具は揃《そろ》ってる。十櫛さまが持たせてくださったから」

「……なんだ、十櫛さまはやっぱりあなたと通じていたのね」

「いや。あの方はどちらの味方でもなかったよ。だけど八杷島と兜坂、どちらも助けたいと願っていらっしゃった」

「そう」

急に言われても納得できないのだろう、羅覇は複雑な面持ちで道具を検分した。細い鉄の箸《はし》、灰釉《はいぐすり》のかかった小壺。

「それで、斎庭の様子はどうやって調べるつもり。人語を話す鳥でも飼っているわけ？」

「違うけど、似たようなものだな。あなたの道具の検《あらた》めが終わったら、すぐ策に移る」

「神気を払ったあと、朦朧《もうろう》としているうちに眠らせてしまうのが一番安全なの。あなたと話をする暇なく眠らせるけれど、それでいいのね」

「……いいよ」

綾芽はうつむき衣を調《ととの》えた。

本当は嫌だ。二藍に会いたくて仕方ない。生きているというのなら、その元気な姿を一目見たい。抱きしめて、思いの丈《たけ》を余すことなく伝えたい。ひとりで戦わずともいいんだと繰りかえしたい。二藍が心から信じられるまで、幾度でも。

黙りこんだ綾芽をしばらく見やって、やがて羅覇は思いきったように尋ねかけた。

「ねえ綾芽」

「なんだ」

「あなたは殿下のなんなの？」

問いには答えず、綾芽は乾いた土の上に膝をつく。

「……これから神をお呼びする。危ないからさがっていてほしい」

直接答えずともわかる。祭文《さいもん》さえ聞けばすぐに知れる。息を吸い、胸を張り、綾芽はますます白んでいく空に呼びかけた。

「わたくしは朱野《あけの》の綾芽。兜坂国《とさかのくに》の春宮有朋《ありとも》、字《あざな》は二藍の妃でございます」

そう、綾芽は二藍の妃だ。妻で友で、隣に立つ者だ。

「こたびは春宮に代わり、この場に神をお招きいたします。お呼びいたしますのは――」

北の空、闇の彼方《かなた》で雷光が走る。綾芽は堅苦しい祭文での呼びかけをとりやめて、空を仰いで声を張った。

「ご覧になっているのだろう、稲縄《いねただ》さま！　どうか我がもとに降りられよ！」

言い終わるよりも早く、空を破って紫光が駆けくだり、目の前の松を引き裂いた。耳をつんざくような轟音にはじかれて、綾芽はとっさに腕で顔を守る。それからはっと目をひらくと――鼻先が触れ合わんばかりの眼前に、官人姿の男の顔があった。

真っ赤な双眸を裂けんばかりに見開いて、綾芽を睨みつけていた。

「見ているのか、ですって？」

思わず顎《あご》をひいた綾芽を逃がさぬと、男はぐいと顔を寄せる。裂けた口の端に広がるのは箍《たが》が外れた笑み。だが瞳は違う。怒りが燃えさかっている。

「当たり前でしょう。この一連の馬鹿騒ぎ、余すところなく眺めているに決まっている」

そして、声に凄《すご》みを込めて唸《うな》った。

「ねえ。殺してやりましょうか、綾芽」

第四章　春宮妃、流れをあつめて道を拓く

はるか北の空に、遠雷がとどろいている。

丸柱の陰で座りこんでいた二藍《ふたあい》は、瞼《まぶた》をひらいて立ちあがった。夜明けを待つ玉壇院《ぎょくだんいん》の御座所殿《ございしょでん》は静まりかえっている。さすがの大君《おおきみ》や鮎名《あゆな》も、疲れ果ててしまったのだろう。

この場に幽閉《ゆうへい》されている者はみな、夜を徹して二藍を説得しようとした。記神《きしん》を呼び寄せてしまえば取り返しがつかない。祭祀《さいし》を失い、斎庭《ゆにわ》は役目を失い、国は守りを失う。どうにか別の道を探そう。祭祀をなくさず、お前を楽にできる道を。

だが二藍は聞く耳を持たなかった。わたしに道を探す余裕はわずかもない。残された刻《とき》は一日ふつかあるかどうかなのだ。そう突っぱねれば、ひとり、またひとりと人々は口をつぐみ、黙りこみ、しまいには誰もが疲れきって目をつむった。

夜通し起きていたのは、二藍だけだった。

――また一睡もできなかった。

じくじくと痛む左手の傷に、二藍は爪を立てた。この身がもはや欠片《かけら》も人ではないと悟った朝から、日ごとに眠れなくなっていく。ここ数日は眠気すら感じない。それでもふらつきさえしないのは、二藍はもう、真には生きてはいないからだろう。

（こんなものは、到底人のありさまではない）

息があがりそうになって、腰の短刀に思わず手が伸びた。触れれば幾ばくか心が落ち着いて、そんな自分を嗤《わら》ってしまう。こんなものに頼ってなにになる。その娘はもういない、お前の幻想にすぎない。

（それに今日の祭礼が終われば、この幻想もまたわたしをおいて消えるのだ）

祭祀を失い、永遠に玉盤神《ぎょくばんしん》と縁を切ったとして、二藍自身が救われるわけではない。二藍に残るのは、あいもかわらず忌《い》まわしき神ゆらぎの身体と、国をゆるやかな滅びへ向かわせたという事実、そして斎庭を追われた人々の憎悪の視線。

構わない。新たな王となる二の宮の御代《みよ》をすこしでも平らかにするのが、二藍に課せられた最後の使命だ。それ以外はどうでもいい。どれほど憎まれようと仕方がない。

だが心の底では――まっすぐな目をした意志の強い娘が、二藍のせいで分かたれてしまった人々の心を再びひとつにまとめ、元凶たる二藍を糾弾《きゅうだん》してくれないかとも願っている。

（あのやさしい娘ならば、すべてを知った上でわたしを殺してくれるかもしれない）

祭祀を失い『的《まと》』でなくなったこの胸を矢で貫《つらぬ》いて、ひと思いに楽にしてくれるかもしれない。

あの娘なら、そうして救ってくれる気がした。この馬鹿げた生を終わらせてくれる者がいるとすれば、あの娘であってほしかった。

玉壇院の門に人が立ち入る気配がして、息を吐いて顔を外へ向けた。

その、例の娘の行方《ゆくえ》を追っていた者から報告があったらしい。知らせを受けた右中将《うちゆうじよう》文貞《ふみさだ》を、二藍は階《きざはし》の前で出迎えた。

「二藍《ふたあい》さま、使いが申すには――」

すぐには結果を聞きたくなくて、二藍はとっさに遮《さえぎ》った。

「右の中将、頬にずいぶんと大きな傷をこさえたな。どうしたのだ」

生真面目《きまじめ》そうな中将の顔を、ひっかき傷が赤く横切っている。宵《よい》のうちにできたばかりの、新しい傷だ。

右中将は「お恥ずかしながら」と言ったきり、眉根を寄せてうつむいた。

「尚侍《ないしのかみ》に引っかかれたのか」と二藍が重ねて尋《たず》ねると、ますます頭《こうべ》を垂れてしまう。どうやらそのとおりらしい。

中将の妻は、斎庭の女官の長・尚侍を務めている常子《つねこ》だ。普段はいたって冷静な常子だが、夫が二藍方について大君を裏切ったことがよほど腹に据えかねたのか、歩み寄ろうとした夫を拒《こば》んだのだろう。それが頬の傷となったのだ。

二藍は痛ましい気分になった。と同時に疑問も抱いた。

「なぜ尚侍は許してくれぬ。お前たち夫婦がいがみ合う理由はなかろうに」

今となっては常子も知っているはずだ。中将を含めた外庭《とつにわ》の男らがみな二藍についたのは、そうせねば国が滅ぶからだ。誰もが国を守ろうとしているに変わりない。なのになぜ。

中将はうなだれるばかりだった。二藍の感情を逆なでしないように黙っているのだと悟って、二藍は口をひらくよう命じた。

再三促され、中将はようやく言った。

「……尚侍は、必ず別の道があるはずだと申しております。春宮《はるのみや》のお苦しみが己《おのれ》のもののように胸の底まで染《し》み渡るからこそ、祭祀を失わんとするお考えは、畏《おそ》れながら誤っていると、ご自身を追いつめられているにすぎないと申しました」

だから常子は、二藍に従うばかりの夫を拒んだのだ。

勇気を振り絞って告げたのだろう中将を、二藍は黙って見おろした。それから掠《かす》れた笑いとともに目を逸《そ》らす。

「なるほど。お前の妻は、いまだ祭祀の放棄を受けいれられないのだな」

常子の考えは、大君や鮎名の思いでもある。斎庭《ゆにわ》の皆々の意志でもある。

誰もが二藍のさだめを知りながら、諦《あきら》めきれないのだ。外庭《とつにわ》の官人の何倍も、祭祀を失うことの恐ろしさが身に染みているからだろうし、二藍なる男を信じすぎているのかもしれない。これだけ限界だと訴えているのに、まだ二藍ならば耐えられると思いこみたいのだ。すこしでも気を抜けば息があがり、神気に攫《さら》われそうになるこの心が、これからもさだめに立ち向かえると。

(――それとも、希望を捨てられないのか)

美しく気高《けだか》い、紫の花の名を冠した希望を。

「……まだ見つからぬか」

二藍はかぶりを振って、硬く中将に問いかけた。なんのことかという顔をした中将は、逃げた女嬬《にょじゅ》の行方を問われたのだと気づいて、はっと頭をさげた。

「申し訳ございません。しかし必ずや招神符《しょうしんふ》が焚《た》かれ、玉盤神《ぎょくばんしん》を招くための次第がいよいよ動きだすまでには捕らえます」

玉盤神の祭礼は、神が八角堂に降り立ち、人々と面と向かい合う本祭礼から始まるわけではない。実際の次第はその数刻前、招神符を焚いて神を呼び寄せるところから動きだしている。招神符を焚いた瞬間、神が落ちることが決まる。後戻りができなくなる。一度呼んだ神を、もてなさずに帰すわけにはいかないからだ。

つまりもし『梓《あずさ》』が祭礼を妨害しようとするのなら、この招神符を焚く儀をなんとしてでも阻止しに現れるはず。その前に必ず捕らえると中将は言っている。

だが二藍は、ひとつ息を吐いて告げた。

「もう捨て置け。あの娘を捕らえる必要はなくなった」

思わぬ命《めい》に、中将は眉をひそめた。

「……なぜです。招神符を焚くまでは、けっして梓を斎庭に近づけぬようとの仰《おお》せでしたでしょう」

御座所殿にざわりと気配が満ちる。疑念を抱いたのは中将だけではない。いつの間にかみな目を覚まし、会話に耳を傾けている。もう綾芽を捕らえる必要などない？　なぜだ。

耳をそばだてるみなにも聞かせるように、二藍は声を響かせた。

「簡単なことだ。もう焚いた」

「は？　招神符を、ですか」

中将は口をひらいたまま固まった。聞き耳を立てていた者たちも同じく呆然としている。

招神符をすでに焚いた？

つまり――祭礼はもう動きだしていると？

二藍は中将から目を離し、御簾《みす》の奥で顔色をなくしている鮎名を見据えて繰りかえした。

「みなさまがお休みのうちに、招神符は焚き申した。一刻のちには八角堂に神が落ちます。本祭礼が始まります」

「……我らを謀《たばか》ったのか。本祭礼は、正午からと言っていただろうに」

鮎名は愕然《がくぜん》と声を絞りだした。正午からならば、まだ二藍を説得する猶予《ゆうよ》もあると考えていたのだろう。綾芽《あやめ》が乗りこんできて、すべてをひっくり返すと信じていたのかもしれない。

だがいっさいは遅い。

「わたしも愚かではないのですよ、妃宮《きさきみや》。わざわざ正午まで待つとお思いか」

これで祭礼は大幅に刻《とき》を早めて始まる。もしうまく逃げおおせた綾芽がどこかに潜《ひそ》み、二藍をとめようと悪あがきしていたとしても、もう間に合わない。

祭礼をとめる最後の砦《とりで》は存在しない。

記神《きしん》は呼び寄せられた。祭礼を行うしか道はなくなった。綾芽を欠いた今、祭祀の権を返上するしかない。

「さっそく大君ともども、八角堂に入っていただきます。お身体を清め、お召し替えを」

「わたしはまだ諦《あきら》めていない」

怒りに震える鮎名を、さあ、と二藍は青白い顔で促した。

＊

血走った目をした稲縄《いねただ》は、綾芽に酒臭《さけくさ》い息を吐きかけながらなじりつづけた。

「殺してやってもよいのですよ、綾芽。今ここで、すぐにでも。黒焦《くろこ》げにしてやりましょうか。塵《ちり》になるまで燃やし尽くすのなんて、怨霊たるわたしにとってはいたく易《やさ》しい業《わざ》なのですよ。なんですかこれは、この醜態《しゅうたい》は。お前は物申《ものもう》しではなかったのですか？ ものを申す、得がたき血ではなかったのですか？ それがこのざま、失態も大失態。わたしがなぜこれほどまでに怒っているのか、わかっているのでしょうね」

一息にまくしたてる血走った瞳を、綾芽は負けじと睨《にら》む。

「あなたのご機嫌がよろしくないわけか。そんなもの決まっている」

稲縄は二藍の外祖母の兄で、政敵だった妹の夫に憤死に追いこまれ怨霊と成った。そして今でも、最愛にして己《おのれ》を裏切った妹の血を引く二藍を憎み、気にかけている。

そんな、二藍に愛憎入り交じる稲縄の機嫌が悪い理由はひとつ。

「あなたは二藍さまのことが心掛かりでいらっしゃるんだ。あの御方が追いつめられ、国を滅ぼしかけているのに心痛めて――」

稲縄の頬から笑みが抜け落ち、額《ひたい》に青筋が浮かんだ。刹那《せつな》、激しい紫電《しでん》が空を走る。綾芽は思わず身構えながら、それでも尋ねた。

「違うと仰《おつしや》りたいのか？　ではなんだ」

「わかりませんか。それでは困るのですよ。祭祀を失ったら、兜坂《とさか》の神はもう二度と斎庭《ゆにわ》を訪れられなくなってしまう。それでは困るのですよ。永劫《えいごう》晴れぬ我が恨みをあの子にぶつけられなくなったら、つまらぬではありませんか。もっともっと、苦しみ抜いてもらわねばならぬのに」

「二藍さまをいたぶれないのは困ると仰るんだな」

「そのとおり」

綾芽は納得したふりをしながら、心の中で言い添えた。

(……そして守ってやれないと困る。そうなのだろう、稲縄さま)

稲縄は怨霊だ。怨霊はけっして嘘をつけないからこそ、己に都合の悪いことには口をつぐむ。綾芽には、稲縄の複雑な心中は自分のもののように理解できた。

(だからこそ、稲縄さまは必ず力を貸してくれるはずだ)

「それで?」

と稲縄の顔に、再び箍《たが》の外れた微笑みが戻ってくる。てらてらと濡れたように輝く深紅《しんく》の瞳が、小刻みに動く。「なぜあなたはわたしを呼び寄せたのです？」

「斎庭に忍びこみたい。中の様子を教えてくださらないか」

「人の身のくせに、またもわたしに命じるつもりか」

「お願い申しあげているんだ。二藍さまをおとめしたいのは、あなたも同じだろう？　ならばどうか力を貸していただきたい。二藍さまはどこにいらっしゃる。大君や妃宮は」

しばしあってから、仕方ないと鼻を鳴らし、稲縄は官服《かんぷく》の袖《そで》を合わせた。

「あの子は玉壇院に、上つ御方をみな閉じこめた。武力を用いてな。もはや誰も手出しができぬ。このまま記神を呼んで、王と太子の印を返してしまうつもりだ」

やはりそうなのか。綾芽は衝《つ》きあげる焦《あせ》りを押しこめる。だがさせない。その重荷を背負わせるわけにはいかない。

「本祭礼が始まるのは正午だったはず。まだとめる時間はあるだろう？　招神符を焚く前にどうにか二藍さまのもとへ行きたいんだ」

「なにを言っている」

稲縄は顔をしかめた。

「もう符はとっくに焚かれた。記神は、一刻のちにはやってくる」

「……なんだって」

符が焚かれてしまった？

信じられず、綾芽は問い返した。だが稲縄の答えは同じ。二藍は、正午に祭礼をはじめると宣言しておいて、実際は大幅に予定を早めているという。すでに祭礼は進みつつある。もはや記神の訪れは避けられない。

——そんな。

終わりだ、と焦《あせ》る心を追いやって、綾芽は羅覇《らは》を振り返った。

「今すぐ二藍さまのところに行こう。なんとしてでもとめないと」

斎庭《ゆにわ》内の誰かと通じて助けを仰ぐ余裕はもうない。ふたりきりでも飛びこんで、二藍の前に立ちはだからねば。

「無理よ」と羅覇は激しく首を振った。真っ青になっている。「どうやって辿《たど》りつくの」

「わたしの命に代えてもあなたを——」

「あなたが死んだら、それこそ全部終わりでしょ！」

羅覇は目をつりあげて叫んだ。

「それに二藍さまは、記神を呼び寄せてしまった。なんらかの祭礼はもう必ず行わねばならない。それが常のものにしろ、祭祀を失うものにしろ」

「だめだ、祭礼はさせない」

絶対にさせるわけにはいかない。綾芽は羅覇に歩み寄り、強く言いかえした。

「二藍さまは神ゆらぎだ。神ゆらぎは玉盤神の前でなにもできない。だから祭礼が始まってしまったら道はひとつしかない。わたしがいない以上、王と太子の印を返すしか――」

頭になにかが引っかかり、はたとして綾芽は口を結んだ。

わたしがいない以上、返すしかない？

ならば。

――わたしがいれば。

息を大きく吸っては吐いた。目をみはって羅覇に顔を向けると、羅覇も同じことに思い至ったのか、その瞳もみるみる見開いていく。綾芽の姿を、まっすぐに映してゆく。

「……羅覇、もしだ、もしわたしが」

「可能よ」

すべてを聞かずに羅覇は答えた。目の前に拓《ひら》かれようとしている道は、まだ霞《かす》んでいる。

だが、ただひとつの道だと互いに悟っている。

「神ゆらぎは、玉盤神の前でなにもかもを奪われる。身動きや声だけじゃない、すべてよ。そして心すら身のうちに閉じこめられる。だから八杷島《やはじま》でも、王と太子の信の篤《あつ》い祭官が、祭礼のなにもかもを代わりに執り行う。供物《くもつ》を捧《ささ》げることも、口上《こうじょう》も……判断すらも」

つまり、と羅覇は息を継ぐ。

「二藍さまも同じ。玉盤神が眼前にいるあいだは、ご自分のお考えを外に出せない。けっして絶望できず、神とも化せない」

祭礼のあいだだけは、なにがあろうと神にはなりえない。

「……たとえわたしが目の前に現れても、か」

「ええ」

羅覇の声には知恵に裏打ちされた確信が滲《にじ》んでいて、綾芽の胸に光がさした。

祭礼のあいだは絶対に二藍が神と化さないのなら、打つ手はまだある。綾芽が祭礼に踏みこめる。踏みこめれば、綾芽が二藍の代わりに普段どおりの祭祀を行える。

祭祀の放棄を、とめられる。

「本当に、本当なんだな」

「命を懸《か》けて真実よ。玉盤神がいるうちなら、あなたが殿下にどんな暴言を吐いたとしても安全だから」

「馬鹿にするな。わたしはあのひとが何者であろうとお慕《した》いしているんだ」

わかってる、と答えた羅覇の瞳に、嘲《あざけ》りの色はいっさい見あたらなかった。

「だったらなおさら、これは好機よ。あなたは殿下に心を伝えられる」

「心を？」

「ええ。玉盤神にすべてを奪われている最中の神ゆらぎも、実際は目は見えるし声も聞こえているの。つまりあなたには、この祭礼のあいだだけは猶予がある」

たとえ二藍が、綾芽との望まぬ再会に内心絶望していたとしても、まだ取り返せる。新たな道を拓いて戻ってきたと、思いわずらうことなどなにもないのだと、なにがあろうともこの心は揺らがず、どんなあなたでも想っていると、言葉と心を尽くして伝えられる。

だから、と羅覇は綾芽の両手を握りしめた。

「あなたはどうにか殿下のお心をすこしでも楽にしてさしあげて。完全に救えなくともいい。わたしが神気を払いにゆくまで、耐えられればそれでいいから」

煮え立つ熱湯に我慢ならなくなっている二藍の背を支え、腕をさすり、励まして羅覇を待つのだ。羅覇が来るまで保《も》ちさえすればいい。滅びは免《まぬか》れる。一度殺すだなんてむごい手をとらずとも、二藍の神気を払ってあげられる。

「できるでしょう？」

問いかけられて、綾芽は乾いた唇を引き結んだ。拳を握りしめ、熱く燃えている頭を働かせた。笄子《かんざし》を収めた胸を強く押さえ、何度も自《みずか》らに問いかけた。

お前は成せるのか。

けっして揺らがないと誓えるのか。

「――当然だ」

綾芽は顔をあげた。ようやく見つけた、これが道だ。みなが支えて、背中を押して、綾芽に歩ませてくれた道なのだ。

「そうと決まれば、次だな」

綾芽は藪《やぶ》の向こうに垣間見《かいまみ》える斎庭を睨みながら、手早く女嬬の表着を脱いだ。

「わたしたちがなにを狙っているのか、最後まで二藍さまに気づかれないようにして、お互い斎庭に忍びこまなきゃ。まずはあなたが行ってくれ」

そう言って脱いだ衣《ころも》をさしだした。羅覇は綾芽の意図に気づいたのか、たちまち青ざめ首を大きく横に振る。

「無理よ。いっときだって騙《だま》せない」

「無理じゃない」

「あなたとは違うのよ！　あなたみたいな強い目をして誰かを助けることなんて――」

だが綾芽は言わせなかった。

「なにが違う」

羅覇の両肩を強く摑んで何度も揺さぶる。

「なにが違う。言ってみろ。どこが違うんだ。ひとりで兜坂《とさか》に乗りこんで、すべてを滅ぼそうとしたあなたがここで怖《お》じ気《け》づくのか？」

「怖じ気づいているわけじゃなくて」

「鹿青《かせい》さまを助けたいんじゃないのか！」

羅覇は口をつぐみ、唇をわななかせた。泣きだしそうにも思えた。しかしそれでも涙のひとつも落とさずに、最後には口を引き結んで綾芽の衣を受けとった。

「……わかった。あとでまた会いましょう」

言うや、脇目も振らずに駆けだしていく。綾芽はその背を見送ってつぶやいた。

「任せたから」

それから稲縄に向き直った。

稲縄は、赤い瞳を冷ややかに細めて綾芽を見おろしている。綾芽たちの見いだした道は、この怨霊にもまた見えているのだ。

「稲縄さま」

「お前にあの子が救えるのか？」

刺し貫《つらぬ》くような問いを突きつけられて、しかし綾芽は間髪《かんはつ》をいれずに返した。

「胸を張ってお答えしよう。必ず救う」

必ずだ。

「だからどうか力を貸してくれ。お願いだ」

綾芽は頭をさげなかった。稲縄をただ見つめかえした。わたしの瞳の裏側を、隅から隅まで確かめてくれていい。この決意は本物で、揺らがないのだ。

やがて稲縄は笏《しゃく》を口元に当て、鋭く目を細めた。

「それで？　なにが訊《き》きたいのだ」

「ふたつある。まずは斎庭の中にいらっしゃる方々のうちで、今もご無事で手を貸してくださる方がいるかどうか」

「もうひとつは」

短く尋ねる稲縄に、綾芽は思いきって告げた。

「稲縄さまご自身が、とある御方をどう思われていたのかが知りたい」

＊

御座所殿の奥御殿から、大君が王としての正装に身を包み歩んでくる。覚悟を決めているのか、その険しい視線は微塵《みじん》も揺らがない。

この凜々《りり》しい姿も見納めかと思うと、二藍は惜しくなった。兄は優れた王だった。号令《ごうれい》神《しん》が落ちる時代に生まれなければ、永く栄えた御代だっただろうに。

束《つか》の間《ま》、目が合う。兄の瞳に宿る己への感情を知りたくなくて、二藍は静かに目を伏せる。大君はなにも言わずに二藍の横を通り過ぎ、記神を待つ場、八角堂へ続く長い渡殿《わたどの》へと去っていった。

続いて鮎名が、供物を捧げ持つ女官とともにやってきた。大君とは反対に、鮎名の目には怒りが溢れていた。やるせない憤りが。

鮎名はちらとも二藍を見なかった。強《し》いられて祭礼に臨《のぞ》むというのに、胸を張り、前を見て進んでゆく。

二藍はふたりの背へ頭を垂れて、踵《きびす》を返した。頭がぼんやりとする。熱に浮かされたように苦しい。気を張っていなければ、なにもかも投げだしてしまいそうだ。

御座所殿の中では、妃《きさき》や女官たちが舎人《とねり》に囲まれ座りこんでいる。誰もがうつむき、二藍を見ない。武装した右中将と、両手を縛《いまし》められた常子が顔を背《そむ》けて、それでも身を寄せ合っているのを見て、二藍は息が苦しくなった。わたしはなにもかもを壊している。壊すために生まれたのだから仕方がないのだと心に言いきかせ、なんとかやりすごす。

御座所殿の南の廂《ひさし》に、二藍を待つ人の姿がある。冷ややかな目をした高子《たかこ》に左大臣《さだいじん》、そして幼い二の宮。

二の宮は、歩み寄った二藍を不安げに見あげて尋ねた。

「叔父君《おじぎみ》、大君は王位を退《しりぞ》かれるのですか」

十になったばかりのこの宮は、ついさきほどこちらに連れてこられた。今日よりあなたがこの国の王になるのだと、急に告げられたのだ。

二藍は微笑をこころがけた。宮の前に座し、丁重に頭を垂れる。

「ええ、あなたにお譲りするそうです。あと一刻もすれば、王はあなたなのですよ」

だが二の宮の頰に笑みはない。美豆良《みずら》を揺らし、青ざめてうつむくばかりだ。

「わたしはまだ幼い。そのような大任は、とても務まりません」

わずか十歳とはいえ、このところの二の宮は、生来の聡明さが言葉の端々《はしばし》に表れている。だからこそ二藍は、ますます磨かれてゆくであろうこの甥《おい》が哀《あわ》れだった。

――わたしがいなければ、滅びに向かう国の王など引き受けずとも《と》すんだろうに。

「ご案じなされますな。わたしが命を賭《と》してお支えいたします。祖父君も外庭《とつにわ》も、あなたの味方でございますよ」

「ですが」と二の宮は、意を決したように顔をあげる。

「叔父君、あなたは斎庭《ゆにわ》の女人《にょにん》をみな追い出してしまうおつもりなのでしょう。斎庭はなくなってしまう。国を支える祭祀は失われる」

「宮」

「母君がいつも仰るのです。斎庭の女人を敬い、信じなさい。国を支え、守ってくださる方々なのですよ、と。わたしはみなさまをお慕《した》いし、頼りにしてきました」

「……静子《しずこ》さまは、まこと賢き御母君でいらっしゃる」

言葉に詰まり、二藍は濁したように答えた。「その御子であられるあなたの御代も、栄えることとでしょう」

「斎庭なくともですか」

「ええ」

「信じられません。なぜ叔父君は、このような暴挙に及ばれたのですか」

ついに二の宮は、はっきりと問いただした。なにひとつ聞かされていなくとも、感じているのだ。このままではいけないと、正しい道ではないのだと。

「あなたがお悩みになることではございませんよ」

二藍は痛みに脈うつ左手を押さえ、なんとか形ばかりの笑みを浮かべる。

「わたしをおそばにおかれたくないのならば、そのように命じられませ。祭礼がすみ次第隠居いたしましょう」

そして死のう。綾芽の短刀で、首を掻き切ろう。

「叔父君、わたしがお尋ねしたいのは」

と二の宮は声を震わせた。

「なぜ叔父君は、そのように苦しそうなお顔をされて、暴挙に及んでいるのかなのです」

「苦しくはございませんよ」

「叔父君は、まことは斎庭を失いたくなどないのではありませんか」

その一言は、鋭い刃《やいば》のように二藍の心をえぐった。二藍は答えられず、胸を浅く上下させた。やめろ。それ以上はもうやめろ。

「まこと、聡明な御子であられますこと」

高子が、二の宮の肩をやさしく撫でる。二藍のほうは一瞥《いちべつ》もしない。

「二の宮もご存じのこと、なぜ春宮ご自身がいつまでも気づかれないのか、不思議でなりませんね」

二藍はたまらず立ちあがった。

「気づいておりますよ」

どんなに我慢しても、声が昂《たかぶ》ってしまう。気づかない？　まさか、とっくに、誰より深く悟っている。

　こんな真似などしたくないのだ。ずっと斎庭で生きてきた。賢き女たちと国を守ってきた。神を招き、もてなし、鎮《しず》める。それが二藍のすべてだった。生きる意味だった。そんな自分自身のありようを打ち壊してでも、逃げねばならない。己の意志などもうなんの意味もなさない。一刻も早く玉盤神の枷《かせ》から逃れなくては終わってしまうのだ。

（もう嫌だ）

　なにもかもを放りだして泣きたかった。泣けるものなら涙の一滴でも流したかった。なぜだ。なぜこんなことになった。もっと早くに死んでいればよかったのか。希望など抱かず、誰かに心をひらきもせず、消え去っているべきだったのか。

（そうすればわたしは――）

　門前がにわかに騒がしくなった。慌ただしく報告に走りよった舎人に、二藍は身を揺さぶる衝動をこらえて尋ねかけた。

「なにごとだ」

「梓が、逃げた女嬬が捕らえられたそうでございます！」

　二藍は息をとめた。

　逃げた女嬬が――あの娘が。

　綾芽が。

「四位門《しいもん》から、無理矢理に斎庭に入ろうとした女がいたそうです。それで捕らえましたところ、名は梓と申したとか」

「……なぜ、斎庭へ帰ってきたのだ」二藍は掠《かす》れ声で問うた。「逃げだしたのに戻ってきたのはなぜだ」

それはまことの綾芽なのか。本当に綾芽が、捕らえられてしまったのか。

舎人は言いよどんでから、おずおずと口にした。

「それが……斎庭にいらっしゃる二藍さまは偽者《にせもの》ゆえ、糾《ただ》しに参ったと」

それはいかにも綾芽が訴えそうなことだったから、静まりかえっていた御座所殿はざわつきはじめた。高子と左大臣は目を見合わせている。常子は膝立ちになり、他の妃や女官も落ち着かない。

二藍は、急《せ》くな、と己に言いきかせて、四位門から知らせに走ってきたという衛士《えじ》を呼びつけ重ねて問いただした。

「まことに梓なのか。どのような娘だった」

「汚い格好の、痩《や》せた娘です。背は大きくもなく小さくもなく。髪はばっさりと切られておりましたが、逃げてくる際に切ったのかもしれません」

「口調は？」と高子が尋ねた。

「やや不遜《ふそん》」

「瞳は」

二藍は祈るように問うた。どのような瞳をしているか。それ以外を訊いても意味がない。

「強い目です」と衛士は即答した。「意志の表れた、まっすぐな目をしておりました」

それを聞くや、人々の口から落胆の声が漏《も》れる。あの子だ、あの子ね。

最後の希望が捕らえられてしまった。もう終わりだ。打つ手は残されていない。

――まことだろうか。

二藍は信じられなかった、綾芽が、あの聡《さと》く身軽な娘が、無謀にも、無策で門を抜けようとするだろうか。

「……佐智《さち》をやれ」

二藍は額に滲《にじ》んだ汗を拭《ぬぐ》って、衛士に命じた。

「庭獄《ていごく》に、佐智という名の女官を捕らえている。あの娘をよく知っている者だ。その者に、梓を名乗る者が紛《まぎ》れもなくあの娘なのか判じさせよ」

二藍自ら検《あらた》められれば最善だが、それだけはできないのだ。

すぐさま衛士と舎人が走っていった。

佐智が結果を伝えにやってくるのを、二藍はじりじりと待った。

しばしあって再び門前が騒がしくなり、佐智が現れた。久々に目にした姿だった。綾芽の捕縛に反対した佐智を、二藍はこの十数日のあいだ庭獄に押しこんでおいたのだ。それゆえ佐智の頰にいつもの艶《つや》はない。だが瞳は変わらず勝ち気に輝いている。

「お久しゅうございます、春宮《はるのみや》」

衛士に両脇を挟まれ二藍の前に引き出された佐智は、嫌味たらしくかしこまった。二藍は言い合う気力も余裕もなく、ただ短く尋ねた。

「梓であったか。それだけを申せ」

「無論梓でございましたよ」

「……いやにあっさりとした物言いだ。わたしの目を見て答えよ。嘘は許さぬ」

きっと佐智は顔をあげて、本来の口調で言いかえした。

「嘘なものか！　この目に糞が詰まっているんじゃなきゃ、間違いなくあの子だよ」

二藍と佐智はいっとき、睨み合った。

「……さがるがよい」

やがて二藍は顔を背けた。もういい。どちらでもいい。

――どちらにせよ、道は閉ざされる。

いっそう重くなった身体を叱咤《しった》して、御座所殿を過ぎる。祭礼の場へ繫がる渡殿へ足を踏みいれ、二藍はぐったりと申し渡した。

「これよりわたしも八角堂へ籠《こ》もる。半刻のちには記神が現れ、祭礼が始まるだろう。我らが再び堂を出るまで、なにが起ころうとも、誰一人、けっして中に入れてはならぬ」

そうして身体を引きずるように渡殿を進んでいった。

二藍を呑みこんだ八角堂の扉が、音を立ててしまる。

「……嘘に決まってるだろうが、馬鹿男」

佐智のつぶやきは、当然耳には届かなかった。

＊

「おとなしくしていろ、梓とやら」

荒々しく突き飛ばされて、羅覇は石の牢に転げるように座りこんだ。膝がすれて、悲鳴をあげそうになる。だがすんでのところで耐えられた。痛みよりもなによりも、今は安堵《あんど》が心を占めている。

（……よかった）

なんとか、どうにか時間が稼《かせ》げた。『梓』のふりをして、『梓』は捕らえられたのだと思いこませることができた。これで綾芽も、すこしは楽に目的に進んでゆけるはずだ。

（いっときは、どうなることかと思ったけれど）

羅覇が『梓』を名乗り、綾芽のふりをして、あえて囚われる。そうして刻を稼《かせ》ぎ、綾芽から人々の目を逸らす。綾芽が、そういう策を求めているのはすぐにわかった。だが羅覇は決断できなかった。綾芽のふりなんてものが、わたしに務まるわけがないと思ってしまったのだ。

綾芽のような、意志の滲んだ瞳が羅覇にはない。あるのはただ追いつめられて、誰かを陥れようと画策する狡《ずる》い小さな瞳だけ。すぐに偽者だとばれてしまうではないか。

けれど綾芽に鹿青の名を出されて目が覚めた。そうだ、怖じ気づいている場合ではない。やるしかない。なかったのなら手に入れるのだ。

そう意を決して飛びだして、狙いどおり捕らえられて大騒ぎになったのだが――。

『梓』を見定めるために現れた女を見て、羅覇は青ざめた。確か佐智という、二藍の重用している女官だ。庶民《しょみん》と貴族の顔を使い分けられる賢い女。なによりこの佐智は、かつて斎庭に潜んでいたときの羅覇を――『由羅《ゆら》』を知っているはずだった。

最悪の事態である。綾芽でないと気づかれるくらいなら覚悟していたが、由羅だと知られたら命の危険があるかもしれない。それでは困るのだ。二藍を守って、そして綾芽に鹿青を救ってもらわねばならないのに。

羅覇は内心の焦りを押し隠し、気づかないでくれと願った。どうかどうか……。

しかし佐智はそう甘くはなかった。羅覇を見た瞬間、わずかに、しかしはっきりと面色が変わる。羅覇にはわかった。佐智は、羅覇の正体に気づいたのだ。

――どうしよう。

かっと血が巡り、手が震えそうになる。しかし羅覇は歯を食いしばって、佐智を懸命に睨み返した。ここで終わるわけにはいかない。わたしを由羅と呼んでみろ。その瞬間お前の喉《のど》を食い破ってやる。

そんな羅覇を、佐智は黙って見やっていた。と思えばふいに首をかしげ、慎重な声で「あんたさ」と声をかけてきた。

「……なんです」

「なんのために斎庭に戻ってきたの」

覚悟に反して、佐智は羅覇の名を呼ばなかった。かといって梓とも声をかけない。ただ問いかけている。梓ではなく、由羅に――羅覇に。

そして希望を感じている。まさか、もしやと考えている。

羅覇は息を吸いなおした。綾芽だったらそうするように、目の前の女からいっときたりとも視線を逸らさず口をひらいた。

「みなをお救いするため、ただそのためだけに戻ってきました」

羅覇自身の心にある真実だけを伝える。嘘偽《いつわ》りのない意志を言葉に変える。

助けたいのだ。わたしは鹿青を助けたい。だからこそ一度は陥れようとした二藍を、兜《と》坂国《さかのくに》を、身を投げだしても助けにきた。

だから今ここで、心から希《こいねが》う。

「わたしを信じてください」

わたしを――わたしたちを。

佐智は目を細めて、じっと羅覇を見つめた。それから幾度か軽くうなずいて、周りの衛士に告げたのだった。

どう見てもあの子だよ。間違いない――。

――わたしは、すこしは役に立ったのだろうか。

獄のうちで羅覇は考えた。わたしは、すこしは変われたのだろうか。

わからない。羅覇も所詮《しょせん》は切り拓く者ではないのだ。その足元で足掻《あが》くばかり。手を添え、支えて、願うばかり。

それでもいい。だからこそ祈った。

どうか綾芽、辿りついて。

そしてみなを救って。

＊

稲縄《いねただ》の姿が、つとかき消える。その姿を見送って、綾芽は短く息を吐きだした。

途中何度か雷を落とされそうになったものの、稲縄は綾芽の問いに答えてくれた。

稲縄が言うに、斎庭《ゆにわ》には衛府《えふ》の衛士や舎人が押しよせており、監視の目を光らせている。

二藍は綾芽の信頼する人々のほとんどを捕縛し、幽閉してしまったともいう。

だが幸運にも頼れる人物がひとり、二藍の厳しい監視を逃れていた。この人物のもとに辿りついて協力を仰げれば道は拓かれる。

ならば考えることはひとつ。

(どうやってその御方のところまで捕まらず、警戒もされずにゆくかだ)

乾いた冬の風が吹きすさぶ。林の奥にそびえる礠《くしげ》の岩山から、冬の陽《ひ》がいよいよ顔を出そうとしている。祭礼まであと一刻を切っている。祭礼に臨《のぞ》む大君と鮎名、そして二藍は、すでに記神と相対する場である八角堂に入った頃合いだろう。

逸《はや》る心をなだめて、綾芽は斎庭の方角を窺《うかが》った。ほんのついさきほど、羅覇が綾芽の身代わりになって、四位門で大騒ぎを起こしてくれた。おかげで『梓』に対する警戒は少々緩《ゆる》んだはずだ。あの死んだ貝のように閉じきった門さえどうにかこじ開けられれば、斎庭に戻れる。

——門さえひらくことができれば。

身をかがめ、木の陰から陰へ、ひっそりと林のうちを移動した。できるだけ四位門に近づいておきたい。やがて椿や山茶花《さざんか》の茂る一角で立ちどまり、綾芽は慎重に門の方角と距離を測った。そうして、ここからならば、どこから門前に現れたのかごまかせると確信を得るや、赤茶けた雪の上に膝をつき、息を落ち着かせた。

身をかがめ、かしこまって、神を呼び寄せる祭文を再び唱えはじめる。

我がもとに来《きた》れよ。来てくれ。お願いだ。

「……なんの用だ、小娘」

ほどなく待ちわびた男の声が、林のさきから響く。ずるり、ずるりと枯れ草を分ける音が近づいてくる。綾芽は顔をあげ、近づく神の姿を確かめた。

黒袍《こくほう》に身を包み、鉛白《えんぱく》の顔に赤く浮かぶ薄い唇をつりあげた男。しかしその腰から下は、木々の幹より太い大蛇のそれだ。枯れ葉を押しつぶし、蠢《うごめ》くようにやってくる。

「よくぞお越しになりました、桃夏《もも か》さま」

綾芽は男の名を呼んだ。怨霊桃夏。若かりし日の稲縄に嫉妬《しっ と》し、周囲への鬱積《うっせき》を書きつらねた文書を呪詛《じゅ そ》と判じられ、流罪《る ざい》になって死んだ男。

「小娘よ、なぜわたしを呼ぶ。遊んでいる暇はなかろうに」

桃夏は大蛇の身をうねらせ、綾芽の顔を舐《な》めるように覗《のぞ》きこんだ。

「それともなんだ。わたしの木簡《もっかん》がまた欲しくなったのか？　せっかく与えてやったのに、春宮にやってしまったようだからな」

と言って懐《ふところ》から木簡をとり、これみよがしに掲げてみせる。

桃夏は地脈の神である。しかし斎庭で恐れられているのは、呪いの予言と捉えられるような一文を木簡に記し、女官に贈るゆえだった。先日の祭礼でも、桃夏は綾芽に不安を植えつけようと、『なにも為せないままに死ぬ』と書かれた木簡を渡してきた。だが結局それは綾芽を縛る呪いとはならなかった。二藍が持ち去ってしまったのだ。

だから桃夏は、新たな呪いをくれてやる気でいるのだろう。

「いいえ」と綾芽は慎重に言いかえした。

「もちろん木簡をくださるというのなら、拒みはしません。それは呪いではなく、単なる美麗な書にすぎないのですから」

桃夏がいくら綾芽を呪おうとしたところで意味もない。綾芽は知っている。桃夏も心の奥底では、己の呪いを打ち破る者が現れることを望んでいるのだ。

だが当の桃夏はやはり頑《かたく》なに認めず、赤い唇を引き裂くように持ちあげて嘲笑した。

「まだそのような虚勢を張っているのか？　この期《ご》に及んで」

そうして木簡にさらりと筆を走らせる。投げて寄こしたそれには、墨痕《ぼっこん》鮮やかに新たな呪いが書かれていた。

『愛《いと》しき者を殺す』

「どうだ」と桃夏は嘲笑を深める。「お前は春宮を守ろうとして、結局命を奪う。すべてが裏目に出て、滅茶苦茶になる」

さあ見物だ、とさもおかしそうに高笑いする。無論、綾芽は取り合わなかった。

（わたしがあのひとを殺すわけがない）

だからこんなもの、気にもならない。

懐に木簡をしまいながら、きっぱりと言った。

「木簡をいただいたのですから、その代わりわたしの話を聞いてくださいますね。こたびあなたをお呼びしたのは、お伝えしたいことがあるからです」

「伝えたいこと？」

桃夏の瞳が鋭く細まる。綾芽は四位門までの道程《みちのり》をもう一度だけ確認して、両足に力を入れた。

「ええ。あなたは生前、几《つくえ》を並べて働いていた稲縄さまに、ひどく嫉妬をなさっていたと聞きます」

己のほうが優れているはずなのに、なぜ稲縄ばかりが重用される。出世する。その妬《ねた》みが、桃夏の転落の始まりだった。

「それがどうした」

桃夏の声に苛立《いらだ》ちが混じる。ざりざりと、嫌な音を立てて大蛇の身が蠢く。

「稲縄さまも、同じだったと仰っておりました。あなたに嫉妬なさっていたと」

桃夏はつと動きをとめた。

綾芽はかまわず繰りかえす。

「稲縄さまは、あなたに嫉妬なさっていたそうです。あなたの才に打ち勝つには、ただただ努力しかないのだと、焦りを抱《かか》えていたそうです」

綾芽の言わんとしていることを悟って、桃夏の深紅《しんく》の目が見開かれ、ぷつりと瞼の端が切れた。全身がぶるぶると震えている。怒りを溜めこんでいる。

綾芽は身構えながらも口をとじなかった。ここでとめるわけにはいかないのだ。

「ですからあなたが呪詛の罪で配流となったとき、まずは驚いて、それでも心の隅では安堵したのだと伺《うかが》いました」

さきほど綾芽は、稲縄にこう問いかけた。

『桃夏をどう思っていたのか教えてほしい』

問われた稲縄はたちまち額に青筋を浮かせたが、それでも語ってくれた。桃夏より優れたいと願ってどれだけ努力したか。桃夏が捕らえられたとき、なんとむごい沙汰《さた》だと哀れんだ一方で、どれほど安堵と優越感を得たのか。

「あなたの才と競わずすむのなら、己の今後は安泰《あんたい》だ、と胸をなでおろしたそうですよ」

「偽りを申すな！」

綾芽の声に被《かぶ》せるように、桃夏は怒鳴った。大蛇の尻尾を怒りのままに持ちあげて、渾《こん》身《しん》の力で地に叩きつけた。地脈の神である桃夏の荒れぶりに呼応して、木々が激しく揺さぶられる。この一帯だけ、本物の地震のように地響きが押しよせる。

綾芽は踏んばったが、立っていられず手近な樫《かし》の幹に手をついた。その綾芽に覆い被さるように、桃夏は怒りを撒《ま》き散らしつづける。

「あの男がわたしに嫉妬していただと。わたしの才に焦っていただと？　愚弄《ぐろう》するのもいいかげんにせよ。あれはわたしを馬鹿にしていただろうに！　妬むばかりしか能のない愚物とさげすんでいただろうに」

木々の向こう、斎庭の門前では衛士たちが慌てふためいている。さきの大地震から十日あまりしか経《た》っていない。みなの脳裏に、あの恐ろしい揺れがよぎっているのだ。

大揺れが来て歪《ゆが》む前に扉をひらけ、と叫ぶ声がする。

その一言を耳にするや、綾芽は幹についた腕にぐっと力を入れて身を起こした。

「まさか」と桃夏に負けじと答える。

「あなたに嫉妬心を抱いていたのは、稲縄さまの偽らざる思いだ。あなただって悟っているはずだ。稲縄さまは怨霊。怨霊はけっして嘘はつけない。そうだろう？」

死んだ者は心を偽れない。同じ怨霊である桃夏こそ、心の底からわかっているはずだ。

「当時あなたの無実を訴えずにいたことを、稲縄さまは後悔していらっしゃった」

奥歯を嚙みしめ、怒りに口元を震わせる桃夏を、鎮めんと綾芽は言葉を継ぐ。

「のちにご自分が陥《おとしい》れられたとき、ようやく気がついたそうだ。これは因果応報《いんがおうほう》だと。あなたの才に嫉妬していたからこそ、無実を訴え、減刑を嘆願《たんがん》するのに躊躇《ちゅうちょ》した。その因果が、巡り巡って自らに突きつけられたのだと――」

「ゆけ」

桃夏は掠《かす》れた声で命じた。怒りを抑えられないように頰を強《こわ》ばらせ、袖を振り回し、声を荒らげて叫んだ。

「もうよい、ゆけ！」

桃夏が、自分の呼ばれたわけを悟っているのだと気がついて、綾芽は口を結んだ。そう、桃夏を怒らせれば地が揺れる。地が揺れれば、衛士らは恐れて門をひらく。綾芽はその隙に、中へ入りこもうとしている。

「賢《さか》しくてかなわぬ。お前の招きには、もう二度と応じぬ」

桃夏は充血したような、潤《うる》んだような双眸をひそめて、ゆけ、と繰りかえす。これ以上なにも言うなと命じている。綾芽はその意を汲《く》んで黙って頭《こうべ》を垂れ、しかし思いなおして顔をあげた。目と目を合わせた。

「深く感謝いたします、桃夏さま。いつか予言がことごとく覆《くつがえ》され、あなたの冤罪《えんざい》が晴れた暁《あかつき》に、またお会いしましょう」

言うや地を蹴り駆けだした。会わぬと言うただろうに、と苦々しく漏らした桃夏の声は、もう耳に届かなかった。

木立の合間を縫って四位門に近づく。衛士らが見ていない隙を狙い、今だ、と勢いよく飛びだして、衛士のひとりに駆け寄った。

「またもや地震《なゐ》でございますか？　禁苑《きんえん》のほうで起きましたでしょうか？」

どこからともなく現れ、さも驚いた様子で尋ね回る綾芽に、衛士たちは意表を衝《つ》かれたようだった。

「お前、どこから来たのだ。禁苑からか？」

まさか、と綾芽は首を振った。

「天梅院《てんばいいん》から遣《つか》わされた者でございます」

天梅院は、広大な斎庭の北西の端に位置する、隠居した女官の住む場である。さきの妃《きさき》宮《みや》であり大君や二藍の義母である太妃《たいひ》をはじめとする、一線を退いた女たちが暮らしている。綾芽はそこから来たのだと嘘をついた。

「先日の大地震のおり、天梅院の西にございます小門が歪んでひらかなくなってしまったのはご存じでしょうか？」

「聞き及んでいるが……」

「こたび、こちらの四位門までが同じくなれば逃げ場がなくなると、天梅院におわしますみなさまが心配されて、今のうちに扉をひらくようにとわたくしに命じられたのです」

天梅院の西から外へ通じる門が地震で歪んだのは事実だ。そのひらかぬ門をよじ登り、禁苑の様子を確認しながら四位門まで走ってきたのだと、綾芽はよどみなく語った。

「天梅院のみなさまは老齢でいらっしゃる。一刻も早く四位門をひらいてご安心していただかねばと着の身着のまま、息を弾《はず》ませ走って参りましたが」

綾芽は両手を胸に当て、大きく息を吐いてみせた。

「よかった。さすがは衛府の方々。わたしなどがお願いせずとも、すでに門はひらいておりました。これでみなさまに安心していただけます」

にこりと微笑めば、困惑していた衛士たちの頬もつられたようにほころんだ。当然よ、安堵して任せておれ、と口々に声をかけてくる。四位門の衛士たちは、逃げていた『梓』をさきほど捕らえていたから、警戒心が緩んでいるのだ。

はい、と綾芽は頭をさげた。さげながら心の中で謝った。騙《だま》しているのを許してほしい。あなたがたを含め、みなを守るためなんだ。

それからもう一度丁寧に礼を言うと、堂々と四位門をくぐり、斎庭のうちに入った。焦りは抑え、さも安堵したように軽やかに駆けてゆく。だが門から離れるにつれ、笑みは消え、握った拳に力が入り、とうとう全力で土を蹴った。

並ぶ大蔵《おおくら》のあいだを駆け抜ける。喉が渇いて、苦い味がした。くたくたで膝は笑っているし、あがらぬ足はわずかな段差にも躓《つまず》いて転げてしまう。だが綾芽は腕をつっぱり、歯を食いしばって立ちあがった。

あとすこしだ。約束を果たすまで、ほんのすこし。

薄紅色の築地塀《ついじべい》の前でようやく足をとめ、大きく肩をあげてはおろした。息を吸うたびに、すがすがしく甘い薫香《くんこう》が肺腑《はいふ》になだれこんでくる。

梅の香りだ。

塀の向こうから漂ってくるのだと知っていた。かつて二藍が教えてくれた。都で一番早く咲く梅は斎庭にある。この築地塀のさきに、枝を広げている。

――この梅があるからこそ、こちらの院には梅の名がついたのだ。

二藍は、やさしく寂《さび》しい目をして言っていた。

そう、ここは天梅院。隠居した先代の妃がたの住まう場だ。

自らに刃向かう者のほとんどを捕らえ、厳しく幽閉した二藍だが、天梅院には手を出さなかった。門の出入りを禁じただけで、中の人々は無事だった。

だからこそ、綾芽はここへやってきた。

これから祭礼に乗りこまなければならない。であれば祭礼の場へ臨むに足る、春宮妃としての身支度を調《ととの》えられて、なおかつ綾芽を玉壇院に送りこめる人物の助けがいる。

それがこの天梅院におわすさきの妃宮、太妃だった。綾芽の秘密を知りつつも、かつて自ら記憶を封じられることを望んだひと。

綾芽は短く息を吐くと、先日の地震で崩れた塀の一角に、衣を裂いて作った縄を投げかけ引っかけた。故郷の陵《みささぎ》の森で木にのぼっていたように、縄を支えにするりと塀の上へと躍《おど》りあがった。

目の前に、白梅が広がっていた。塀の上からでもなお見あげるような大樹が、綾芽の鼻のさきで薫《かお》っている。白い花が一斉にほころんで、枯れ木立の中で輝いている。

その匂いを胸いっぱいに吸いこんで、綾芽は天梅院のうちへと飛び降りた。

白梅を望む屋敷の簀子縁《すのこえん》には、幾人もの女人の姿があった。かつて斎庭を支えた臈《ろう》たけた女たちは、記神を迎える祭礼が行われる玉壇院の方角を険しく見つめている。

綾芽はその眼前に膝をついた。「何者だ」と驚愕《きょうがく》した女たちのうちから、求める女人の姿を探す。

すぐに見つかった。雅《みやび》やかでいて隙のない身のこなしで綾芽を見おろす老女。

さきの妃宮、太妃。

姿を認めるや、綾芽はその場で深く平伏して叫んだ。

「わたくしは二藍さまの女嬬、梓でございます。どうかお助けください」

そしてみながどよめいたその刹那《せつな》、跳ねるように身を起こし、息をとめて階《きざはし》を駆けあがった。さすがの年功を積んだ女たちも、誰も綾芽をとめられなかった。とめられないうちに、綾芽はのけぞる太妃の両手をとり、一心に念じる。

かつて太妃自身に乞われて二藍がかけた心術を、欠片《かけら》も残さず打ち壊す。

「お前は……」

太妃の瞳にまざまざと驚きが浮かんでいく。心を覆った帷《とばり》が落ちていく。綾芽や物申に関わる記憶がはっきりと蘇《よみがえ》る。

「……お前は、我が御子の妻、綾芽ではないか。いったいなぜ」

信じがたい面持《おもも》ちで問いかけた太妃に、綾芽は必死に願った。

「二藍さまをおとめしたいのです。どうかご助力を！」

＊

二藍が八角堂に入って半刻ほど経ってから、ようやく記神が禁苑の墳墓に落ちたとの知らせがあった。あとはもう、八角堂の中央にあつらえられた円壇の上に、その姿が現れるのを待つばかりである。

八角堂で刻を待つのはごくわずかな者だけだった。二藍、大君と鮎名、それから背後に控える供物を運ぶ幾人かの女官。みな息をひそめてうつむいている。玉盤神の訪れが近づくにつれひどくなる悪寒《おかん》に耐えている。

誰より悪寒を強く感じる二藍は、とうとう耐えかねて目をつむった。脂汗《あぶらあせ》が浮かび、流れていく。刻々と、己が侵《おか》されていくのがわかる。

身体の半分が神である二藍は、いざ記神が現れればなにひとつままならなくなる。心は閉じこめられて、指先すらも動かせない。玉盤神の命《めい》を紡《つむ》ぐために、声と口を使われる。そんな己のありようが、この身が神ゆらぎだと知ったときからずっと厭《いと》わしくて仕方なかった。なぜわたしだけがこんな目に遭《あ》うのかと、悔しくてどうしようもなかった。

だがそれも終わる。祭祀を失えば、二度と玉盤神がやってくることはない。二藍は救われる。もう戦わずにすむ。どれだけ望みを絶たれようと、ひとりで死ねばいいだけだ。誰にも迷惑をかけないうちに。

安堵が湧きあがり、しかし泡となって消え果てる。胸をなでおろしているはずなのに、一向に嬉しくない。

こんな終わりを望んでいたわけではなかったのに。

悪寒が増した。いよいよ記神の訪れが近いのか、微動だにできなくなる。動くのは眼球だけだ。二藍の身体は二藍のものではなくなる。意志さえも、玉盤神の軛《くびき》からは逃れられない。

（つまりは――今だけはいかに深く絶望しようとも、神と化すことすら叶《かな》わないのか）

そう悟ったとたん、抑えつけていた感情が膨れあがり、荒れくるい、御《ぎょ》せなくなった。動かぬ身体のうちで、心は腹の底から絞るように叫んでいる。誰かわたしを救ってくれ。この泥沼から救いだしてくれ。全部投げだしたい。殺してほしい。死にたくない。諦めたくない。会いたい。

幻想ではなく、本物の綾芽に会いたい。受けいれてほしい。そばにいてほしい。見捨てないでほしい――。

ざわめきが耳を打った。

叶わぬ願いに胸がちぎれそうになっていた二藍は、意志を振り絞って眼球を動かした。とうとう記神が降り立ったのか。終わりの始まりか。

いや、円壇の上にはまだ、官人姿の冷たい相貌の神はいない。ならばなんだと考えようとして、二藍は頰に風を感じて青ざめた。

八角堂に窓はない。風など入るわけもない。であるならば――

――背後の扉がひらいているのだ。

はっと大君と鮎名を見やれば、ふたりは扉を振り返っている。驚きにみはった瞳が輝き、希望に燃えはじめる。

梅の匂いが鼻をついた。

甘やかで、清らかな香り。

春を告げる香り。

やがてその薫香に乗って、衣擦《きぬず》れの音が響く。外から誰かが入ってくる。祭礼装束《しょうぞく》に身を包んだ女。重ねた衣の色は、白梅の色に、春宮を示す濃紫《こきむらさき》。そして鮮烈な紅《くれない》に、もう一度、深く鮮やかな紫。

──ああ。

二藍の閉じられた心のうちで、声なき声が漏れた。

凛《りん》と立っているのは、己《おの》が妻。

春宮妃としての正装に身を包んだ、綾芽だった。

＊

刻をさかのぼることすこし。

玉壇院の門前は、突如喧噪《けんそう》に包まれた。舎人と衛士が集まって、玉壇院に乗りこもうとする何者かと押し問答を繰り広げている。そのあまりの騒ぎに、終わりの刻《とき》を青い顔で待っていた斎庭《ゆにわ》の女たちばかりでなく、左大臣や御殿《ごてん》を守る舎人らまでが眉をひそめた。

「なにかしら。女人の声がするけれど」

泣いている二の宮を慰めていた高子が、怪訝《けげん》そうに顔をあげる。背高《せいたか》の舎人たちに遮《さえぎ》られ、門前にいるらしき騒ぎの主《ぬし》は窺えない。だが声は聞こえる。女だ。老年の、しかし身分ある女の堂々たる声。

「……これは、太妃のお声では」

夫に背を向けうつむいていた常子が立ちあがった。中将はまさかと妻を引き留める。

「太妃は天梅院からお出になれぬだろうに。見張りがいるのだ」

しかし、「ならばあなたはどなたの声と思われるの？」とかえって常子につめよられて、中将は困った顔をした。

「わかった。見て参ろう」

結局そう言い置いて立ちあがり、門へと走りよる。

「なにごとだ」

中将に問われ、舎人のひとりが苦い面持ちで振り返った。

「太妃が突然、女官を引きつれおいでになったのです」

「玉壇院に入れろと仰《おお》せか」

「ええ。無論お入れするわけにはいきますまいから、このようにお引き取りを願っているのですが……お聞きいれていただけず」

無理矢理に玉壇院に入りこもうとする太妃と数名の供に困りはてた舎人たちは、仕方なく太妃らの両腕を押さえつけているのだという。

中将は、群れる舎人を数人かきわけ、なんとか門の外に目をやった。確かに門前には両腕を捕らえられた正装の太妃がおり、あたりに強い視線を向けている。うしろには供物らしき箱を掲げる着飾った女官が数人。

──それと、妙に立派な装束をまとう若い娘。

「しかしなぜ、太妃はこちらに？」

「火急の用があると仰っているのです」

天梅院を守っていたらしき衛士が進みでて、しどろもどろに答えた。

「玉盤神の祭礼にて大役を担《にな》われる女人を、こちらに送らねばならぬと」

「女人？」と中将は顔をしかめた。「そのような者が天梅院にいるはずもない。記神の祭礼におでましになれるのは、大君とその一の妃である妃宮、そして春宮のお三方のみだ」

そう言いきったときだった。

「痴《し》れ者が」

舎人の壁を貫くように太妃の声が門の向こうから飛んできて、男たちは驚き背を正した。

「わたくしが誤っておりますか、太妃」

そこまで罵倒《ばとう》されれば問わずにはおれない。中将が丁重に、しかし訝《いぶか》しげに尋ねると、太妃はいっさいひるむことなく答えた。

「然《しか》り。記神の祭礼に臨むは三人ではない」

「大君のその一の妃、そして春宮のお三方ではないのですか」

「大君とその妻、および春宮とその妻、合わせて四人だ。これは斎庭の神祇令《じんぎれい》にはっきりと記されている事柄であるぞ」

「しかしながら」

「わたしはその、春宮の一の妃をここに連れてきたのだ。疾《と》く妃をそちらへ通せ。お前たちごときが否《いな》と申せる話ではない」

中将も、周りの舎人も狼狽《ろうばい》した。太妃はなにを言っている。春宮二藍は神ゆらぎ。妻などおらぬはずではないか。

そうしているうちに、玉壇院の隅で囚われていた佐智が、この会話を耳に挟んではたと顔をあげた。

「……まさか、綾芽なのか」

呟《つぶや》くや佐智は眉を歪めて、衛士や舎人を怒鳴りつける。

「あんたら、みんなどけ！　春宮妃を名乗る御方のお姿をこちらに見せろ！」

なにを、と門を守る男たちは顔をしかめた。春宮妃などいるわけもない。そんなものがいると聞いたこともないし、二藍だってなにも命じていかなかった。

だが佐智の声には有無を言わせない切実さがあって、やがてためらいながらも人々は、ふたつに分かれてさがった。

武官の黒袍の合間から、鮮やかな衣の色が現れる。門のさきに女が立っている。

両脇を舎人たちに押さえられながらも、なお眩《まぶ》しい、まっすぐな瞳を持つ娘。

祭礼装束に身を包み、美しく着飾った娘。

春宮の隣に立つ、一の妃を名乗る娘。

「……綾芽」

佐智は、掠れた声でつぶやいた。瞳を潤ませ、しかしきりりと口元に力を入れて、誰もに聞こえる声で力強く告げた。

「春宮妃、綾《あや》の君《きみ》のおいでにございます！」

その声に、高子が、常子が、その場のすべての者が振り返った。そして娘の姿が目に入るや、女たちははっと目をひらき、輝かせ、次々と声をあげた。

厳格で知られる常子が、感極まったように漏らす。

「綾の君、あなたならば、きっと辿りついてくださると信じておりました」

高子は、二の宮をそばに抱きつつ微笑んだ。

「待ちくたびれましたよ、綾の君。これほど待たせたのだから、至極よい策を携《たずさ》えてきてくださったのでしょう？」

綾芽は息を吸い、胸を膨らませて「ええ」ときっぱり答えた。

「ならばよろしい」

高子は目を細める。そして「この女人はどなたです」と不思議そうに尋ねる二の宮へ穏やかに言って聞かせた。

「あなたの叔父君が、誰より信じていらっしゃる御方ですよ」

他の妃がたも、女官もふたりに続いた。口々に綾芽の名を呼び、頭を垂れる。

それでも中将は、この娘を通してよいのか迷っているようだった。誰もが敬意を表すが、聞いたこともない娘。もし中に入れれば、誰一人通すなと命じた二藍に反することになる。

中将は、御座所殿のうちにいる左大臣の浮かぬ顔を見あげ、そして妻の懇願《こんがん》するような瞳を長い間見つめた。そこに答えを求めるように。

「……わかった」

やがて中将は、腹をくくったように息を吸って、女たちと同じように、綾芽へ深く頭をさげた。

「失礼いたしました。あなたさまは確かに祭礼に欠かせぬ御方に相違ない。なれば我らがおとめできるわけもありません。どうぞお通りください」

動揺していた舎人たちも、ひとり、またひとりと中将に倣《なら》う。最後には、かしこまった人々のまんなかで、ただ綾芽だけが、まっすぐに背を伸ばしていた。

ありがとう存じます、と綾芽はみなに感謝を返した。そして太妃に背を押され、玉壇院の門をくぐった。白砂を渡り、階《きざはし》をのぼり、御座所殿を通り抜ける。瞳を揺らがさず、ただただ八角堂を目指す。

祭礼の、その只中《ただなか》に踏みいることを目指す。

(——それだけが二藍を守り、国を守る唯一の道なんだ)

もはや猶予がないと悟ったとき、綾芽と羅覇の脳裏に浮かびあがった、ただひとつの道。その道をゆくために、ふたりは各々《おのおの》為《な》すべきことを為した。羅覇は綾芽から人々の目を逸らしつつ斎庭に入りこんだし、綾芽は、祭礼に挑むため太妃の助けを得ようとした。

太妃は綾芽の願いを知るや、ただ一言、「よかろう」と答えた。すぐに立ちあがり、周りの者に口早に指示を出した。

「この者を清めよ。いっとうよい装束をかき集め、着飾らせよ。祭礼に持参する供物も用意せよ。我が宝も、なにひとつ惜しむことなく供物にいたせ。そして我らも着飾らねばならぬ。祭礼に向かう行列だと誰の目にも明らかなように。誰にも文句を申させぬように」

そうして太妃は祭礼装束を綾芽に着せかけ、なにがあったかを詳しく聞き、玉壇院まで連れてきてくれたのだった。綾芽が道をゆけるように、導いてくれたのだ。

太妃だけではない。玉壇院に閉じこめられていた女たちは、綾芽を待ちわびていたと言ってくれた。中将や舎人たちも、どこの誰かもわからぬ綾芽を認めて通してくれた。みながその道をゆけと、綾芽の背に手を添えてくれた。

だからこそ綾芽は胸を張り、一歩一歩と八角堂へ続く渡殿へ近づいてゆく。神の訪れが近い証に悪寒が身を突き抜けるが、気になどならない。

その行く手を遮るように現れたのは、左大臣だった。

垂纓《すいえい》の冠を揺らし、綾芽の前に立ちはだかる。綾芽の正体を以前から知っている左大臣に驚きはない。ただわずかに眉根を寄せて、綾芽を見つめている。

「やはりお越しになりましたか、春宮妃」

「新たな道を見いだして参りました。どうかお通しください」

「そのようですな」

と左大臣は、綾芽の背後にずらりと並んだ太妃や斎庭の女を見渡し苦く笑った。そして笑みを収め、低い声で綾芽に問いただした。

「ひとつだけお尋ねしてもよろしいか、綾の君」

「なんでございましょう」

「春宮は、あなたにはもう二度と会わぬと仰っていた。会えばもはや耐えられまいから、会いたくないと仰せだったのです。そのお心に背くのですか？」

綾芽はいっとき息をとめて、胸に手をやった。懐から、銀の笄子《かんざし》を取りだした。鶏《にわとり》と菖蒲《あやめ》の花が刻まれた、綾芽と二藍の絆《きずな》の証。

それを握りしめ、顎をあげて答えた。

「いいえ。あの御方は、わたしを待っておられる」

二藍は、心のなにより深いところでは、綾芽が戻ってくるのを待っている。希望を捨てられずに苦しんでいる。

だからこそ、絆の証である銀の笄子を綾芽に再び贈ったのだ。一度は雪の海石榴殿《つばきでん》に捨て置いた絆を、忘れることができなかった。綾芽ならば、誰もが思い至らなかった道を見いだし戻ってくるかもしれない。そういう未来を、心の底では諦められなかったのだ。

左大臣は目を伏せて、わずかに口の端《は》を持ちあげた。そのまま黙って身をひいてゆく。

さあゆかれよ、と言うように。

長い渡殿が露《あらわ》になった。異境に渡る橋のごときそれを、綾芽は供物を捧げた女官を引きつれ渡っていく。八角堂の反《そ》り返った屋根が迫る。朱色の扉の前に立つ。

綾芽は一度立ちどまり、笄子を宝髻《ほうけい》に挿《さ》した。

（二藍、わたしは約束どおり、あなたのところに戻ってきたよ）

そう心で告げてから、いよいよ重い扉へ手を添えた。

軋む音を立てて扉がひらく。綾芽は跳ねる胸をなだめて、扉のさきに広がる光景に目を走らせた。本当にあのひとはいるのか。もう一度会えるのか。

円壇にはまだ記神の姿はない。間に合ったようだ。堂の右手に平伏していた大君と鮎名が、扉があく音を耳にして驚きの目で振り返ったのが視界に入る。

そして――左手にひとり、ぽつりと座した男の背が見えた。

濃紫の袍、流れる束髪。笏を握りしめ、微動だにせずに平伏している。

（二藍！）

綾芽は一瞬、祭礼もなにもかもを忘れて男に駆け寄った。紛れもない、二藍そのひとがいる。目の前にいる。あの雪舞う椿の御殿で別れて、二度と会えないと嘆《なげ》いた大切な人が。

崩れるように膝を折り、手をついた。

「二藍」

名をささやく。返答はない。二藍は動かない。動けないのだ。だが唯一動く瞳は雄弁で、瞬く間に悲嘆に覆われていくのが見えた。唯一の逃げ道を閉ざされてしまうと、惨《みじ》めに生き返った己の姿を見られてしまったと、もう終わりだと震えている。

「そうじゃないんだ」

綾芽は懸命に二藍の背を撫でて、失ったはずだった左腕に手を添えた。

「新しい道を探してきたんだよ。国もあなたも守れる道を、ちゃんと見つけた。見つけたからこそ約束どおりに戻ってきたんだ」

二藍の左手は冷えきっている。それでも皮膚の奥に確かな血潮を感じる。恐れと苦しみが、さざ波のように伝わってくる。

綾芽は祈るように、左腕をさすりつづけた。

「だから、またそばにいさせてほしい。あなたもわたしのそばにいてほしい。じゃないと嫌なんだ。生きていけないいんだ」

二藍の瞳がわずかに揺れる。ままならない身のうちで、切なく綾芽に問うようだ。

――だがお前は、わたしの運命を恐ろしく思わないのか。忌《い》むべきものと怯《おび》えないのか。首を刎《は》ねられようと死なぬ上、いとも容易《たやす》く祖国を滅ぼす男のそばにいつづけられるのか。

当たり前だろう、と綾芽も必死に目で訴えた。

当然怖くはある。怖いことなんてたくさんある。心が折れそうになる事実ばかりが現れる。この道ならばと突き進んでも、すぐに足をすくわれ転んでしまう。それでも構わない。どれだけ地を這おうと新たな道を探せばいいだけだ。人の繋がりは綾をなす。知恵が重なり交じり合い、別の道が拓かれる。絶対の理《ことわり》の壁すら越える流れをつくりだす。

「あなたが何者だって構わない、わたしはずっとそばにいる。あなたを人にすることだって諦めてない。だから――」

突然二藍の瞳が石のように固まって、口から冷たく低い声が漏れた。

「なにゆえ吾《われ》を呼び寄せたか。疾《と》く祭礼を始めよ」

二藍の口から出てきたが、二藍の言葉ではない。

目をあげれば、円壇の上に男の姿がある。玉盤大島の古《いにしえ》の官服《かんぷく》に身を包み、作り物のような顔をした男が、綾芽を睥睨している。

――来たか。

記神が降り立ったのだ。綾芽はすばやく大君と鮎名のほうへ目を向けた。ふたりも綾芽へ声なく問いかけている。お前は二藍をとめにきてくれたのだろう。ならばこのままいつもどおりの祭礼を執り行い、この神を追い返してしまってよいのだな。

祭祀を捨て去らずともよいのだな。

綾芽は深くうなずいた。ご安心ください。そのためにこそ、わたしは戻ってきたのです。大君と鮎名の決意はすぐにも固まったようだった。鮎名が大君から白璧《はくへき》を受けとって、うやうやしく、しかし毅然《きぜん》と声を張りあげる。

「兜坂の王たる大君楯磐《たていわ》に代わり、その妻で一の妃、一花《ひとはな》の妃宮たる鮎名が畏《おそ》れかしこみ申し奉《たてまつ》ります。我らが兜坂国が賜《たまわ》りました王の御璽《ぎょじ》を、どうかお検《あらた》めくだされよ」

祭礼が始まっていく。二藍の望んだ祭祀を失う祭礼ではなく、いつもどおりの祭礼が。

——でも大丈夫だ。

「なにも心配しないで」

綾芽は二藍の左腕に手を置きささやくと、前を向いた。箱に収められていた碧玉《へきぎょく》をとる。捧げ持って、鮎名に続いて声をあげた。

「兜坂の太子たる春宮有朋《ありとも》に代わり、その妻で一の妃、綾芽が畏れかしこみ申し奉ります。我らが兜坂国が賜りました太子の御璽を、どうかお検めくだされよ——」

祭礼は進んでいった。太妃が急ごしらえで用意してくれた春宮の供物にも、なにひとつ漏れはない。粛々《しゆくしゆく》と淡々とことは運び、なにごともなく、記神は平穏無事に帰っていった。

記神が消えるや悪寒から解放された綾芽や鮎名たちとは裏腹に、二藍はすぐには身体を動かせなかった。

　平伏したまま硬く強ばっているその横顔に、綾芽は一瞬不安になった。

　二藍が記神の障《さわ》りを脱したとき、その心がどうあるかで運命は分かれる。二藍は、わたしを信じてくれただろうか。心を受けとってくれたのか。

　絶望に囚われることなく、踏みとどまれるのか。

　二藍の背を抱いて不安を押し殺していると、「綾芽よ」と大君が鮎名とともに近づいてきた。大君は、表情に綾芽と同じ気がかりを漂わせていたが、声にはそれをいっさい出さなかった。

「よく戻った。お前は我が国と我が弟、双方を救う手立てを携え戻ってきたのだろう」

　まるで二藍に聞かせるように問いかけられて、はい、と綾芽は懸命に答えた。

　二藍の神気を払う術を八杷島は持っていること。それを施してもらうために、羅覇と取引したこと。

　すでに羅覇は脱獄させて、斎庭《ゆにわ》のうちにいるのだと話すと、さすがの大君と鮎名も驚いた顔をした。だが――だからこそ、二藍はすぐにでも楽になれるはずだと綾芽が言えば、その表情は苦くも緩んだ。

「お前にはいつも驚かされる」

「勝手なふるまいをお許しください。これこそが国と二藍さまをお救いできる道と信じてのことでした」

「ならばよい」と大君は穏やかに綾芽に許しを与えて、今度は二藍のそばに膝をついた。うつむいたままの背に手を当てて、「有朋」とあえて二藍の真の名を呼んだ。

「よくぞ今までひとりで耐えた。これよりのちは、みなで乗り越えるものとしよう。二度と独断専行は許さぬぞ。いいかげん、その悪癖《あくへき》は直すべきだ」

すこし笑って立ちあがる。振り返らずに扉へ歩んでゆく。

続いて鮎名も、二藍の肩を数度、気安い調子で叩いた。

「だから言っただろうに。綾芽がお前を見捨てるわけがないと、お前以外はみなわかっていたぞ」

いつもどおりの冗談めいた声を投げかけると、鮎名は無言の微笑みを綾芽にも向けた。よく帰ってきた、あとは任せたと言うようだった。

胸がいっぱいになって、綾芽は大きくうなずきかえした。鮎名も大君も、内心では不安なのだ。二藍がなにを選ぶのか怖くて仕方ない。だが口先だけの言辞を弄《ろう》して二藍を落ち着かせようとはしなかった。心からの思いを伝え、お前を忌まわしくなど思わないと証《あか》すようにその身体に触れていった。

ふっと力が抜けた。そうだ。それでいい。想うままを伝えればいい。綾芽がどれだけ目の前の男を愛《いと》おしく思っているのか。それだけでいい。

綾芽は、うつむく男の両肩に手を添えた。ふたりの他は誰もいなくなった八角堂で、二藍が玉盤神の縛《いまし》めを抜けだすのを静かに待った。

やがて二藍の笏を握った手が震え、頭が揺れた。強ばった肩がほどけていく。二藍の姿をした置物のようだったのが、綾芽のよく知る、二藍自身の仕草に置き換わっていく。

「二藍」

祈るように、綾芽は男の名を呼んだ。どうかわたしを見てくれ。真っ正面から見つめてくれ。そうしたら不安なんてすべて消えるのだから。

二藍の伏せられていた瞳が、ゆっくりと綾芽の姿を映す。綾芽はその瞳の奥に、怯えと不安と、最後まで捨てられなかった希望を見た。

それだけで充分だった。

涙がこぼれて、頰を伝い落ちた。あとからあとから流れてゆく。嗚咽が漏れてとめられない。ようやく心の底から確信できた。

わたしの大切なひとは、生きている。

もはや我慢がきかず、綾芽は飛びつくようにして二藍の背を抱きしめた。

「会いたかったよ」

ずっと会いたかった。また会えてよかった。——あなたが生きていて、なにより嬉しい。涙とともに溢れる想いをただ繰りかえす。繰りかえすたびに、身を固くして綾芽の抱擁《ほうよう》を受けとめていた二藍の瞳が大きく揺れる。

それでも二藍は、なおも恐れを滲ませていた。すぐに離れられるよう身構えていた。だが綾芽が二度と離すものかといっそう強く抱きしめると、もはや耐えつづけることはできなかった。

綾芽、と二藍はようやく名を呼んだ。何度も呼んで、謝罪の言葉を口にした。

それから愛しい女の背を、強くかき抱いた。

第五章　春宮、焔のさきをゆく

互いの背を抱いたまま、二藍《ふたあい》はぽつりぽつりと話してくれた。なにが起きて、なぜこの道を選ばねばならなかったのか。心の奥ではなにを望んでいたのか。

綾芽《あやめ》が現れて、いかに悲しく、嬉しかったのか。

聞いた綾芽も全部話した。ここまでどんな気持ちで辿《たど》りついたのか。誰が綾芽に手を貸し、導いて、道を切り拓《ひら》いてくれたのか。

話しているうちにようやく涙がとまって顔をあげると、二藍は疲れたような困惑《こんわく》したような、所在ない顔で綾芽を見ていた。今さらとはわかっていたが、綾芽は急いで尋《たず》ねた。

「身体は苦しくないか。つらかったら言ってくれ」

「大事ない」と二藍はふっと微笑んだ。「お前のおかげで、ずいぶんと楽になった」

その声に嘘は見当たらなくて、よかった、と綾芽は肩の力を抜いた。もちろん綾芽には神気を払えないから、たいして楽にはなっていないはずだ。内心こらえているのかもしれない。だが二藍はすくなくとも、綾芽の心は理解してくれたのだ。だからこそ、こうして踏みとどまってくれている。

――だったらいい。

今はそれでいい。

頬を緩《ゆる》めていると、二藍はふいに目を伏せ、「綾芽」と静かに名を呼んだ。

「なんだ？」

「悪かった」

ひどく後悔の滲《にじ》んだ短い言葉に、綾芽は笑って息を吐いた。

「もうそれ、いっぱい聞いたからいらないよ。別に怒ってもいないしな。だから言うんだったらごめんじゃなくて――」

「ありがとう、か」

そのとおり、と綾芽は笑みを広げた。同時に苦しくもなって、二藍の首に腕を回す。

「我慢させつづけることになってごめん」

綾芽が信じたとおり、二藍は綾芽を待っていた。別の道を切り拓いて戻ってくることを願っていた。だがそれは、あと一歩のところで解放されるはずだった『的《まと》』の役目を、これからも二藍が引き受けなければならない道でもある。綾芽はまた我慢を強《し》いているのだ。

逃げることは許さないと引き留めている。

「案ずるな。なんとか耐えよう」と二藍は表情を崩した。「羅覇《らは》が神気を払えるのだろう？　ならばどうにかなる」

「あの子を信じて身を任せてくれるな」

「羅覇はまったく信じられぬが……お前は信じている。ゆえに言うとおりにしよう」

二藍はあっさりと言ってみせたが、強がりにも、己《おのれ》に言いきかせているようにも感じられた。自分自身の心が耐えつづけてゆけるのか、本心では不安なのかもしれない。

心配しないでいいんだ、と綾芽は言おうとした。もし気がかりなら、深く眠りについてなにもわからないうちに刻《とき》が過ぎ去るのを待つこともできるから。

けれど言えなかった。あとで羅覇が伝えるはずだと自分に言い訳をしながら目を逸《そ》らした。わかっている。これは私情だ。二藍に眠りの道を選んでほしくないから、伝えないでいるだけだ。

二藍が大事ないと言うから、ふたりして八角堂を出ていった。

あれだけいた舎人《とねり》はみな去って、御座所殿《ござしょでん》に残っているのはわずかな人々だけになっていた。大君《おおきみ》と鮎名《あゆな》に、高子《たかこ》や常子《つねこ》、左大臣《さだいじん》といった斎庭《ゆにわ》と外庭《とつにわ》の貴顕《きけん》中の貴顕だけ。太妃《たいひ》は姿を消していた。大君の判断を左右しないよう身をひいたのだ。

しかし太妃は戻っていくまえに、綾芽から聞いた話をみなに詳細に伝えてくれたようだった。いまやこの場にいる誰もが、号令神《ごうれいしん》と的のことも、綾芽が滅びを回避するためにどんな道を選んだのかも知っていた。

その人々の面前に二藍は現れた。その揺るがぬ足取りに、みなが安堵《あんど》したのが見てとれる。二藍は耐えた。国の滅びも、祭祀《さいし》を永遠に失うことも、すくなくとも今は避けられた。

「気分はどうなのだ、二藍」

「今は、そう悪くはございません。ご心配をおかけいたしました」

言うや二藍は板敷の上に座し、深く平伏した。

「大君をはじめみなさまには、たいへんなご迷惑をおかけいたしました。わたしの為《な》したことは到底お許しいただけるものではありません。いかような沙汰《さた》でも賜《たまわ》ります」

顔をあげない。厳罰を与えてほしいと望んでいるのだ。

そんな弟宮を見おろし、御帳台《みちょうだい》のうちの大君は息吐くような笑いを漏《も》らした。

「当然許しはせぬ。お前の起こした騒ぎは看過《かんか》できぬ、ゆえに蟄居《ちっきょ》を命じる」

しかし、と大君は続ける。

「ことがことゆえ、春宮《はるのみや》の位《くらい》も、神祇官《じんぎかん》の職も取りあげぬ。屋敷から出られぬ身でも、為せる役目は多々あろう。騒ぎを起こしたのは国のためと申すならば、これからも国のために身を捧《ささ》げよ」

二藍は驚き顔をあげ、恥じたように口を引き結んだ。これでは罰とは形ばかりだ。身分を取りあげられないのなら、蟄居は実質、二藍の身を守るための方策にすぎない。

「なんだ、それほど厳罰が欲しかったのか？」

二藍のいたたまれなさそうな面持《おもも》ちを見やり、大君はおかしげに笑った。

「……わたしは大君の臣を惑《まど》わせ、従わせ、御身《おんみ》に譲位を強いたのですよ」

「致し方なかったところもあるゆえ許す。それにお前を退位させれば、綾芽が祭祀を行えなくなる。そのうえ厳罰まで与えれば、外庭の者どもも厳しく処さねばならない。それは困る。国が立ちゆかぬ」

と大君は綾芽を見やり、ついで傍《かたわ》らで平伏している左大臣を示した。

左大臣をはじめとした外庭の多くにも、大君は幾分かの罰を与えるのみですませたという。みな『的』という脅威《きょうい》に怯《おび》え、国を守るために動いたのは事実だし、結局なにひとつ損《そこ》なわれなかった。それで目をつむったのだ。

「それよりお前は、己《おの》が身のことを考えよ。羅覇はお前の神気を払えると申しているそうだな。神気を払えば、そう容易に神と変じて滅びをもたらす目には遭《あ》わぬと」

羅覇を引き出せ、と大君は命じた。

ほどなく簀子縁《すのこえん》に羅覇が引き立てられる。怪我《けが》のない様子に綾芽は安堵し、そんな自分に驚いた。

羅覇に続いて、十櫛《とくし》までもが現れた。この取引には十櫛も深く噛んでいる。そう太妃に伝えておいたから、急ぎ呼び寄せてくれたのだろう。

羅覇と十櫛の背後には、それぞれ千古《ちこ》と右中将《うちゅうじょう》が太刀《たち》に手を添え、目を光らせている。

だが八杷島《やはじま》のふたりは、おおむね丁重な扱いをされているようだった。

「さて羅覇よ。お前には、神ゆらぎの神気を払える術《すべ》があるのだな」

大君の意を受けた鮎名が問いただすと、羅覇はひれ伏したまま答えた。

「はい。二藍殿下はいまや的の身であられますから、わたくしども祭官が持つ知識でもってのみ、神気をお払いできます。効果はそう長くは続きませぬが、間違いなくお心は安らかになられましょう。誓って申しあげます」

「そうか。それはよい。だが……」と鮎名は複雑な顔をした。「にわかには信じられぬところもあるのだがな。お前たち八杷島が、我らになにをしたかを考えると」

つい先日まで二藍を陥《おとしい》れて、兜坂国《とさかのくに》を滅ぼさんとしていた羅覇の申し出に、大君も他のみなも半信半疑のようだった。

「お疑いになるのは至極《しごく》道理」と羅覇は声に力を込めた。「ですがどうかお信じになってくださいませ。我らもあとがないのです。陛下のご温情を賜り、そのお力を借り、我らが王太子鹿青《かせい》にかかった心術を破らねば、我が国は破滅します。我々はどうしても物中《ものもうし》の力を欲《ほっ》しているのです。ゆえにこの羅覇、物中を遣《つか》わしていただけるのなら兜坂国のために力を惜しみません。それに留《とど》まらず我らの太子をお救いくださった暁《あかつき》には、どんな罰も喜んで受けいれます」

「早まるな。我らの物中を貸し与えるかはまだ決められぬ。借り受けたいと願うなら、まずは今ここで、二藍の神気を払ってみせよ。すべてはそれからだ」

「仰《おお》せのとおりに」

「お前もそれでよいな、二藍」

二藍は一瞬身を固くしたが、「御意《ぎょい》」と答えた。内心複雑なのは傍目《はため》にもわかった。己《おのれ》を殺しかけた者に命を預けなければならないのだ、当然だろう。それでも二藍は黙って立ちあがり、淡々と羅覇の面前に座りなおした。伏している羅覇に短く命じる。

「面《おもて》をあげよ、羅覇」

やはり同じく複雑な面持ちで目をあげた羅覇だったが、二藍の顔を見たとたんに表情が変わり、まじまじと見つめた。

「あら、殿下……」

「なんだ」

「いえ、予想しておりましたよりも落ち着いておられると思いましたら……殿下、ついさきほど涙を流されましたね？　それもおおいに」

二藍は顔つきをすこしも変えず、返答もしなかった。が、御座所殿の面々は、そのあけすけな問いように身じろいだ。綾芽も密《ひそ》かに驚いた。なぜ二藍が泣いたとわかるのだ。頬にはもう、涙の跡など見あたらないのに。

「涙を流すとは、実は神気を払う術のひとつであるのです」

ざわめきの中、羅覇はさらりと話を続ける。

実は神気とは、瞳のうしろ、頭のまんなかで作られるのだという。そしてそこに近いところにほど濃く溜まる。神ゆらぎが心術を目や声で用い、口づけひとつで人を殺すのはそのためだ。

涙はそんな神気を溶かして、身体の外へ出すことができるものらしい。

「とは申しましても、神気のいと濃き神ゆらぎはめったに涙を流せませぬ。そのように生まれついているのです。よって常ならば、涙で神気を払うことなど望むべくもないのですが……綾芽が殿下をわんわんと泣かせてさしあげられたのですね。ようございました」

あからさまな羅覇の指摘に、二藍はさすがに閉口して目を伏せた。

綾芽もうつむいてしまった。確かにさきほどふたりで抱き合い大泣きしたのだが、みなの前で暴露されるとは。

（いや、よかったんだ）

そう思うことにしよう。涙を流せたからこそ、今の二藍は心に余裕をもって、この話を聞いていられる。これからどうすべきかを、自《みずか》らの意志で選択できる。

とはいえなんとなく気まずい雰囲気となった。羅覇も他に言いようがあるだろうに。

と思ったら、その羅覇すら決まりが悪そうに、「お許しを」と二藍に頭をさげた。

「わたくしも本来ならば、このように赤裸々《せきらら》にお話ししたくはございません。殿下のお怒りを買ったところで、今のわたくしに益などいっさいございませんから。ですが殿下がわたくしにおかけになった心術が、いまだ効いているのです。それでわたくしは殿下に嘘がつけませせぬ。無礼を申すこともございます」

なるほど、心術で操られているからこその物言いだったらしい。

真実か、と二藍の視線が飛んできて、綾芽はうなずいた。確かに羅覇には心術がかかっている。二藍がかけたものと――もうひとつ、別の者がかけたもの。十櫛の神気に似ているが、二藍の心術が強すぎてはっきりとはわからない。

どちらにせよ、二藍がかけたほうが、羅覇に二藍へ嘘をつけなくさせているようだった。

「もうよい、わかった」

二藍は、諦《あきら》めの息をひとつ吐いた。「今はまだお前の心術を解くことは許さぬ。ゆえにそのままでよいから、疾《と》く神気払いの業《わざ》を為してみせよ」

「承知いたしました。さきに申しておきますが、本来、的となった神ゆらぎの神気を払う術は、たいへん痛いものです。男が数人がかりで押さえこまねばならぬほどの激痛に見舞われ、一歩間違えば、この激痛ゆえに神と化すような荒療治でございます」

その恐ろしい痛みを与える術を、ひと月に一度は施《ほどこ》さなければならない。そうせねばまた、二藍は神気によって絶望に追いやられる。

ですが、と羅覇はにこりとした。

「ご安心ください。今このときだけは、それほど痛いものとはなりませんでしょう」

「なにゆえだ」

「申しましたでしょう。今の殿下は涙のおかげで神気が散じておられますから、そこまでの技は必要ないのです。ゆえにごく軽い神気払いを施します。痛みの程度が異なるのみで正当なる技ですから、気を揉《も》まれませんように」

「それはよい。これ以上みなの前で無様を晒《さら》されてはかなわぬ」

伎人面《ぎじんめん》を失ってもなお笑顔の仮面をまとう羅覇に、二藍は冷ややかにうなずいた。

しかし羅覇の横顔は、大きな布を広げ、そのうえに神気払いの道具を並べてゆくにつれ、真剣そのものとなった。

笑みも、不遜《ふそん》な態度さえも、羅覇の心を守るものでしかないのだ。そう綾芽は悟りつつあった。羅覇も必死なのだ。自らの行いひとつで、遠い祖国の主《あるじ》を助けられるかが決まる。

「どちらかの腕をお出しください」

準備を終えた羅覇は、注ぎ口のついた小さな灰釉《はいぐすり》の壺を手にした。

「どちらの腕でもよいのか」

「的のあるほうがようございます」

二藍は左の袖《そで》を大きくまくった。親指の付け根、二藍自身が切り裂いたのだろう痛々しい痕《あと》が窺《うかが》えて、綾芽は顔を歪《ゆが》めた。だが二藍は、海蛇神にぱっくりと腕を食いちぎられた痕がまったく残っていないことのほうを気にしているようだった。

「この腕が、もともとあったものが返ってきたのか、見も知らぬ新しいものが生えたのかさえ、わたしにはわからぬのだ」

そう自嘲するように綾芽に向かってつぶやくので、綾芽はやんわりとなだめた。

「わたしはどっちだっていいよ。戻ってきたにしろ生えたにしろ、あなたのものだろう。こんな幸運、普通はない。儲《もう》けものだと思うよ」

あえて幸運で儲けものだと言った。そう思えるくらいに開き直ってほしかった。

羅覇は、二藍の左腕に神酒《みき》を振り、塗り広げた。そうして二藍に、酒を塗ったあたりを一息に、自ら短刀で切りひらくよう言った。

二藍は、綾芽の短刀をずっと持っていたらしい。それを腰から抜いて、息をつめて一気に己の肌に深く傷をつけた。

赤い血が流れる。羅覇はその傷に、灰釉の壺から黒い液体をほんの数滴注ぎ入れた。

「わずかに痛みが生じますが、このまま耐えてくださいませ」

二藍はなんでもないような顔でうなずいた。だが口元にはかなりの力が入っていて、これが羅覇の言うとおりのわずかな痛みなどではないのは明らかだ。

裂いた肉のうちでは、黒い汁がみるみる血を吸っていく。

「ほんとに危険はないのか？」

綾芽は不安になって、思わず羅覇に尋ねた。

「血を巡る神気を吸って固まる秘薬です。ご心配なさらず」

羅覇は、二藍の傷を覗《のぞ》きこんだまま答える。とろりとしていた液体は、ぱっくりとひらいた傷のうちで、血を吸い数倍に膨《ふく》らみ固まりつつある。羅覇は細い鉄の箸《はし》を取りだし、その先端を火で焼いた。冷えるや二藍の傷のうちに突き入れて、すっかり固まった黒い液体だったものを、勢いつけて引き抜いた。

二藍の身体に激しく力が入り、塊《かたまり》が傷を出ていったとたんに弛緩《しかん》する。二藍は長く息を吐き、傷口を押さえた。綾芽は急いで布を取りだして、腕に巻く。

「大丈夫か、痛かっただろう？　気分はどうだ」

「痛くはあったが、気分は悪くない」

二藍はもう一度息を吐いてから、疲れた笑みを浮かべた。「なるほど、よくわかった。話どおり、この技は神気を払ってくれるのだな。身体が軽くなった」

「そうか、よかった」

綾芽は眉をひらいた。羅覇は偽《いつわ》りなく二藍を助ける業を持っているのだ。煮え立つ湯に浸《ひた》された手を、あげられないまま苦しむことは二度とない。

見守っていた人々も、胸をなでおろしたようだった。羅覇の術が信頼に足るのかどうかは、二藍だけではなく兜坂国の重大事でもあったのだ。

そのあいだにも羅覇は取りあげた黒色の小さな塊の血を拭《ぬぐ》い、また別の液にくぐらせていた。清浄な布で磨いてからみなに見えるように掲《かか》げたそれに、綾芽は目をみはった。

黒かった塊は、鈍《にぶ》く光り輝いている。まるで金の粒。

どこかで見た覚えがある——と考えて、綾芽はあっと声をあげた。

「神金丹《しんこんたん》じゃないか！」

神金丹。神気の薄い神ゆらぎが用いる、神気を補う秘薬。

「そのとおり。神金丹とはこのようにして、神ゆらぎの神気を固めたものなのですよ」

羅覇はうなずいて、そばで見ていた常子に神金丹をさしだす。

なるほどそうだったたか、と誰もが腑《ふ》に落ちていた。神金丹はそもそも神気の塊だからこそ、神気の足りない神ゆらぎがのめばそれを補うことができる。一方で二藍のような神気のいと濃き神ゆらぎには、神気を溢《あふ》れさせて破滅に導くものだった。

「――つまりはこれが、我が叔父《おじ》を死に追いやったものか」

常子から神金丹を受けとった大君は厳しい声で、傍らの十櫛を問いただした。

「十櫛王子もこのようにして己の神気を抜き、神金丹を得ていたのだな。それを斎庭《ゆにわ》に潜《ひそ》んだ羅覇を通じて、石黄《せきおう》に渡していた」

「仰《おお》せのとおりでございます」

と十櫛は深く頭《こうべ》を垂れた。

「わたくしは貴国を陥れるため心術を用い、そうして得た神気をもって練った神金丹を、国より運んだ神金丹とともに羅覇を通じて石黄さまにお渡ししておりました。長くご温情を賜りながら、貴国を裏切っておりました我が行い、許されるものではございません」

「まったくだ。だが……」

　大君は神金丹を絹にくるんで、箱に置いた。

「王子がいねば、綾芽すら八方塞《ふさ》がりだった。我らはこの道に至らなかった。ゆえにこたびは不問に処す。そなたは我ら兜坂と八杷島が、ともに栄えることが望みなのだろう。ならばまずは我が国のため、命をかけて働いてもらおう」

「御意」

　十櫛は心からそう言った。大君は息を吐いてうなずくと、頰を引きしめ自ら羅覇に問いかける。

「羅覇よ、お前の術はしかと見届けた。どこぞの国に号令神が落ちるまで、その術で時おり二藍の神気を払いつづければ、我が国は滅びを免《まぬか》れるのだな」

「お言葉のとおりでございます」

　しかし、と羅覇は釘を刺す。

「先だって申しましたとおり、次に神気を払う際には、これほど楽なものとはなりません。二藍殿下はたいそうお苦しみになるでしょう」

「仕方あるまい。耐えられような、二藍」

「無論」と二藍は即答した。国を滅ぼす恐怖に比べれば、痛みなどたいしたこともないと言わんばかりの声だ。

「他に懸念《けねん》はあるか、八杷島の祭官よ」

「懸念というわけではございませんが、もうひとつ決めていただかねばなりません。次に神気を払うとき、二藍殿下はどうされますか」

「どうするか、とは？」

「的となった御方の神気は、払っても払っても増えるものです。国にとりましては、たいへん危険なものでございます」

的は、心の余裕と身に澱《よど》む神気、どちらかでも限界を迎えれば神と化し、国を滅ぼす。しかも神気が増えるほどに心は追いつめられる。あまりに危うい。

だからもっとも安全なのは、なにも考えさせずにいることだ。

「つまりは眠らせてしまうのです。死んだように深く眠らせます。的は死ねない身ですから、いくら眠っても命は無事」

しかし痩《や》せ細り、見るも痛ましいありさまとなる。目覚めるのはひと月に一度、神気を払うときだけ。それも激痛にさいなまれて、なにもわからないうちにまた眠らされる。

それがいつまでも続く。どこかの国に、号令神が落ちるまで。

「……まことか」

言葉を失った大君に、「はい」と羅覇は瞳を陰らせ答えた。

「まさに我らが王太子がそのようなお姿です。あまりにむごき行いですが、他に道がありません。心の弱った的をお守りするにはそうするほかはないのです。……口惜《くちお》しくとも」

御座所殿のうちは静まりかえり、羅覇の抑えられない嗚咽《おえつ》だけが響く。羅覇が心の底から嘆《なげ》いているのが知れて、疑いの目で見ていた千古や高子でさえ、わずかに同情を寄せた。

「ですが」と羅覇は、涙を拭って目をあげた。

「逆に申しあげれば、お心が強く保てるならば、この痛ましい手を使わずともよいのです。眠らせるかどうかは、的となった御方のお心次第」

「二藍の心の持ちようによっては、眠らずともすむというわけか」

「はい。もし殿下が、お心の芯からこのさだめに立ち向かうと決意され、諦め絶望されることがけっしてないのであれば、眠らずにいらっしゃったほうがよい」

眠る的にも弱点がある。無理に目覚めさせられ心をえぐられれば、容易《たやす》く転ぶのだ。

「ですがお心がしっかりしていれば、どんな企《たくら》みも撥《は》ねのけられます。――あなたさまが、お命を奪おうとしたわたくしの企みに、ご立派に耐えてみせられたように」

と羅覇は二藍を見つめた。

先日羅覇は、二藍を罠《わな》にかけ神と変じさせようとしたという。だが二藍は踏みとどまった。意志が心を踏みとどまらせたのだ。

「その点で二藍殿下は、我らが王太子とは異なっていらっしゃる。お心の強さでもってこれまで生き延びてこられた。ゆえにわたくしは問うております」

さあ、どうされますか殿下。

「つらきことも、苦しきことも降りかかってくるでしょう。それでも心を惑わせないと、嘆きに身を委《ゆだ》ねないと、諦めずに前を向かれると、お誓いになれますか」

どんなに湯が煮えたぎろうと、歯を食いしばって我慢ができるのか。心を強くもって、運命に逆らいつづけられるのか。希望をいくつへし折られても、また立ちあがるのか。

羅覇はそう尋ねかけている。

二藍は、すぐには答えなかった。

「……これは我が身だけのことではない。ゆえにすこし、考えたい」

ようやく口をひらいた横顔には迷いがありありと表れていて、綾芽は思わず口走る。

「二藍さま、わたしがずっとお支えするから」

だからどうか行かないでほしい。眠りのさきに逃げないで、そばにいてほしい。

他の人々も口々に二藍を勇気づけようとした。

「当然ながら、お前だけにこらえさせはしない。我らも力を尽くして支えとなろう」

「今までも耐えてこられたお前なら、きっとやり遂《と》げられる」

「蟄居は大君の温情ですよ。あなたを敵から守ろうとされているのです」

「みながおりますよ。どうかお気持ちを強くもたれませ」

しかしそのうちでただひとり、

「――考えねば決まらぬようならば、素直にお眠りになったほうがよろしいかと」

そう声をかけたのは、十櫛だった。

そこで初めて顔をあげて声の主《ぬし》に目を向けた二藍に、十櫛は穏やかに呼びかける。

「殿下、誰がなにを言うかではなく、御自《おんみずか》らのお心のままに決められるのがよろしい。最後に殿下を救えるのはご自分だけなのです。そして追いつめられたそのときに、殿下の大切な者を救うのも、殿下ご自身の意志だけなのですよ」

二藍は黙りこんだ。

十櫛の言葉はぼんやりとして、なにを言いたいのか綾芽にははっきりとはわからない。だが二藍には鋭く刺さっているのだ。神気の濃さに違いがあっても神ゆらぎ。国や立場は異なっても王子。背負ってきた苦しみは重なっていて、だからこそ伝わるものがある。

やがて二藍は瞼《まぶた》をとじ、ゆっくりと息を吸った。そして再び目をひらき、なにごとかを口にしようとした。

「わたしは——」

　だがそこで、二藍は言葉をとめた。

　玉壇院の門の外から「至急お伝えせねば」と、切迫した声が迫ってきたのだ。

　走りこんできたのは佐智《さち》だった。焦《あせ》りに息を弾《はず》ませ、声を絞りだす。

「みなさまに申しあげます。ついさきほど都のうちを見回っておりました検非違使《けびいし》から、都の北東、青海大路《あおみおおじ》の東から出火したと報告がございました。油を染《し》みこませた布が、いくつも屋根の上まで投げあげられたようで、発見されたときにはすでに叩き消すことも叶《かな》わず、火の勢いはとめられなくなっているとのことです」

　聞くやみなの顔色が変わった。

「……付け火か。それも青海大路の東と言えば——」

　大君の険しい面持ちに、はい、と左大臣が首肯《しゆこう》する。

「都の中でもっとも人の多く住む一角でございます。あたりには諸国からのぼった衛士《えじ》らの住まう衛士町をはじめ官人町も多く、すこしゆけば貴族の館も並んでおります」

「さらに申しあげれば」と中将が付け加える。

「この一帯は過去、大火で大被害が出たことがございましたかと。……そうだな、尚侍《ないしのかみ》」

と常子を見やった中将に、常子はそのとおりと答えた。

「先々王の御代《みよ》のことです。その日も冬でした。強風に巻かれ、炎は大路さえも飛び越え広がり、都の北東はことごとく焼け落ちたと記録が残っております。逃げ遅れた民《たみ》が多く命を落としたばかりか、家を失った者たちのあいだで疫病が流行《はや》り、都中に広がったとも記されていたかと」

「そのような大災厄となるまえに、なんとしても火を消しとめねばならぬな」

　鮎名は立ちあがり、大君に、神招きで収拾をはかりたいと願いでた。大君が許しを与えるや、妃と女官は鮎名中心に、めまぐるしく方策を講じはじめる。

「どういたします。雨を降らせて鎮火させましょうか」

「悪くはありませんが、雨神の勧請《かんじょう》には刻《とき》がかかります。すぐに勧請に応じてくださるのは稲縄《いねただ》さまですが――」

「稲縄さまはだめに決まっているでしょう。あの方は雷神。嬉々《きき》として雷を落とされ、新たに火の手が増えるだけです」

「そもそも風がこれだけ強いと、雨を呼ぶ前に延焼します。雨を呼びつつ、まずは風向きをどうにかせねば」

「今は強い西風が吹いております。このままではかつての大火の二の舞です」

「東風を担《にな》う神を呼び寄せ、西風に当てますか」

「今の季節に東風の神を呼ぶのは難しいかと」

「ならば北風です。出火の地は青海大路の東にして、幸運にも舎人大路のすぐ北。都全体に北風を吹かせれば、火は舎人大路へ向かいます。大路は火除《ひよ》けの地にもなりますから刻が稼げるでしょう」

「それがよい。わたしが北風を勧請しよう」と鮎名が決めた。常子がさっそく、鮎名の執り行う祭礼の、準備の指示をするため駆けだしていく。

「であるから高子殿は、匳《くしげ》の北にかかる雨雲をこちらに呼んでほしい。なかなか応じないかと思うが、どうか諦めず」

「諦めるはずはございません。必ず成してみせましょう」

高子は言うや、さっと裾《すそ》を払って御座所殿を出る。己の館に戻り、神招きの準備にとりかかろうというのだ。

さらに鮎名は、北風と雨雲の勧請の障《さわ》りとなるような他の風雲の神を鎮《しず》めるよう、他の妃にも次々と指示を与えた。命じられた妃《きさき》たちは、それぞれの役目のために散ってゆく。

最後に鮎名が、御座所殿を去ろうとしたときだった。

「妃宮《きさきみや》！　たいへんです！」とまたしても悲鳴のような声が響いた。走ってきたのは、さきに玉壇院を出ていた常子である。

「どうしたのだ、わたしの神招きは今から――」

「斎庭《ゆにわ》のうちでも、火が出ました」

常子の訴えに、誰もが息をとめた。

「おそらく同じく付け火です。火元はここから北の大蔵《おおくら》の一角。油が大量に撒《ま》かれたのか火の勢いは恐ろしく、もはや立ち入ることができません」

さらに悪いことに、と常子は青ざめる。

「この大蔵は――北文書院《きたもんじよいん》のすぐ北にあります」

鮎名の顔も蒼白になった。綾芽もことの重大さに気づいてうろたえる。

文書院は、これまで斎庭が招きもてなしてきた神々の記録が収められた場所だ。人知を超えた神と向き合い人の利を得るために、斎庭は膨大《ぼうだい》な知識を蓄えてきた。それらをもとに、神々をどのようにいなすべきかを考えてきた。

つまりは斎庭の知恵そのものだ。

その知恵の源が火に巻かれ、灰と化せばどうなる？

斎庭は積み重ねたいっさいを失ってしまう。一歩一歩得てきたものが消えてしまう。

「北文書院に火の手を寄せるな。風神を招いてでも、なんとしてでも食いとめねば」

鮎名は焦《あせ》ったように命じた。北の文書院は書庫である。水堀に囲まれ、さらには蠣《かき》の殻《から》が塗り込められた土蔵造りで、簡単には火を寄せつけないものの、炙《あぶ》られつづければ中の文書はひとたまりもない。

しかし、

「……妃宮、それはできません」

と綾芽はあることに気づいて、血の気《け》のひいた顔で口を出した。

「北より迫る火から文書院を守るには、南風を吹かさねばなりません。ですがさきほど都の火事は、北風を招いて延焼を食いとめると仰せでした」

青海大路で起きた火事への対処は、鮎名が北風を勧請して収める予定で進んでいる。その北風には、都の一帯すべてが影響を受ける。斎庭も例に漏《も》れず。

「このまま北風を勧請したら、斎庭の火事には逆効果。むしろ火はより早く文書院に至ってしまいます」

都の火を消す風は、斎庭の火を燃えあがらせてしまう。

「そうだが」と鮎名は唇を噛みしめた。「だが北風を勧請しないわけにはいかない。都の類焼を防ぐにも、北の雨神を呼ぶ高子殿を助けるためにも、この神招きははずせない」

みな黙りこんだ。刻がない。こうやって考えているあいだにも、火は家々を舐《な》めていく。人々を巻きこんでゆく。鮎名だって、今すぐ拝殿《はいでん》で北風の勧請を始めねばならないのだ。

誰もが焦りを募《つの》らせたときだった。

「──わたくしに、ひとつ考えがございます」

そう口をひらいたのは、御座所殿の端で事態を見守っていた羅覇だった。

「もしもまだ、わたくしが進言を許されるのであれば──」

「御託《ごたく》はよい。疾《と》く申せ」

大君が口早に促した。鮎名もうなずいている。羅覇は肩に力をいれ、思いきったように奏上《そうじょう》した。

「それでは申しあげます。大風《おおかぜ》の神を、斎庭に呼び申すのです」

大風──夏に南の海より来る嵐のことだ。かつて綾芽も斎庭に呼んだことがある。斎庭のうちはまるで本物の嵐が来たように、激しい風雨に見舞われた。

「……なるほどそうか。大風の神を呼べれば、すべてはうまくいく」

すぐに鮎名は目をみはり、大君へ訴えた。

「大風の神を斎庭に呼ぶと、実際の大風と同じような強い嵐をもたらします。風の向きをよくよく見定め降ろせば、大蔵に強い南風を吹きつけさせることもできましょう」

「さすれば火は、火元の南の文書院には及ばぬわけか」

「はい。しかもこの風は神が起こすもの。つまり斎庭のうちにしか生じません。ゆえにわたしが都に北風を吹かせ、都の火を消すことにも、なんら障りはありません」

大風の神を勧請さえできれば、斎庭のうちだけに強い南風を吹かせ、都には北風を吹かせて雨雲を呼ぶことが可能になる。手詰まりと見えたところに、光がさす。

しかしそこに、常子が鋭く切りこんだ。

「ですが今は冬でございますよ。我が国ではめったに大風のやってこぬ季節です。大風の季節は夏。勧請は難儀を極めるかと」

もっともな懸念だった。神招きは、自然そのもののごとき神を招き、人の望む方向に促すもの。成功するかはさまざまな条件に左右される。季節はその最たるもので、雪を降らせる神を夏のさなかに呼び寄せても、招きにすら応じてもらえない。大風も同じ。兜坂国には、冬にはめったに大風はこない。だから今呼び寄せるのはほぼ不可能だ。

だが羅覇の目はまったく揺らがなかった。

「問題ありません。わたくしめが神を呼び申します」

「……お前が？」

「はい。八杷島の海は温いので、冬でも大風が生まれます。兜坂の祭祀で大風を招くのは至極困難でも、八杷島の祭祀で招くのならば、できぬことはございません」

鮎名は眉をひそめた。なにを言っているると問いたげだ。

「ここは兜坂国だ。八杷島の祭官に、兜坂の斎庭《ゆにわ》で神は招けぬだろう」

「仰せのとおりです。わたくしは八杷島の祭官、兜坂で神を招くことはできませぬ」

「ならば――」

「ですが大君陛下がいっときだけ、斎庭の路《みち》のひとつだけでもお貸しくださるのならば、そこを八杷島の地と見なして、わたくしめの祭祀をもって神を呼ぶことができます」

その一言に、みな動きをとめた。

兜坂の地に神を呼べるのは兜坂の神祇官だけ。だがもし大君が一瞬でも斎庭の一部を貸すならば、そのときだけそこは八杷島となり、羅覇の祭祀が及ぶようになる。

羅覇はそうして大風を呼びだそうというのだ。八杷島は兜坂よりも温かい海に浮かんでおり、冬でも大風が襲う。八杷島の祭祀にならば、招きに応じる大風の神は必ずある。

「わたくしが呼んだとしても、大風の祭祀の方法は変わりません。神を導いた道のりが、実際の大風の動きと重なってきます。つまりうまく導けばいずれ大風の神は、八杷島の北東――兜坂の国域に至ります」

そうか、と鮎名が膝《ひざ》を打った。

「国の境まで大風を呼べば、そこで祭祀を引き継げる。八杷島から兜坂に」

いまや誰もが、羅覇の意図を悟っていた。

祭祀をもってすれば、大風の進路をこちらが定めることができる。ゆえに羅覇がうまく導けば、大風は兜坂と八杷島の国境にさしかかる。そこまで来れば、いかに冬のさなかであろうと嵐は必ず兜坂にやってくる。

つまりは兜坂の祭祀でも、失敗することなく勧請できる。祭祀を引き継げる。大きく育てた大風の神がもたらす激しい風雨でもって、火を文書院に至らせることなく鎮火できる。

「よかろう」と大君はうなずいた。「いっときのみ、八杷島の祭官たる羅覇に、斎庭の一角を貸し与える。鹿青王太子を救いたいのならば、けっしてしくじるでないぞ」

「御意」

羅覇が言うや、常子が急いで紙に地図をひき、貸し与える区画を相談しはじめた。うまく祭祀を引き継ぎ南風を火に当てられる位置を、あらかじめ計っておかねばならない。

その様子を見ていた綾芽の肩に、鮎名が手を置いた。

「羅覇の祭祀はお前が引き継げ。大風の神を、焔《ほのお》の前に必ず引き出せ」

鮎名は鮎名の役目がある。だから斎庭の将来は綾芽に託すというのだ。

はい、と綾芽は迷いなく責めを受け取った。

「必ず成し遂げます。どうか憂《うれ》いなくお任せください」

頼んだ、と言い残し、鮎名は足早に御座所殿を出ていった。

「大君、我らも外庭《とつにわ》に戻らねばなりませぬ。民が炎に巻かれないよう、火を放った犯人を突きとめるよう、みなに命じねばなりませぬ」

そう声をかけた左大臣にうなずき、大君も御帳台《みちょうだい》を出てゆく。それぞれのなすべきことのために動きはじめる。

そして羅覇は、十櫛の前にかしこまった。

「十櫛殿下、わたくしに、この外《と》つ国にて神を勧請するお許しをくださいませ」

急に居住まいを正されて、十櫛は面食らった顔をした。

「大君にお許しを賜ったのだから、わたしごときの許しなどいらぬだろう」

「いいえ。八杷島の祭官の決まりがございます。わたくしは鹿青さまの祭官。鹿青さまの意を受けてのみ、神を招くことができる決まりです」

「鹿青殿下はご不在だ。ならばお前の判断で神を招けばよい」

「いいえ、鹿青さまがご不在でも、正しく鹿青さまの意を受けられた王族がいらっしゃるのならば、その御方の命《めい》を仰ぐ決まりでございます」

「正しく姉君の意を受けた？　わたしがそうだというのか？」

「はい」

「この期《ご》に及んでも、わたしを八杷島の正統な王子と認めるのか？　お前を、国を裏切っていたというのに」

十櫛は自嘲する。だが羅覇の声に迷いはなかった。

「確かに殿下はわたくしを裏切られました。ですが鹿青さまを裏切ってはいらっしゃらない。あの方が真に救われるための道を歩みつづけておられた」

ゆえに、とうやうやしく両手を合わせた。

「どうかわたくしといらっしゃってください。そして神を招くお許しをくださいませ」

十櫛の手が、戸惑《とまど》うように腰に佩《は》いた青宝珊瑚《せいほうさんご》に伸びた。濡れたような深い赤色の珊瑚の玉を指先で撫でて――やがて強く握りしめた。

「承知した、ゆこう」

十櫛と羅覇は、見張り役の中将や千古、佐智とともに踵《きびす》を返した。衣の裾をさばいて駆けだした羅覇は、去り際《ぎわ》、綾芽へこう叫ぶ。

「すぐに神を引き継ぐから、あなたも用意をしておいて、綾芽！」

わかった、と綾芽は叫びかえした。

――わたしも行かなきゃならない。

重い表着を脱ぎ捨てて、袴《はかま》と衣の裾をからげる。そこでふと、足をとめて振り返った。

二藍は、黙って綾芽を見つめていた。ともにゆこうとはしなかった。どんなときも背を預け合い、苦難に立ち向かってきた男は、綾芽の背を見送ろうとしている。

「あなたは、ゆかないのか」

問いながらも綾芽は、そんなわけはないと思っていた。災厄を前に自分だけがなにも為《な》せずにいることを、二藍は誰より嫌う。必ず最善を尽くそうとする。

だが二藍は、やはり動かなかった。ほどなく眠ってしまう男には、為せることなどないと言うかのように。

――眠るつもりか。諦めるのか。

そう非難しそうになって、綾芽は言葉を呑みこんだ。いや、だめだ。二藍には二藍の戦いがある。だから言えない。もっと頑張れと、耐えつづけろとは口にできない。

だいたい二藍は逃げだすわけではない。末永く国を守る最善を選ぼうとしているだけだ。

(だから今は、わたしが耐えなきゃならない)

いつの日か再びそばに寄り添う日を信じて、ひとりで立たねば。

自分に何度も言いきかせ、綾芽はどうにか笑みをつくった。二藍に微笑みかけた。あなたの留守はわたしが守る。だから安心してほしい。

二藍の唇が震え、言葉を紡《つむ》ごうとする。その深い声が、今にも綾芽の名を呼ぼうとしている。聞かないうちに背を向けた。せっかく再会できたのだから、もっと一緒にいたかった。ふたりで静かに並んで座って、月が傾いていくのを眺めたかった。ただただ話をしたかった。

欲望を振りはらって、綾芽は玉壇院を飛びだした。後ろ髪を引かれるまえにゆかなくては。二藍のためにも、わたしのためにも。

桃危宮《とうきぐう》の最北に位置するこの玉壇院のすぐ北で、火災は起こっているという。振り仰ぐと、黒い煙が北の空を覆《おお》い尽くさんと広がっていた。焦《こ》げた匂《にお》いが鼻をつく。袖で口元を押さえて走った。桃危宮の北門を抜けて火元に向かおうとしたが、煙の勢いが猛々《たけだけ》しくとても近づけない。急いで引き返し、西の門から路《みち》に出た。

女衛士や女舎人が総出でみなを南へ避難させている。青ざめた女官たちが、綾芽の脇をすり抜けていく。その流れに逆らい急いだ。桃危宮の北西に隣接する北文書院まで来ると、幾人もが列になって、水堀の水を汲んでは手渡しで運んでいく。北文書院の外壁に水をかけて、飛び火から守ろうとしているのだ。

そうして人々が懸命に働くあたりをゆきすぎた小路《こうじ》に、いくつも人の影があった。路の中央に立っているのは羅覇だ。十櫛ら他の者は見守っている。

羅覇は湯の入った桶の前に片膝をつき、祭文《さいもん》をあげている。綾芽は十櫛たちに走りより、手に汗を握って羅覇の神招きを見つめた。

羅覇の祭文は、綾芽の知らない言葉――八杷島語で編まれていた。節がつき、歌のように聞こえる。朗々と歌いあげるや羅覇は衣の袖を握り、桶の中の湯をゆるやかに扇《あお》いだ。さざ波が立つ。揺らいだ水面に、泡がひとつふたつと現れる。泉の底からのぼってきたがごとき小さな泡はたちまち数を増し、膨れあがり、はじけ飛ぶ。

突如水面の下から、なにものかが躍《おど》りでた。

山猫だ。赤い目をぎらりと光らせ、しなる四肢で土を踏みしめ唸《うな》っている。長い尾は八つに分かれて、それぞれが蛇のように暴れている。

これぞ羅覇の呼んだ大風の神だった。生まれたばかりなのに、身の丈《たけ》はすでに綾芽の腰に届くほどもある。力のある神なのだ。

大風神が現れたとたん、大君が羅覇に貸し与えたこの小路にだけ、不穏な雲が満ち満ちて、風が広がっていく。雨粒が頬を叩きはじめる。これだけ力のある神ならば、きっと斎庭に激しい風雨をもたらす。延焼は食いとめられる。

――わたしと羅覇が、成し遂げられさえすれば。

俄然《がぜん》肩に力が入った綾芽の目の前で、羅覇は大風の神――山猫を導きはじめた。再び歌うような祭文をあげつつ、砂のような飴《あめ》色の粒を手に握る。胸のさきに掲《かか》げて、指の隙間《すきま》からすこしずつ地に落としてゆく。道をつくってゆく。

さらさらとこぼれる粒に、綾芽は眉を寄せた。あれはなんだ。

「黍《きび》の汁を煮詰めてとったもの。砂糖だ」

十櫛が祭礼の行方《ゆくえ》を睨《にら》みつつ教えてくれる。「八杷島では米がなかなかとれぬ。ゆえに祭礼では神饌《しんせん》として黍が用いられることが多い」

山猫神の赤眼に、砂糖の道が映しだされる。身をかがめ、鼻を寄せ、しばらく匂いを嗅《か》いでから、ざらりとした舌を伸ばす。わずかに目を細めると、山猫神は音もなく前脚を踏みだした。ぺろり、ぺろりと砂糖を舐《な》めながら、前進を始めた。

羅覇は雨粒に目をすがめ、それでも堂々たる身振りで砂糖を撒《ま》きつづけた。

羅覇が一歩後退するごとに、山猫は一歩前に踏みだす。身体が膨れてゆく。風が強くなる。雨が吹きつける。この小路のみ黒々とした煙が風に吹き払われ、雨が地へ叩きつける。

辻《つじ》に至るころには、雨風は、両足を踏みしめていなければならないほどに強くなっていた。綾芽は千古から弓矢を受けとり、冷たく濡れた衣を引きずって、羅覇と山猫神を追いかけた。

激しい雨の中で、風の化身《けしん》のごとく八つの尾が蠢《うごめ》いている。山猫は、辻のまんなかで立ちどまっている。いまや見あげるほどに膨れあがり、頭を低くして、爛々《らんらん》と光る目で羅覇を睨んでいる。時おり羅覇の首を食いちぎるかのように口をひらいて、鋭い歯を見せつけている。

それに逃げることなく対峙《たいじ》していた羅覇から、綾芽へすばやく視線が飛んできた。綾芽は身を引きしめて、羅覇の隣に駆けていった。

祭祀を八杷島から兜坂へ、羅覇から綾芽へ引き継ぐときがやってきたのだ。

「けっこう危険な神が呼ばれたみたいだけど、構わなかった？」

神を睨みすえたまま、羅覇は軽口のように問うてくる。綾芽はすかさず言いかえした。

「もちろんだ。あんまりわたしの国を甘く見ないでほしい」

何者でもなかった綾芽を生かし、知恵を与え、育てた斎庭《ゆにわ》を見くびらないでほしい。

「全然甘くなんて見てないけど」

と羅覇は笑って、八杷島の言葉で神になにごとかを告げた。終わるや一歩後ずさる。

入れ替わりに綾芽は前へ出た。山猫の神の、赤子の頭ほどもある瞳のゆきさきが、羅覇から綾芽に移ってゆく。その眼光のあまりの強さに、綾芽の足には力が入る。

だが逃げるつもりはもとよりない。

「大風神よ、これよりは兜坂の春宮妃《はるのみやひ》たるわたくしが、兜坂の斎庭にお招き申します」

そう口上して祭祀を代わったとたん、羅覇が借り受けた小路のみに吹き荒れていた風雨が、斎庭全体を呑みこんだ。火元の蔵の上に、たちまち嵐の雲がのしかかる。空を舐めていた炎を、雨が翻弄《ほんろう》する。あがりつづける煙を巻きこみ風が躍《おど》る。

今の風向きは北東から南西。このままでは文書院を危うくする。だが綾芽は落ち着いていた。祭礼の勝手知ったる千古が、辻の北方に五色《ごしき》の米を詰めた壺を置く。あなたならやれる、と綾芽にうなずきかける。

わずか数十歩さき。そこまで大風を導きさえすれば、風向きは変わる。南から風が叩きつけ、炎と煙を攫《さら》ってゆく。

「さあ大風の山猫神よ。とくとご覧あれ」

綾芽は濡れそぼった五色の矢を弓につがえた。見せつけるように大きく腕を回して弓を引き絞り、風が的《まと》に向かって吹く刹那《せつな》を狙って一気に放った。

一拍おいて、素焼きの壺は音を立てて割れ、五色の米が地に散らばった。山猫神の目がきらめく。のそり、と前脚が再び伸びる。

神が歩くたびに風が変わってゆく。綾芽たちを巻きこむようだった煙が、禁苑《きんえん》の向きへ流れてゆく。

(よし)

綾芽は拳を握って山猫神を追いかけた。これで斎庭の火は収まる。わたしは二藍の留守を守ってゆける。つらい気持ちを押しこめてゆける。

＊

――いったい、どうしたらいい。

嵐の吹きすさぶ玉壇院《ぎょくだんいん》で、二藍《ふたあい》はひとり立ちすくんでいた。

綾芽《あやめ》たちは無事に嵐を呼び寄せたらしい。枯れ枝に残っていた木の葉がちぎれ、室《へや》のうちに舞いこんだ。縦横《じゅうおう》に荒れくるう風に翻弄され、右へ左へ叩きつけられ、惑っている。

どうしたいかは、心の奥では定まっているのだ。とっくに決まっている。だがあまりにすべてが急に変わって、嵐が吹き荒れて、二藍の心は右往左往《うおうさおう》している。己のしでかしたことの重さと、この身の忌《い》まわしき性質、そして綾芽が見いだしてきた道に、二藍に突きつけられた選択。

眠るべきか、戦うべきか、どちらを選ぶべきなのか。

心のありさまひとつで国を滅ぼすこの身が怖い。眠ってしまえばきっと楽だし、国のためを真に思うならば、それこそが最善に違いない。

だがそれでいいのか。立ち向かわずに背を向けた二藍を、綾芽は愛してくれるのか。

なにより二藍自身は、そんな自らを許して受けいれられるのか。

——二藍を救えるのは、二藍自身だけ。

そう諭《さと》した十櫛《とくし》の言葉は真実だ。いかに人々が二藍を守ろうと、綾芽が心を砕いてくれようと、二藍自身が己を赦《ゆる》し、信じられないのなら変わらない。

自分を救えない男が、他人を、国を守れるわけもない。

ままならぬ己の立場を哀れんで、他人のやさしさに溺《おぼ》れて、少々の決意でなにごとかを成し遂げた気分になるのは容易《たやす》い。

いとけない童《わらわ》ならば、それでもきっと許される。だが二藍は、そんな己には満足できなかった。眠りについて、己の心を守るだけでなにかを成し遂げたつもりになどなりたくはなかった。

(嫌なのだ)

もう逃げたくない。ずっと立ち向かってきたつもりだったが、心の底では逃げていた。楽になりたいと望んでいた。それが死であろうと、神と化す道であろうと。

そんな二藍の隣で、真に挑んできたのは綾芽だ。綾芽がいたからこそ、二藍は逃げだせなかった。逃げずに、諦《あきら》めていたさまざまな感情を手に入れられた。

だがそんな関係はもう嫌だ。逃げても逃げても理不尽は押しよせる。ならば今度こそ己の足で踏みとどまり、絶望を面と向かって睨《にら》みすえたい。わたしの女に、わたしの国に手を出してみろ、容赦はせぬ。そう綾芽の隣で、大君や鮎名《あゆな》のそばで、堂々と言い放ちたい。

そのために最善を損《そこ》なおうと構わない。どんなに惨《みじ》めな姿を晒そうと気にならない。

わたしの心はわたしが救う。そしてそのわたしこそが、みなを救う。

風に惑う木の葉が二藍の面前を掠《かす》めていく。

二藍は腕を伸ばし、それを確かに摑み取った。

＊

綾芽は次々と五色の米を詰めた壺を射貫《いぬ》き、大風の神のつくりだす雨風が、なるべく長く火元に当たりつづけるようにした。その甲斐あってか、いつしか燃えさかっていた火は収まって、白い煙が細く立ちのぼるだけとなった。

そこまできて綾芽は、饗応《きようおう》の任を受け持ってくれる妃の妻館《つまだて》へ山猫神を送りだした。大風の神が去ったとたんに暴れる風雨はやみ、代わりに北風と、しとしとと降る雨が斎庭《ゆにわ》を濡らしはじめる。鮎名や高子《たかこ》の祭礼も成功したのだとそれで知れた。今ごろ都の火事も、食いとめられていることだろう。

「さすがは斎庭の方々だ」

焼け落ちた大蔵《おおくら》の前で、十櫛《とくし》が感心したように言った。それから目を細めて羅覇《らは》を見やる。「そしてさすがは我らが祭官だ。よくやった」

「ありがとう存じます」

と答えた羅覇の声には、今まで耳にしたことがない、心のままの興奮が滲《にじ》んでいた。

「他国の祭祀に神を受け渡せると話に聞いたことはありましたが、自らの手で成せる日が来るなんて――」

と言ったところでようやく羅覇は、自分がはしゃいでいると気がついたらしい。咳払《せきばら》いして、たちまちそっけないそぶりで綾芽に頭をさげた。

「それではわたくしどもはこれで。おおよそ消しとめられてよかったわね」

「ほんとだな。羅覇も十櫛さまも、ありがとうございました」

綾芽は苦笑して、ふたりに心から感謝を返した。

それぞれの見張りに連れられ去りゆくふたりを見送ってから、いまだ白い煙の立ちのぼる大蔵の跡に目を向ける。大蔵はすっかり燃え尽くされていた。屋根が崩れ、折れて炭となった柱は寂《さび》しく雨に濡れている。

その傍《かたわ》らで焼け跡を冷静に見回っていた常子《つねこ》が、綾芽のそばへ戻ってきた。

「佐智《さち》と眺めましたところ、大蔵の裏手がよく燃えているようです」

「普段は火の気《け》のないあたりですね。やはり付け火ですか」

「ええ。誰ぞが油を撒《ま》いて火を放ったのは間違いないでしょう」

「……確か都の火も、家々の屋根に油を含んだ布が投げあげられて起こったのですよね」

綾芽は顔を曇らせた。常子の横顔も沈んでいる。同じことを懸念《けねん》しているのだ。

別の場所で、まったく同じ時刻に放火が起こった。これは偶然ではない。何者かが、なんらかの意図をもって火をつけた。いったい誰が？　なんのために？

「八杷島《やはじま》の者どもが、我々を裏切るつもりでなければよいのですが」

常子は、羅覇たちが裏で手を回したのではないかと案じている。だが綾芽は、それは考えづらいと思った。

「羅覇が八杷島の王太子を助けねばならないのは事実だと思います。この期《ご》に及んで兜坂《とさか》を裏切っても、八杷島にはなんの益もありません」

「では誰が、なんのために」

そう常子が問いかけた刹那《せつな》だった。

焼け跡がかっと光り輝いたのが、視界の端に映りこむ。とっさに目を向けた綾芽と常子は、身を強《こわ》ばらせた。

まさかのものが、目に飛びこんでくる。

すっかり火が消えたはずの崩れた大蔵の中心に、火柱が噴きあがっている。雨などものともせずに、高く火の粉を舞い散らしている。

火は消えたはずなのに、なぜ。

呆然とした綾芽たちのもとに、見回りを続けていた佐智が真っ青な顔で走りよってきた。

「常子さま！　たいへんなことになりました」

「なにがあったのです佐智、あの火柱は――」

「神です」

「神？」

綾芽が思わず訊《き》きかえすと、佐智は焦燥《しょうそう》を募《つの》らせ言いかえした。

「そうだ、神だよ！　焔《ほむら》の神だ！　それがあの火柱の中にいる！」

聞いた常子の顔色が瞬《また》く間《ま》に変わる。綾芽もようやく、なにが起こっているのか理解しはじめた。

炭と化した焼け跡の上で、火柱は不自然なくらいにめらめらと燃えあがっている。

（この火の中に、神がいるんだ）

目をこらせば、燃えさかる神の姿が炎に見え隠れする。身体を神光に包まれたほっそりとした女が、長い髪を逆立て、両腕を天に向けて高笑いしている。

綾芽ははたと振り向いて、ふたりに問いかけた。

「このままでは、火は完全に消しとめられたと言えないのですね？」

「ええ」と常子が風の行く手を確かめながら眉を寄せる。「ここは斎庭《ゆにわ》。神を招く場ですから、あの神を鎮《しず》めるまでは、火は消えたとは申せません」

「どうやったら鎮められるのです。教えてください」

綾芽は身を乗りだした。ここまできて文書院《もんじよいん》を失うわけにはいかない。あの神は必ず鎮めねば。

しかし常子は言葉を濁した。葛藤《かっとう》の滲んだ顔で佐智を見やる。無言のうちに視線が交わされ、佐智は黙ってうなずいた。と思えば綾芽の両肩を押して、追いやろうとする。

「お疲れさまだったね綾芽。あとはこっちでなんとかするから、あんたは二藍さまのところに戻ってな」

「嫌だ」

と綾芽はとっさに叫んだ。佐智はなにも言わない。だがこの流れは知っている。行き着くところが見える。

きっと焔の神を鎮めるには、誰かが命を捨てねばならないのだ。その役目を綾芽にはさせられないから、佐智が引き受けようとしている。だめだ、そんなの絶対に受けいれられない。

「あのさ綾芽」と佐智は呆《あき》れたような、怒ったような声で言った。「この状況でわがまま言われても困るんだよ。悟ってるなら、おとなしく帰ってくれ」

「他に方法はないのか」

「いつでも都合よく救いの手立てが降ってくるわけじゃあないんだよ」

佐智は力まかせに押しやってくる。それでも綾芽は歯を食いしばって足をつっぱった。

「救いが都合よく落ちてこないなんてことはわかってる。でも見つけられるかもしれない。せめてどんな鎮めかたをするのか教えてくれ。なにも知らないままなら――」

苛立《いらだ》ったように言いかえそうとしていた佐智が急に目を逸《そ》らし、口をぽかんとあけたので、綾芽も言葉を切った。佐智は、綾芽の背後を呆然と見つめている。常子も同じ。

なんだ、と振り向いて、綾芽も目を剝《む》いた。

「……二藍」

そこにいたのは二藍だった。背を伸ばし、決意の滲んだ足取りで綾芽の前にやってくる。

「どうしたんだ」

「どのように鎮めるかわたしが教えよう、綾芽」

　言うや二藍は、腰にさげていた綾芽の短刀を引き抜き、綾芽の腕にぴたりと押し当てた。

「短刀に、祭礼を執り行う花将《かしょう》の血を吸わせる。それを焔の神の胸に突き刺せば、神は血を受けとって鎮められる。突き刺す役目は誰が担《にな》ってもよい」

　ただし、と言いながら、二藍は綾芽の腕に刃を滑らせた。佐智や常子が慌《あわ》ててとめようとしたときにはもう遅かった。赤い血が綾芽の肌に浮かび、鋼《はがね》の刃を伝ってゆく。

「焔の神はあのように炎をまとう。刺しに向かった者は当然、炎に焼かれて命を落とす」

　そんな、と言いかけて、綾芽は息をつめた。二藍の意図を理解して、かっとなって食ってかかった。

「まさかあなたが刺しにゆくとでも言うつもりか？　また自分を犠牲にするのか！」

　二藍は綾芽の血を吸った短刀で、自ら焔の神を鎮めると言っているのだ。ただびとならば炎に巻かれて死んでしまっても、二藍は死なない。炭と化そうと生き返る。そうやって己を擲《なげう》って、事態を打開しようというのか。

　だが、「なにを言う」と二藍は、これから己《おの》が身を焼くであろう火柱を前にしているとは思えないほど、すがすがしく笑った。

「犠牲にはしない。わたしは死なぬからな」

「痛い思いはするだろう！」

「どんなに痛い思いをしようと、炭の塊《かたまり》と化そうとわたしは生き返る。ならばわたしが適任だ。誰も死なせたくないのだろう？」

「だけど」

「炭の塊となってまた生き返っても、お前はわたしのそばにいてくれる。斎庭はわたしの居場所でありつづけてくれる。そうだろう？　ならばわたしも立ち向かう。国のため、斎庭のため、お前のため、なによりわたしのためにそうしたいと決めたのだ」

やわらかで、それでいて固い決意に満ちた声。

「後悔などしたくない。抗《あらが》いつづけたい。そして最後には人になる。必ずだ」

綾芽は顔をあげた。二藍がこの場にやってきた理由を、身を張ると宣言した意味を、ようやく、今さらながらに悟った。

二藍は立ち向かうと決めたのだ。さだめから逃げださず、向き合って生きると決意した。綾芽を信じてくれたのだ。綾芽の心が、なにがあってもそばにあると信じてくれた。大君や斎庭の人々の真心も受けいれた。

そうして、自分自身を信じると心に決めた。だからこそ、死んで生き返るという、人ならざる姿を晒してでも、焔の神を鎮めんとしている。

そんな二藍に、綾芽はなにを返す。どんな思いを贈る。

（決まってる）

綾芽は、短刀を握る二藍の手に自らの手を重ねる。口の端をいっぱいに持ちあげた。

「わかった。頼んだよ」

そっと添えていた手を離す。絶望のさきへゆこうとする二藍に託す。

二藍は満足そうにうなずくと、戸惑う常子と佐智にも指示を出した。焔の神が現れたことを、疾《と》く妃宮《きさきみや》に知らせよ。生き返ったあとの己の身には、神気が一気に増える。羅覇《らは》を呼び戻し、神気を払う準備をさせよ。

迷いを見せていたふたりもその決意を感じ取ったのか、しまいには二藍の無事を心から祈って、それぞれに駆けていった。

「さて」

二藍は短刀を握りなおし、火柱を睨《にら》んだ。ゆったりとした足取りで焼け落ちた壁の残骸を踏み越えて、炎の柱の前で深く息を吸いこんだ。そうして一息に短刀を振りかぶると、燃え立つ光のうちに飛びこんでいった。

いつのまにか、日は落ちていた。

「……終わったわよ、綾芽」

ほの暗い空に舞いあがる篝火《かがりび》の火の粉をぼうっと見やっていた綾芽の前に、御簾《みす》の奥から羅覇と佐智が姿を現した。ふたりとも袖《そで》をまくりあげ、腕には桶を抱《かか》えている。顔には疲れも窺えた。綾芽ははっと立ちあがって、足早に近寄った。

「どうだった。無事終わったのか」

「問題はなにもなかったわ」

羅覇は逸《はや》る綾芽を制し、掌《てのひら》を出すように言った。おとなしく言われたようにすると、佐智が絹に包まれたずしりと重いなにかを綾芽の掌に載《の》せる。

絹をひらくと、金色の塊が現れた。二藍の身から払われた、神気の塊だ。さきほどよりも二倍は大きく、形もかけ離れている。叩き割った黒曜石に金を塗ったような、身をえぐって取りだすにはあまりにも鋭く痛々しい形状に、綾芽は顔を歪《ゆが》めた。

「こんなものを、二藍さまの身のうちから取りだしたんだな」

手足を炭と化し、大火傷《おおやけど》を負いながらも、二藍は焔の神を無事鎮めた。

焼け跡を数歩出るや膝《ひざ》をつき、ひっくり返るように倒れたのを見て、綾芽は鼓動がとまりそうになりながら走りよったのだ。しかし動転しながら助け起こしたときには、すでに二藍には火傷のあとなど跡形もなく、焼け落ちた右袖から伸びた無傷の腕が、慰《なぐさ》めるように綾芽の背を撫でていた。

——怖いものばかり見せて悪いな。

そう二藍は謝るから、綾芽は幾度も首を横に振った。謝らなくてもいいのだ。二藍のほうが何倍もつらくて、痛いのに。

そのころには佐智が羅覇を伴い駆けつけていて、羅覇はすぐさま二藍の神気を払うと決めた。有り余る神気は心を乱す。乱されぬうちに払うことが鉄則なのだ。

二藍は望むところと承諾したが、綾芽には、神気払いの場に入らぬようにと命じた。

「なぜだ」

綾芽が涙声で尋《たず》ねると、二藍はごく軽く返した。

「これから行う神気払いはたいへん痛いもので、わたしはのたうちまわるそうではないか。わかってくれ。これ以上、お前にみっともないさまを見せたくないのだ」

そう言われたら食いさがれなかった。二藍が、綾芽がこれ以上傷つかないように案じてくれているのはわかっていたから、なにも言いかえせなかった。

それで綾芽はひとり高欄《こうらん》に身体を預けて、神気払いが終わるのを待っていたのだった。

「すこし、会ってきたらいいよ」

佐智が慰めるように声をかけてくれる。綾芽は小さくうなずいて、重い神気の塊を返すと御簾をくぐっていった。

室《へや》の中央には白い帷《とばり》がかけられ、その周囲では常子と中将《ちゅうじょう》、幾人かの男舎人《おとこことねり》が休んでいた。みな疲れた様子で汗を拭《ぬぐ》っていたが、綾芽の姿を見ると、常子に促され退出してゆく。神気を払う技は激痛を伴うという。男たちは、二藍を押さえつけていたのだろうか。

ひとり残った綾芽は、静まりかえった帷のさきに向かった。二藍は褥《しとね》の上で目を閉じていた。やつれて顔色もいたく悪いが、胸は上下している。眠っているようだ。

「二藍、お疲れさま。たいへんだったな」

綾芽はそっと身をかがめ、枕元でささやいた。返事はなく、聞こえている様子もない。

このまま二度と目が覚めないのではないか。にわかにそんな妄念《もうねん》に囚《とら》われて、綾芽は怖くなった。まさか。二藍は深い眠りに落ちる道を選ばなかったのだ。明日には目覚めて、自らの意志でさだめに立ち向かおうとする。綾芽に微笑んでくれる。

そのはずだ。

「お気遣《きづか》わしいが、不安がることはないのだよ、綾芽。殿下はお疲れなだけだ」

いつの間にか御簾の向こうに、見張りをつけられた十櫛《とくし》がいた。手に香炉を抱えていて、心安らぐ香りが煙となって立ちのぼっている。

「これをおそばに置いてさしあげるといい。疲れに効く、かの高名な砂嘴無《さしな》の香だ」

砂嘴無と聞いて綾芽は驚いた。八杷島の王家にのみ伝わるという、たいへん高価な香木ではないか。どうしてそんなものを。

「わたしが兜坂に発《た》つとき、姉君が――鹿青《かせい》王太子が惜別の品として与えてくれたらしい。おやさしい方だ。もっともわたしは赤子であったゆえ、なにも覚えていないがな」

「そのような縁《ゆかり》の品を、いただいて構わないのですか」

「まだあるゆえ構わぬよ。底をついた信頼を、すこしでも取りもどさせてくれ」

と十櫛は笑って、御簾ごしに香炉をさしだした。

「殿下はここのところ、一睡もしていらっしゃらなかったそうだよ。神気が増せば増すほど、神ゆらぎは人から離れてゆく。眠らずとも生きられるようになってしまう」

それで二藍は眠っていなかったのだという。

「だが神気を払ったら、今度は急に身が人に近づいて、耐えがたい眠気を感じられたようだ。火傷や神気払いの痛みで消耗なさっていただろうし」

だから二藍は泥のように眠っているのか。疲れているようなのも、人であればこそなのか。ほっと身体の力を抜いて、綾芽は受けとった香炉を二藍の枕元に置いた。二藍の額《ひたい》を撫でる。汗ばんだ肌はすこし熱い。それでも、わけもわからない恐怖は落ち着いていた。

疲れている。そうだろう。どうか今はゆっくりと休んでほしい。

「……十櫛さまは、神気払いの場にもいらっしゃったのですよね」

「畏《おそ》れながら手をお貸しした。兜坂においてその道に詳しいのはわたしと羅覇のみだし、わたしも羅覇の業《わざ》をきちんと学んでおかねばならぬからな」

「二藍さまは、痛がっていらっしゃいましたか」

「ご立派だったよ」と十櫛はにこりとした。「見ていた男舎人のほうが、青くなってえずいたくらいだ」

綾芽はうつむいた。男舎人が軟弱とも思わない。それだけ、見ていられないほどに苦しい手当てだったのだ。そんなものに二藍は、これからずっと耐えてゆかねばならないのか。

「的《まと》となった御方はみな、この試練に耐えていらっしゃるのですか」

それぞれの国に的はいるはずだ。誰もが絶望に引き寄せられ、増える神気に身を侵《おか》される。神気払いの技を知っていたとしても、痛みからは逃れられない。

「そうだが、殿下は誰よりこらえがたい思いをされているだろうな」

と十櫛は篝火へ目をやった。

「多くの国では、神気のいと濃き神ゆらぎは、心術をけっして使わぬように育てられる。使えば使うほど身は神気に蝕《むしば》まれてゆくからだ。いざ的となったとき、今までどれだけ身を神から遠ざけていたかが、苦しみの程度を決める」

心術をなるべく使わず、愛され生きてきた者ほど、的となっても耐え抜ける。神気払いの技も痛みが軽く、神と化す恐れもすくなくなる。

「だが殿下は――」

言葉を濁した十櫛の意を悟り、綾芽は胸が潰《つぶ》れそうになった。

二藍は仕組みを知らずに育った。だから容易に心術を使いつづけていた。それどころか心術に己の価値を見いだして、濫用《らんよう》していたときすらある。だから二藍の身は、誰よりも神気に蝕まれている。神気を払うのも困難を極め、神とも化しやすい。

「……お助けしたいのです」

「お前は充分殿下をお助けしているよ。お前がいるからこそ、殿下は今まで耐えてこられたのだと言っただろう」

「いえ」と綾芽は御簾のそばににじりより、強く訴えた。

「わたしが申しているのは、二藍さまを完全にお助けしたいということなのです」

「完全に？」

「号令神がどこぞに落ちるまでは、二藍さまは的としてのさだめから逃れられない。それは仕方ありません。でももしこの苦難を耐え抜いた暁《あかつき》には、あの御方はまた、ただの神ゆらぎに戻られるのでしょう？」

「……八杷島では、そのように伝わっているが」

だったら、と綾芽はますます身を乗りだした。

「号令神が去ったら、わたしはあの御方を人にしてさしあげたい」

御簾ごしに、十櫛がはっと身を固くしたのがわかった。綾芽は声を嗄《か》らして続ける。

「十櫛さまはかつて仰《おっしゃ》いました。神ゆらぎを人にする方法をご存じだと。限りなく難しい道ではあるが、道がないわけではないのだと」

「……言ったな」

「教えていただけませんか。なにも今すぐでなくてもよいのです。わたしが八杷島に行って、鹿青さまをお助けできたら、兜坂と八杷島に号令神が降り立たぬまま、すべてが終わったら」

どうか綾芽に、二藍が人になれる術《すべ》を授けてほしい。人になるまでにどんな困難を極める道のりが待っていようとも、手に入れてみせる。二藍を人にしてみせる。

そうか、とつぶやいた十櫛は、ふいに悲しげに眉をひそめた。

「お前にああ申したのは、失敗だったな」

「……なぜです。教えてくださらないのですか」

「そうではないよ。だがまずは、二藍殿下へ教えてさしあげたい」

困惑《こんわく》した綾芽に、十櫛は心のうちの読めない笑みを向けた。

「二藍さまに？」

「人となる方法を用いるかは、殿下ご自身が決められることなのだ。そのうえで殿下から、お前に話していただくほうがよかろう」

「……わかりました」

綾芽は眉根を寄せつつ受けいれた。なぜはじめに二藍に明かすのだろうか。綾芽に告げたのは失敗だったというのは、どういう意味だ。

疑問は次々湧いてくるが、あえて振りはらった。どちらにしろ綾芽は遠からず八杷島に発《た》たねばならない。二藍を人にするために動けるのは、鹿青を救って戻ったあとになる。だったらいい。それでいい。二藍にすこしでも希望の光がさすのなら、それこそ綾芽の望みなのだ。

「綾芽」と簀子縁《すのこえん》から常子の声がかかる。

「大君と妃宮から、ご相談があるとのことです。ゆけますか」

綾芽はもう一度眠る二藍を見やって、後ろ髪を引かれながらも立ちあがった。

「大蔵の火事は無事消しとめられたようだ。お前の手柄だ、よくやった」

木雪殿《もくせつでん》に参じるや大君からねぎらわれ、綾芽は深く平伏した。嬉しいが、綾芽の手柄ではないとも思う。

「二藍さまのご尽力あってのことです」

綾芽がそう答えると予期していたのか、大君は微笑んだ。

「なにを申す。二藍に尽力を決意させたのはお前であろう」

それから、さて、と頬を引きしめ室《へや》のうちを眺め渡した。

「一連の付け火について、いくつか判明したことがあるとか。綾芽も参ったゆえ聞こう」

御帳台の脇に控えている左大臣と鮎名、それぞれに目をやる。まずは左大臣が、「ではわたくしから」と口をひらいた。

「都の火災は、斎庭《ゆにわ》のみなみなさまのご尽力もあり、無事大路の手前で消しとめられました。衛士町《えじちょう》が三百家燃えましたが、人はほとんど無事でございます」

「それは朗報だ。火をつけた者はわかったか」

「検非違使《けびいし》が聞き回りましたところ、油が染みこんだ布を、不審な男数名が、火元の板葺《いたぶ》き屋根の上に投げあげていたそうでございます」

人々は急いで屋根にのぼって叩き消そうとしたのだが、投げられた布があまりに多く、いくつかが消しとめられなかったのだという。

「盗賊の類《たぐ》いの仕業《しわざ》か」

「わかりませぬ。検非違使は行方《ゆくえ》を追ったのですが、いまだ見つけられずじまいで」

それを聞いて、鮎名が首をかしげた。

「盗賊の仕業ではないのでは？　もし盗賊ならば、はじめから貴族の館を狙うはず。衛士町に火をつけたところで金目のものなど得られません」

「それは妃宮の仰るとおり。大火事を引き起こし、混乱に乗じて貴族の館に忍び入るつもりだったとしても理屈が合いませぬ。どこの館にも賊は入りこんでおりませんから」

「だったら誰が、付け火などという大罪を働いたのでしょうか」

綾芽は不安になって手を組んだ。賊でなければいったい誰が、なんのために火をつけたのだろう。

「斎庭の火災のほうに手がかりがあるとよいのだが。どうであろうか、斎庭の尚侍《ないしのかみ》」

左大臣は、うしろに控えていた常子に話を向ける。

「そうでございますね。斎庭と都の火災はどちらも付け火で、ほぼ同じ時刻に起こっておりますから、関わりがあると考えるのが自然でしょう」

しかしながら、と常子は続けた。

「斎庭の火災のほうは少々、ことが複雑で厄介です。当初わたくしどもは、大蔵の裏手に油が撒《ま》かれたのだと考えました。大蔵に火の気《け》はなく、そのあたりがもっともよく燃えておりましたから。ですがそうとも申せなくなってきたのです」

「なぜだ」

問うた大君に、常子は声を低めた。「焰《ほむら》の神が現れたためでございます」

「焰の神――激しい炎を司《つかさど》る神だな」

「はい。この神がなぜ現れたのか。これには二通りの考えがございます。まずひとつは、何者かが油を撒き、激しい火災を引き起こした。その火の激しさゆえに、焰の神が勝手に、自ら現れた、というものでございます」

「それは考えづらいだろうに」と鮎名が口を挟む。「いくら斎庭のうちに炎が燃えさかったとして、怨霊でもない神が勝手に降り立つわけもない」

「仰《おお》せのとおりです。ですからこたびは、さらに厄介な事態であると考えねばなりません。すなわち――誰ぞが大君や妃宮の許しなく、焰の神を呼び寄せた。それが火災を引き起こした」

重苦しい沈黙が室に落ちかかる。許しなく神を招く。そんなの常ではありえない。

「神を招く役目を担う花将《かしょう》のどなたかが裏切ったと?」

静寂を裂く左大臣の問いかけに、まさかと常子は声を硬くした。

「火が生じたとき、嬪《ひん》と夫人《ぶにん》は身動きできぬよう各々《おのおの》の妻館《つまだて》に留められておりました」

「そして妃はみな玉壇院にいた」

と鮎名が引き継ぐ。「つまり、焰の神を勝手に招いた者がいるとすれば、一度も神を招いたことのない、神招きの次第すらおぼつかない者」

「……次第もわからぬ者が、神を招けるものなのですかな？」

「普通なら叶《かな》いません。ですが――」

黙って話を聞いていた高子《たかこ》が、扇の向こうで鋭く言った。「招くだけなら、できぬことはないのです。たとえば招神符《しょうしんふ》を盗みだして勝手に焚《た》いたり、上つ御方の誰ぞに神招きの許しを得たりすれば。ですがそうして招いたところで、その者にもてなし鎮める業《わざ》はございませんから、神の怒りを買って命を落とす末路が必ずや待っておりますでしょうね」

冷ややかに言いきられ、左大臣は神妙な顔をした。

と、常子のさらにうしろに控えていた佐智が「実は」と口をひらく。

「焼け跡から娘の屍《しかばね》が出たのです。身元はとても判じられる状態ではありませんでしたが――行方知れずの者がいないか急いで調べたところ、ひとりおりました」

都から大蔵に、そして大蔵から各官衙《かんが》や妻館に、荷を運ぶ役目の女丁《はしため》の娘がひとりいなくなったのだという。まだ入庭して半年、十四になったばかりの若い娘だった。

「まさかその娘が勝手に神を招いたというのか？　そうして炎に巻かれて死んだと？」

鮎名はさすがに信じがたいようだ。だが佐智はうなずいた。

「おそらくは。実は娘とともに働いていた女丁《はしため》が、気になることを申しておりました」

死んだ娘は、前々から不満を漏《も》らしていたそうだ。斎庭《ゆにわ》に入ったら神を呼べると聞いていたのに、自分は物を運ぶばかりではないか。

だがほんの数日前、ころりと態度が変わった。上機嫌で、それでいて周りの仲間を見くだすようになった。なぜと訊《き》けば、こう答えたのだという。

――わたし、二藍さまに目をかけていただいて、特別なお許しをいただいたのよ。

「二藍に目をかけられる？　それはいかなることだ。許しというのもわからぬ」

大君が訝《いぶか》しく首をかしげれば、佐智は答えた。

「おそらくは、神を招く許しをいただいたという意味かと」

「では二藍が、その娘に人知れず焔の神を招かせ、斎庭を危機に陥《おとしい》れたと申すのか？　神を招く力もない娘に勝手な許しを与えてまで」

みなの視線が交わされる。

綾芽は、まさか、と割って入ろうとした。祭祀を失うことだって、二藍は身を切るような決意で進めたのだ。文書院を燃やすわけがない。

しかし綾芽が声をあげるよりまえに、幾人もが同時に「まさか」と声をあげた。

「ありえませぬ。二藍さまになんの益がございましょう」

「祭祀を失い斎庭そのものを捨て去ろうなどという大それた企《たくら》みをされていた方が、わざわざ文書院だけを燃やそうと考えますか？」

「幼少のみぎりから文書院に入《い》り浸《びた》っていた御方ですよ。焼くわけがございません」

「であろうな」

と大君も涼しい顔で答えた。みながそう言うと、はじめから知っていたかのようだ。

「わたしもまさか、あれがそそのかしたとは思っておらぬ。そもそも入庭して半年の女丁の娘は、二藍の顔を知らぬだろうに」

鮎名も同意する。

「娘は、二藍を名乗る何者かに利用されたと考えるのが自然でしょう」

口々に言うから、綾芽は胸をなでおろした。よかった。みな二藍という男をよくわかっている。綾芽だけではないのだ。

だがそうすると、やはり疑問は残る。

「二藍さまを騙《かた》った者は、娘を使って大火を起こそうとしたのですよね。何者なのでしょうか。なんのために」

二藍が企《くわだ》てた祭祀の返上が阻止されて、一刻も経《た》ずに火災は生じた。このふたつに繋がりはあるのだろうか。

と、常子が思案げにつぶやいた。

「十櫛王子は、玉央《ぎょくおう》の手の者の仕業ではないかと仰せでした」

玉央、という言葉が出て、場の雰囲気は一気に張りつめた。

「待て。八杷島ではなく、その裏にいる玉央国だと？　我が国には八杷島の者のみならず、玉央の者までが潜《ひそ》んでいるのか」

「羅覇が言うには、斎庭には入りこめていないだろうとのことでした。斎庭に対する工作は、玉央はほとんど八杷島に任せていたそうですので」

玉盤大島《ぎょくばんおおしま》の盟主たる玉央は、八杷島を脅《おど》し、滅国《めっこく》の運命を兜坂に担わせようとしていた。その玉央の手の者が、市中にすくなくない数、紛《まぎ》れているという。無論玉央も、よっぽどのことでもないかぎり鹿青を救わねばならない八杷島が刃向かうわけがないと理解しているはずだ。だが、万が一ということもある。

もし八杷島が、兜坂を陥れる企みに失敗したら。

そればかりか八杷島が玉央を裏切って、兜坂と結ぶような事態になったら。

そういうときのために、監視の者を幾人も忍びこませているのだ。

そういえば、と綾芽は思い出した。かつて外庭《とつにわ》の権中納言《ごんのちゅうなごん》らが、玉央に宝物を贈られたり地位を約束されたりした代わり、斎庭の内情を玉央に流していたこともあった。もともと玉央は、八把島にすべてを任せっぱなしにしているわけではなかったのだ。

「ではそれら玉央の者が、祭祀の放棄が阻止された――つまりは兜坂が玉央の属国となる道が潰《つい》えたと知って、腹いせに火を放ったというのか？」

鮎名の疑問に、常子はますます顔をしかめた。

「そうとも考えられません。というのは、そもそも祭礼が阻止されたとは、我々の他はまだ誰も知らないのです」

大君は真実を隠すため、『祭礼は延期された』とみなに宣言している。その宣旨《せんじ》自体が出されたのもついさきほど。放火がなされたときにはまだ、玉央の者はなにが起こったのか、まったく把握していなかったに違いない。

よって、計画が頓挫《とんざ》した腹いせの放火だったとは考えにくい。

「……もしかしたら、ですが」

綾芽はふと思いたって顔をあげた。

「一連の付け火はむしろ、祭礼を邪魔するためになされたのではありませんか？　二藍さまの企みをくじこうとしていたのでは」

むしろ祭祀の放棄を妨害するために、火はつけられたのではなかろうか。

「……だが、火事が起きたとき、すでに祭礼は終わったころだった。妨害には遅すぎる」

「我々から見たらそうです。ですが外にいる者には違います。なぜなら――」

綾芽がすべて言うまえに、鮎名は気づいたようだった。

「そうか。本来ならば、祭礼は正午からのはずだった」

実際はみなを出し抜くために、二藍は大幅に祭礼の開始を早めていた。だから放火が起こったのは結果的にはなにもかも片がついたあとだったが、もし予定どおりならば、八角堂で祭礼が始まる直前のはずだった。祭礼の妨害のためという綾芽の読みと合致《がっち》する。

みなが小さくどよめいた。綾芽の考えには筋道が立っている。

「とすれば、騒ぎを起こした者は斎庭の内情に昏《くら》いはずです。なぜなら、たとえ祭礼が正午からだったとしても、直前に火をつけたところで祭礼は阻止できません」

玉盤神の祭礼はもっと前、招神符を焚くところから始まる。直前に混乱を生じさせたところでなんの意味もないのだ。

「至極《しごく》もっともだ」

と鮎名が感心したように言った。それからふと首をかしげる。

「だが、斎庭の内情に昏く、なのに二藍をとめたい人物などいるものか？」

斎庭の多くが二藍を思いとどまらせたいと願っていたし、だからこそ綾芽に手を貸してくれた人々も数多《あまた》いた。だがそれらの者が、祭礼の基本を誤解するとは思えない。

外庭の者らはまったく逆で、このまま国が滅ぶよりはと、猶予が得られる二藍の企てを支持していた。やはり二藍の邪魔をするはずもない。

そもそも二藍をとめようとする者が犯人では矛盾《むじゅん》する。それほど国を想っている者が、都や斎庭を火の海にしようとするわけもないのだ。

では八杷島や玉央の者かといえば、そちらも考えづらい。彼らはみな、兜坂の破滅を待ち望んでいた。二藍の考えどおりに祭祀が放棄されていた方が都合がよかったはずだ。

「……犯人が誰なのかは、わかりません。見当もつきません」

綾芽は正直に答えた。二藍の名を騙り、哀れな女丁《はしため》の娘をそそのかして斎庭を火に包まんとした者は何者で、なにを考えているのか？

「――とにかく、十櫛王子の懸念はもっともなのだろう」

大君は嘆息して脇息《きょうそく》に寄りかかった。

「羅覇と十櫛王子は、これからは斎庭で保護することとなる。そのうえ祭祀の放棄がなされなかった事実は、いくら隠そうと早晩明らかになろう。いずれは玉央の者に、兜坂と八杷島が手を結んだと嗅《か》ぎつけられる」

そうなるまえに、と大君は、じっと綾芽に目を向ける。

「綾芽よ、我らは八杷島に大きな貸しがある。しかしながら、あの者らは約定《やくじょう》どおりに二藍の神気を払ってみせた。ならば我らも約定どおり、お前を八杷島に向かわせねばならぬ。それも玉央の者どもに気づかれて阻止されぬうちに、なるべく危険に遭わぬうちに。出立《しゅったつ》は早ければ早いほどよい。そうであろう？」

「仰《おお》せのとおりです」

「明朝発て」

綾芽は息をとめた。明朝？　この夜が明けたら兜坂を離れろというのか？　あまりに突然すぎる。急すぎる。

だが綾芽は、どうにか「御意《ぎょい》」と絞りだした。

大君の命《めい》はもっともだ。玉央に嗅ぎつけられてはいけない。逃げだすように発たねば妨害される。命を狙われる。ならば一刻も早くゆかねばならない。

すぐに大君は、綾芽の出立の用意をするようみなに命じた。それから綾芽に顔を向け、わずかに声を和《やわ》らげた。

「なるべく早く帰ってくるよう願っている。我らのため、なにより我が弟のため、無事に戻ってくれ」

明朝発つと聞いて、羅覇は涙を流して大君に感謝した。

鹿青の身がいつまで保《も》つかわからない。羅覇は今すぐにでも綾芽を八杷島に連れていきたいのを我慢していたのだ。それを悟って、綾芽は躊躇《ちゅうちょ》した自身をすこし恥じた。

そうだ、二藍を助けてもらったのだから、今度は綾芽が鹿青を助けねばならない。

慌ただしい出立の準備に、国書をしたためる大君から綾芽の支度を調《ととの》える佐智まで、誰もがきりきり舞いだった。

だが日をまたいだころ、鮎名は綾芽を呼んでこう声をかけた。

「明け方には発たねばならないんだ。わずかな刻《とき》だが、ゆっくりしてこい」

それ以上はなにも言わず、綾芽を木雪殿から送りだしてくれる。

綾芽はみなに頭をさげて走った。向かうところは決まっている。

二藍のもとだ。

息を切らせて御簾をくぐる。それから心をなだめて、忍び足で帷《とばり》のうちに立ち入った。

二藍は、まだ目を覚ましていないようだった。綾芽は一瞬寂しい気分になったが、振りはらって傍らに座った。頼りない灯火の下でもわかる。砂嘴《さし》無《な》の香のおかげか、二藍の血色はかなりよくなっていた。呼吸も面持ちも、ずいぶんと穏やかなものに戻っている。きっと明日になれば目覚めるだろう。

そのときにはもう、綾芽はここにはいられないけれど。

「二藍。わたし、明日八杷島に発つことになったよ」

闇に溶けてしまうくらいひそやかに、綾芽は二藍に声をかけた。

「羅覇とわたしがゆくことになったんだ。八杷島使《し》の出国の時期ではないし、そもそも目立つのはよくないから、海商の船に紛《まぎ》れて海を渡るそうだよ。海商の船は立派で、数十人が乗れるんだって。ちょっと楽しみだな」

怖くもあったが言わなかった。今は冬で、兜坂から八杷島に渡るには風があまりよくない。だが時季を選んではいられない。

「大丈夫、羅覇は八杷島の祭官だからな。八杷島と言えば海と風の神を招きもてなす国だろう？　羅覇がうまく風を読んで、無事に辿りつけるようにしてくれるって」

二藍の瞼《まぶた》はぴくりともしない。ただ胸だけがゆるやかに上下を繰りかえしている。

「八杷島についたら、なるべく早く鹿青さまにかかった心術を解いて、戻ってくるよ。そうしたらいろいろ話をしよう。このごろ全然、ゆっくり話ができていないものな」

胸の引き裂かれるような出来事ばかりが続き、二藍と身も心も離れてばかりだった。ようやく一緒にいられると思ったのに、心を寄せ合えると思ったのに。

浮かんだ涙を拭いて、綾芽は二藍の胸にそっと頭を寄せた。このくらいは許されるだろう。きっと二藍も許してくれるだろう。

胸の鼓動が耳に伝わってくる。二藍は生きている。

「あなたが人になれる術を、十櫛さまが教えてくださるって」

綾芽は目をつむってささやいた。

「帰ってきたら、わたしにも教えてほしい。すぐに教えてほしい」

そして今度こそ二藍と心から抱き合いたい。喜びを分かち合いたい。

ふいに二藍が身じろいで、その腕が綾芽を抱き寄せた。綾芽は息をとめて顔をあげる。

二藍は目覚めたのか？

そうではない。やはり瞳はとじていて、起きた様子はいっさいない。

しかし綾芽は目元をゆるめた。二藍の腕は、確かに綾芽の背に添えられている。目はあけられなくともきっと、そばにいると伝わっているのだ。

満たされて、綾芽は再び目をつむった。

二藍のぬくもりが心地よくて、いつしか短い眠りに落ちていった。

＊

翌日二藍が目覚めると、そばには誰もいなかった。

重い身を起こしながら、二藍はすこし混乱していた。ずっと眠っていたのだが、それでもうっすらと覚えている。綾芽がそばにいたはずだ。二藍に身を寄り添わせ、ともに眠ってくれた。どうしても目をあけられずとも、二藍は確かに綾芽のぬくもりを感じていた。たとえようもなく幸せだった。

気のせいだったのだろうか。

悩みつつ帷のうちを出たところで、待っていた常子から思いも寄らない話を聞いた。綾芽はついさきほど八杷島へ発ったのだという。玉央の者に気づかれないうちに、約束を果たすために。

それはよかった、と二藍は言葉では答えた。綾芽が危険に遭わずに発ってくれるならばよい。綾芽は必ず鹿青を救って戻ってくるだろう。憂いてなどはいない。

だが心には寂しい風が吹いていた。そうか、綾芽は行ってしまったか。すこしばかりは猶予があると考えていた。ゆっくりと話をしたかった。ともにいられると思ったのに。

ようやく心の底から、綾芽と同じ景色を見られるようになったのに。

落胆を押し隠し、身を翻《ひるがえ》したときだった。

寝衣の袖がひきつれて、怪訝に思い立ちどまる。

左の袖のうちをまさぐると、包みのようなものが出てきた。

文だろうか。たとう紙に小石をくるんで、朱色の糸で留めてある。誰かが二藍の袖にこっそりと入れたのか。小石をくるんで重くしたのは、袖から落ちてどこかにゆかないようにか。

（いったい誰が）

二藍はしばらく考えて、はたとして包みを見やった。力の入らない手で糸を引く。急《せ》けば急くほど指先が震えてしまう。

苦戦のすえにようやく解けた。たとう紙の皺《しわ》を逸《はや》る手で伸ばし——ふっと頬をほころばせた。

中にはやはり、小石がひとつ。それから紙に文字が綴《つづ》ってある。

よく見知った、のびのびとしてすこし癖《くせ》のある字には、二藍へのまっすぐな想いがはちきれんばかりにつまっていた。

幾度も読み返しながら、二藍は小石を握りしめる。

やわらかにけぶる春の青空の向こうへ、心からの笑みを向けた。

※この作品はフィクションです。実在の人物・団体・事件などにはいっさい関係ありません。

集英社オレンジ文庫をお買い上げいただき、ありがとうございます。
ご意見・ご感想をお待ちしております。

● あて先
〒101-8050　東京都千代田区一ツ橋2-5-10
集英社オレンジ文庫編集部 気付
奥乃桜子先生

神招きの庭 5

綾なす道は天を指す

集英社
オレンジ文庫

2021年12月22日　第1刷発行

著　者　奥乃桜子
発行者　北畠輝幸
発行所　株式会社集英社
〒101-8050東京都千代田区一ツ橋2-5-10
電話【編集部】03-3230-6352
【読者係】03-3230-6080
【販売部】03-3230-6393（書店専用）
印刷所　大日本印刷株式会社

ISBN 978-4-08-680422-6 C0193

奥乃桜子

神招きの庭

（シリーズ）

①神招きの庭

繁栄をもたらす神々を招く神聖な庭で、女官だった親友が
不可解な死を遂げた。その真相を探るためやってきた綾芽は、
国を揺るがす陰謀劇に巻き込まれる!!

②五色《ごしき》の矢は嵐つらぬく

神命に逆らう「物申」の力で滅国の危機を救い、
王弟・二藍の形式上の妃になった綾芽。
今度は隣国の神が飢饉をもたらす神命を下して…？

③花を鎮める夢のさき

疫病を鎮める祭礼が失敗し、祭主が神と共に
結界内に封じられた。救出に向かった綾芽は、最も過酷な
未来を見せるという夢の世界で何を見るのか…。

④断ち切るは厄災の糸

「物申」の力を継ぐため、愛する二藍以外の男と
子を生さなければならない。非情な王命が下される中
大地震を引き起こす神に不穏な動きがみられて…？